Willi Schissler

Der Bienenkönig

AF190613

Willi Schissler

DER BIENENKÖNIG

Odenwald-Krimi

ODENWALD-VERLAG

*Bibliografische Information der
Deutschen Nationalbibliothek:
Die Deutsche Nationalbibliothek verzeichnet diese
Publikation in der Deutschen Nationalbibliografie;
detaillierte bibliografische Daten sind im Internet über
dnb.dnb.de abrufbar.*

Titelfoto: pixabay
Covergestaltung: Liliane Wildner

Herausgeber, Lektorat, Satz, Layout:
edition Odenwald | Autoren- und Verlagsservice
Nalsbachring 11 | 64853 Otzberg
Telefon/Fax 06162 71899
edition@odenwald-verlag.de
www.odenwald-verlag.de
www.shop.odw-verlag.de

Verlag: BoD • Books on Demand GmbH, In de Tarpen
42, 22848 Norderstedt
Druck: Libri Plureos GmbH, Friedensallee 273, 22763
Hamburg
ISBN: 978-3-7597-7734-8

»Manchmal muss man auch das hören,
was nicht gesagt wird.«
(Lena Endre als Staatsanwältin Katarina Ahlsell
in Mankells Wallander »Der Kurier«)

Und Schmul Meier bleibt verschwunden
Und so mancher reiche Mann
Und sein Geld hat Mackie Messer
Dem man nichts beweisen kann
(Aus »Mackie Messer« - »Dreigroschenoper« –
von Bertolt Brecht)

Für Karin
und Yvonne mit Michael

PROLOG

In jungen Jahren

Nach einem langen, trüben, nasskalten, überwiegend schneelosen Winter, einem verregneten März und einem launischen April, wie man ihn eh gewohnt war, war es endlich Frühling geworden. Bäume schlugen aus, Sträucher und Blumen blühten in einzigartiger bunter Pracht. Bienen und Hummeln hatten längst ihre Arbeit aufgenommen.

Die Menschen sehnten sich nach dieser tristen Winterzeit nach Wärme und vor allem nach Sonne, die sich in den letzten Monaten doch sehr rar gemacht hatte.

So kam der Event WEIN UND MEER bei der Winzergenossenschaft Vinum Autmundis in Groß-Umstadt an diesem herrlichen Sonntag im Mai gerade recht. Endlich mal wieder eine Festlichkeit im Freien. Endlich mal wieder Frühlingsluft atmen.

Entsprechend war der Betrieb im Vinum Autmundis. Alle hübsch dekorierten, buntgedeckten Tische und Stehtische sowohl im Freien als auch in den Innenräumen waren bis auf den letzten Platz besetzt. Lachende, gutgelaunte Menschen, sowie schmissige Jazzmusik von der Band EI GUDE, WIE? sorgten für eine außerordentlich fröhliche Stimmung. Es war richtig was los in Umstadt.

An diesem sonnigen Tag trat Danica, eine Kroatin aus dem istrischen Rovinj in Tonis bisher unaufgeregtes Leben. Sie stand inmitten einiger Frauen und Männer an einem der Stehtische, in der Hand ein Glas Rotwein.

Die rassige Frau fiel Toni sofort auf, er holte an der

Theke eine Flasche Spätburgunder, ging zu ihr hin (woher auch immer er den Mut nahm), fragte schüchtern, ob er sich dazugesellen dürfe. Sie lächelte freundlich: »Selbstverständlich, gerne.«

Eine der Frauen griff nach Danicas Hand, beäugte Toni argwöhnisch. Was will der?

Tonis Freundin Claudia Schultz, gebürtige Hannoveranerin, wohnte in Groß-Umstadt und arbeitete als Journalistin für eine bekannte Illustrierte. Derzeit war sie in Rottach-Egern am Tegernsee, wo ein Kriminalfilm mit der aus Michelstadt im Odenwald stammenden Jessica Schwarz und dem Urbayer aus München, Michael Fitz in den Hauptrollen, gedreht wurde. Sie sollte darüber berichten.

Toni lud die hübsche Danica auf ein weiteres Glas Wein ein. Sie ließ die Hand der Frau mit dem flammend roten Haar neben sich los. Eifersüchtig drehte diese sich weg, wandte sich einem der Männer zu, stieß mit ihm an, wobei sie Danica provozierend anschaute. Auch der Mann sah sie mit zusammengekniffenen Augenlidern und verzogenem Mund giftig an.

Danica ignorierte ihre Blicke, drehte sich lächelnd Toni zu. »Warum nicht?« Ihre makellosen weißen Zähne bildeten einen reizvollen Kontrast zu den dezent geschminkten Lippen und dem typisch dunklen Teint einer Südländerin.

Es kam zunächst zu zurückhaltenden, belanglosen Gesprächen zwischen Toni und Danica. Nachdem sie ihren Rotwein ausgetrunken hatten, schwand die anfängliche Schüchternheit, sie wurden einander vertrauter. Er erfuhr, dass sie in Groß-Umstadt wohnte und als Kosmetikerin in einer Parfümerie arbeitete.

Sie gingen zur Theke, die mit einer vielfältigen Art von

Meeresfrüchten aufwartete, bestellten Austern, die sie genüsslich verzehrten, tranken dazu Sekt Pinot Rosé.

Mit ihrer charmanten Art und dem kroatischen Akzent zog die äußerst attraktive, schlanke Frau mit dem außergewöhnlich schönen Gesicht und dem pechschwarzen Haar den jungen Mann dermaßen in ihren Bann, dass er sich Hals über Kopf in sie verliebte. Ihr erging es ebenso, der gutaussehende dunkelhaarige Mann gefiel ihr.

So kam es, wie es kommen musste (womit Toni niemals gerechnet hatte und was er eigentlich auch gar nicht wollte.)

Zwei Tage später kam Claudia nach Hause. Sie stellte ihren Koffer ab und fuhr gleich weiter zu Toni, der in der Odenwaldstraße in Wiebelsbach, einem Stadtteil von Groß-Umstadt, ein schmuckes Haus besaß, das er von seinen Eltern geerbt und komplett renoviert hatte. Als er sie begrüßte und sie nur zaghaft küsste, spürte sie instinktiv, dass etwas nicht stimmte. »Was ist los? Du bist so sonderbar.«

»Weißt du, Claudia, es ist so: Ich ... ich habe ... ach Mist! Ich weiß nicht, wie ich es dir sagen soll«, druckste er herum. »Ich ...« Er brach den Satz ab, presste die Lippen zusammen. Sie setzten sich auf die Couch im Wohnzimmer.

»Was ist?«, fragte Claudia. »Sag schon. So schlimm kann es nicht sein.« Sie strich sich über die schwarzen Haare.

»Schlimmer!« Toni gestand bedrückt, dass er sich von ihr trennen wolle. »Ich ... ich habe mich in eine andere Frau verliebt.« Verlegen hob er die Schultern.

Sie starrte ihn ungläubig an. »Was?«

»Es tut mir leid«, sagte er heiser.

»Sag, dass das nicht stimmt!« Ihre Lippen vibrierten,

ihr Körper bebte. Langsam begann sie zu begreifen, brach fassungslos in Tränen aus. Die schwarze Farbe ihres Mascaras lief ihr übers Gesicht. Er reichte ihr ein Taschentuch, womit sie sich schluchzend mit zitternden Händen das Gesicht abtrocknete. Nach ein paar Minuten kam sie ein wenig zur Ruhe. »Das kann's doch nicht gewesen sein«, flennte sie und stand auf.

»Doch«, gab er kurz zur Antwort. »Es tut mir wirklich sehr leid.«

Claudia musste diese Nachricht schweren Herzens akzeptieren. Sie lief wortlos zu ihrem Wagen und fuhr weg. Toni ging zum Fenster, schaute ihr nach. Tränen stiegen ihm in die Augen. Verdammt, dachte er, das muss mir passieren. Ausgerechnet mir! Er öffnete das Fenster, schaute hinaus auf den Rasen, wo eine Amsel herumhüpfte, um wahrscheinlich einen Wurm anzulocken.

Demnächst ist wieder Mähen angesagt, wollte er sich ablenken. Es gelang ihm nicht. Toni kam sich schäbig vor.

Am nächsten Tag rief Claudia ihn an, versuchte ein letztes Mal, ihn umzustimmen.

»Nein, Claudia, es ist vorbei.« Er erklärte ihr, warum das mit Danica so plötzlich gekommen war. Sie wollte es nicht verstehen, doch er hatte sich gegen sie entschieden.

Es war ganz einfach vorbei.

Claudia Schultz war beileibe kein unbeschriebenes Blatt. Durch ihren Beruf als Journalistin bereiste sie die gesamte Bundesrepublik und die Nachbarländer Schweiz und Österreich, auch den Balkan, überwiegend Slowenien und Kroatien. Sie lernte viele Menschen kennen, darunter viele Männer. Man traf sich meistens abends in Hotelbars, wo sich so manches Techtel-mechtel ergab und das Treffen sich dann oft im Hotel-zimmer fortsetzte.

Aber auch zuhause hatte sie ihre Affären …

Im Jahr darauf heiratete Anton Buchinger, den jeder, der ihn kannte, Toni nannte, die attraktive Kroatin Danica Barić. In der festlich geschmückten Scheune auf seinem mit Obstbäumen bestandenen Grundstück zwischen Wiebelsbach und Frau Nauses, auf dem sich auch seine Bienenstöcke befanden, und auf dem Platz davor, wo ein großer gemauerter Grill stand, wurde bei herrlich sonnigem Wetter gebührend gefeiert. Eine imposante Kaffeetafel mit verschiedenen Sorten Kuchen, Torten und allerlei Gebäck begrüßte das Brautpaar, als es von der Trauung auf der Veste Otzberg eintraf.

Gegen Abend wurde der Grill angefeuert, Champagner und edle Weine wurden vom Cateringteam ausgeschenkt, auch die Bierzapfanlage war ununterbrochen in Betrieb.

Mit einem Wiener Walzer eröffneten Danica und Toni den Tanz. Bei vielen romantischen, auch lustigen Klängen, dargeboten von der Band EI GUDE, WIE?, die bei dieser Feier nicht fehlen durfte, konnten alle Tanzwilligen sich ausgiebig vergnügen.

Es war mit Verwandten und Freunden ein rauschendes Fest mit allen Spezialitäten, die die kroatische Halbinsel Istrien und der hessische Odenwald zu bieten hatten, das erst in den frühen Morgenstunden sein Ende fand. Eingeladen waren auch Tonis Freund Karl Vogt und Claudia, die inzwischen mit Karl zusammen war, den sie später heiratete.

Fünfzehn Jahre später

Toni Buchinger und Danica, die nach der Heirat ihren Job in der Parfümerie aufgegeben hatte, besaßen inzwischen am Marktplatz in Groß-Umstadt ein Obst- und Gemüsegeschäft, in dem ihr vierzehnjähriger Sohn Oliver eine Lehre absolvierte. Er sollte später das Geschäft übernehmen.

Toni hatte als Imker einige Preise für seinen Honig gewonnen, den er ebenfalls im Geschäft anbot.

Auch war mit den Jahren der Alltag eingekehrt, Toni sowie Danica hatten sich verändert. Er neigte manchmal zu irgendwelchen Hirngespinsten, auch hatte er einiges an Gewicht zugelegt, die Haare wurden lichter.

Sie war immer noch schlank und hübsch, wenn sich auch kleine Lachfalten gebildet hatten, die ihr gut zu Gesicht standen. Doch auch Danica hatte ihre Marotten, die Toni zuvor von ihr nicht kannte.

Neben der Scheune war ein geräumiger Anbau errichtet worden, in dem ein Anhänger und ein betagter, noch tadellos funktionierender Traktor, sowie eine Honigschleuder und alle möglichen Gerätschaften untergebracht waren, die ein Imker für seine aufwendige Arbeit braucht. Das Grundstück war umrahmt von Sträuchern, Hecken und Bäumen. Zwischen den Bienenstöcken fand sich immer wieder mal Unkraut, das Toni bewusst nicht wahrnehmen wollte. Viele Dinge waren ihm gleichgültig, was Danica fürchterlich ärgerte. Und genau diese Gleichgültigkeit hatte Folgen. Wen wundert's?

Mehrere Tische und Bänke befanden sich in der Scheune, in einer Ecke stand eine Couchgarnitur mit einem ovalen Tisch.

Die Scheune diente eigentlich Familienfesten und sonstigen Feierlichkeiten. Eigentlich!

Hin und wieder spielten sich dort noch andere Dinge ab ... außer Familienfesten und sonstigen Feierlichkeiten ...

Der gesamte Bereich war mit Verbundsteinen gepflastert und grenzte an eine Wiese mit besagten Obstbäumen. Zahlreiche Butterblumen, Gänseblümchen und noch viele Blumen mehr wuchsen auf der Wiese, so dass die Bienen ihre Freude hatten.

Der Frühling war endgültig angekommen.

In Tonis unmittelbarer Nachbarschaft stand ein Zweifamilienhaus zum Verkauf. Karl und Claudia kauften es, Claudia ließ ihre Eltern von Hannover nach Wiebelsbach kommen. Die immer noch hübsche, blondierte Margot und der hochgewachsene Ludwig Schultz mit dem weißen, gepflegten Vollbart bezogen das Obergeschoss. Ludwig konnte manchmal barsch und unfreundlich sein, wenn er gereizt wurde und er sich ärgerte. Margot versuchte dann immer, ihn zu bremsen, was ihr meistens gelang. Im Grunde waren sie umgängliche Menschen, die keine Probleme hatten, sich dem Landleben anzupassen.

Montags beim Frühschoppen des Winzerfestes in Groß-Umstadt lernten Margot und Ludwig die Schroinemischels kennen. Zwischen den beiden Männern entwickelte sich eine Freundschaft, die später in eine Art Hassliebe umschlug. Sie hielten jedoch immer fest zusammen, wenn es um Meinungsverschiedenheiten oder gar um Streitigkeiten mit anderen ging. Hatten sie ihre

Meinung durchgesetzt, kam es meistens wenig später zu einem Streit zwischen ihnen, genau wegen der Sache, die sie soeben erfolgreich beendet hatten, der jedoch nie lange dauerte. Anschließend tranken sie einige Schoppen Rotwein, mit Vorliebe trockenen Dornfelder von der Odenwälder Weininsel, wie Groß-Umstadt von den Einheimischen stolz genannt wurde, und alles war vergessen ... bis zum nächsten Mal.

Ihre Frauen hielten sich dann immer zurück und ließen sie einfach in Ruhe. Margot und Emma, die Schroinemischels Emma, verstanden sich prächtig, auch wenn ihre Männer hin und wieder heftige Diskussionen führten.

Fritz, der einen ansehnlichen Bauch vor sich herschob und die um einiges kleinere, propere Emma hießen eigentlich Meier. Ganz einfach Meier. Sie wohnten in Frau Nauses (Fraa Nausisch.)

Fraa Nausisch gehörte bis zum Jahre 1971 zu Wiebelsbach (Wiwwelschboch), wurde dann zusammen mit Wiwwelschboch in die Stadt Groß-Umstadt eingegliedert.

Der Spitzname Schroinemischel (Odenwälder Dialekt) stammte aus langer Familientradition. Fritz' Großvater hieß mit Vornamen Michael (Mischel) und betrieb seinerzeit eine kleine Schreinerei (Schroinerei) in Fraa Nausisch, die seit seinem Tode nicht mehr existierte. Der Uzname ist geblieben. Nach wie vor hieß es in Frau Nauses und in Wiebelsbach, wenn Fritz mit seiner Frau irgendwo gesehen wurde: EI GUGG EMOL, DO KUMME DIE SCHROINEMISCHELS.

Montag, 6. Juni

Es war einer der vielen sonnigen Tage in diesem Jahr (am Nachmittag nicht mehr, da begann es, ergiebig zu regnen.)

Ein fettleibiger Kerl und eine sportlich wirkende Frau hatten die hübsche Schwarzhaarige schon seit dem frühen Morgen im Visier, beobachteten sie beim Einkaufen, waren ihr dann unauffällig gefolgt, bis sie in die Scheune Buchingers hineinging. Hinter einem Brombeerstrauch versteckten sie sich und warteten.

Wenig später sahen sie, wie ein Mann sein Fahrrad abstellte und ebenfalls hineinging. »Habe ich's doch gewusst!«, murmelte der Dicke leise. Sie nickte. »Du hattest recht!«

Nach ungefähr zehn Minuten schlich er zur Tür, öffnete sie einen Spalt breit, lugte hinein. Sein Blick fiel auf das Paar, das sich, spärlich bekleidet, auf der Couch leidenschaftlich umarmte. Er drehte sich zu der hinter ihm stehenden Frau um, flüsterte ärgerlich: »Sie hat sich nicht geändert. Sie ist genau wie früher. Sie macht, was sie will.«

»Hast du was anderes erwartet?«, erwiderte grimmig seine Begleiterin, die jetzt auch hineinspähte. »Die wird sich nie ändern, diese Hure!« Ihre Augen blitzten. »Die hat immer nur ihren Spaß haben wollen, wobei ihr egal war, ob Männlein oder Weiblein. Ob früh oder spät. Das war noch nie anders. Das weißt du doch!«

»Klar weiß ich das«, antwortete er. Zornig ballte er die Fäuste: »Trotzdem!«

»Trotzdem! Was soll das? Wir wissen beide, dass sie an dir nicht interessiert ist. Immer noch nicht.« Sie betrachtete ihn verächtlich. »Sie war es nie gewesen. Hast du das endlich kapiert?«

»Na ja … ich habe gedacht …«

»Hör auf! Finde dich damit ab.« Sie hob die Hand: »So, das war's. Ich verschwinde.«

»Warum? Was soll das jetzt?« Er schaute sie erstaunt an.

»Ich wollte dir nur die Augen öffnen, weil du immer noch geglaubt hast, du hättest bei diesem Luder eine Chance.« Sie schüttelte den Kopf: »Jetzt siehst du, was los ist. Ich habe zumindest kapiert, dass sie sich nie ändern wird. Auch mir gegenüber nicht. Mir reicht's!«

Der Dicke antwortete frustriert: »Dann hau doch ab!«

»Genau das tu ich!«, entgegnete seine Begleiterin ... und weg war sie.

Da er der gutaussehenden Frau schon lange nachgestellt und sie ihn immer wieder abgewiesen hatte, packte ihn jetzt der heilige Zorn. Wütend stieß er die Tür auf, das Quietschen der Scharniere ließ das Pärchen aufschrecken. Der schwergewichtige Mann stürmte mit lautem Schrei in die Scheune, marschierte zielstrebig auf das zutiefst erschrockene Paar zu, dem gar nicht bewusst wurde, wie ihm geschah. Alles ging rasend schnell. Ohne zu zögern schlug er dem Liebhaber der Frau die Faust ins Gesicht, worauf dieser zu Boden stürzte und mit blutender Nase und blutenden Lippen regungslos liegen blieb.

Die Frau konnte hastig ihr Kleid überziehen und überstürzt nach draußen fliehen. Kurzatmig verfolgte sie der dicke Kerl.

Erst nachdem sie gestrauchelt war, konnte er sie fassen, wollte sie mit seinem Hosengürtel, den er eilig abgenommen hatte, erwürgen. Mit einer geschickten Drehung befreite sie sich aus seiner Umklammerung und riss nach einem gezielten Tritt in den Unterleib dem tollpatschigen Dicken den Gürtel aus der Hand. Er schrie laut auf, sie schlang ihm blitzschnell den Gürtel um den Hals und zog mit aller Kraft zu. Der ungelenke Mann stolperte gegen einen der Bienenstöcke, warf den Stock um, bevor er röchelnd zu Boden fiel, wobei er versuchte, den Gürtel mit der Hand zu lockern. Dabei blieb er am Kragen seines Hemdes hängen und riss sämtliche Knöpfe ab.

Geistesgegenwärtig ergriff sie einen abgebrochenen Ast, der unter einem Birnbaum lag, schlug ihm damit mehrere Male gegen den Kopf. Mit weit aufgerissenen Augen blieb er erstarrt mit dem Kopf auf dem gepflasterten Teil des Grundstücks liegen. Blut trat aus einer Wunde und tropfte auf das Pflaster.

Nach Luft ringend ließ die wütende Frau den Ast fallen, stemmte für wenige Augenblicke die Arme in die Hüften, legte den Kopf in den Nacken, schloss die Augen. Die schwarzen Haare hingen ihr wirr ins verschwitzte Gesicht.

Ungestüm schwärmten die Bienen aus dem umgefallenen Stock, stachen auf den jetzt entblößten Oberkörper des Störenfrieds ein. Auch die Frau hatte Stiche von den übernervösen Bienen abbekommen, was sie in ihrer Aufgeregtheit zunächst nicht wahrnahm. Die Bienen, die zugestochen hatten, hatten sich bald verflüchtigt, um naturgemäß irgendwann irgendwo zu verenden.

Sie sah, dass der Eindringling am ganzen Oberkörper zerstochen war. Zunge und Hals waren ebenfalls zerstochen und angeschwollen. Sie ertastete seine Halsschlagader. Mein Gott, kein Puls! »Der ist tot!«, keuchte sie fassungslos. Verzweifelt schlug sie die Hände vors Gesicht.

In panischer Angst hastete sie zurück in die Scheune, sah ihren Liebhaber, immer noch bewusstlos, mit blutüberströmtem Gesicht am Boden liegen. Als sie laut »Wach auf, wach auf!« schrie, ihm die Wangen tätschelte und ihn rüttelte, kam er langsam zu sich. Stöhnend richtete er sich auf. »Was … was ist passiert?«, fragte er mit verwaschener Stimme und flatternden Augenlidern.

Sie drückte ein Taschentuch fest auf seine blutenden Lippen, presste ein weiteres unter seine Nase, die auch immer noch blutete. Auch auf seinen Oberkörper war Blut getropft.

»Schnell! Steh auf! Der ist tot!« Völlig außer Atem japste sie: »Der muss weg!«

«Tot? Wer ist tot? Wer muss weg? Wovon redest du?« Er schaute sie verstört an, wischte sich übers Gesicht. Ungläubig starrte er auf seine Hand, die jetzt auch voller Blut war.

»Der ist tot!«, wiederholte sie laut. »Der Dicke!«

»Wer?«

»Der dicke Kerl ist tot! Ich habe ihn umgebracht ... oder es waren die Bienen ... was weiß ich!« Sie schrie mit sich überschlagender Stimme: »Der muss weg!«

»Nicht so laut!« Sein Kopf dröhnte, er schüttelte sich, versuchte, klare Gedanken zu fassen. Langsam erholte er sich, sein Gedächtnis kam zurück, er konnte sich nun an den in die Scheune walzenden Mann erinnern. Mehr hatte er nicht mitbekommen, dessen Schlag hatte ihn mit voller Wucht getroffen. Sie erklärte ihm, vollkommen außer sich, was geschehen war.

Erst jetzt spürte sie, dass sie fünf Stiche von den Bienen abbekommen hatte.

»Du musst den wegschaffen!«, beschwor sie ihn mit tränenden Augen, während sie stöhnend die Stacheln an beiden leicht angeschwollenen Armen mit den Daumennägeln entfernte.

»Jaja, klar, ich ... ich muss erst mein Auto holen«, nuschelte er und erhob sich langsam, vorsichtig sein schmerzendes Gesicht abtastend, das nach und nach mehrere Farben annahm. Glücklicherweise waren wenigstens die Blutungen weitgehend gestillt.

»Beeil dich!«, schluchzte sie, reichte ihm ein Taschentuch. Immer noch benommen wischte er sich damit das

Blut von Gesicht, Hand und Brust, zog sich ächzend an, folgte ihr mit schleppenden Schritten hinaus, wo der Tote lag, beugte sich zu ihm hinunter. Fassungslos stammelte er. »Du ... du ... du hast ...! Hast ... hast du ihn wirklich umgebracht?«

»Wahrscheinlich« flennte sie, »deshalb muss er weg. Schnell!«

»Ja doch!« Er fasste sich mit beiden Händen an den dröhnenden Kopf. »Ich mach ja schon.«

Sie tupfte sich die Tränen aus den Augen, schaute ihn an. »Hast was gut bei mir.«

»Immer?«

»Wann immer du willst«, flüsterte sie erschöpft.

Die läutenden Kirchenglocken erinnerten sie daran, dass es zwölf Uhr war. Der Zwischenfall hatte ihren Plan durcheinandergebracht. Jetzt war sie in Eile, Kochen musste heute schnell gehen. Ihr Mann bestand auf pünktliches Mittagessen. Sie entschied sich für Eier mit Speck und Brot.

Wer hätte geglaubt, dass so etwas passiert? dachte sie verbittert.

»Hol dein Auto! Ich fahr nach Hause, bevor mich hier jemand sieht«, sagte sie noch schnell zu ihrem Liebhaber.

»Ja, mach, dass du wegkommst«, antwortete er kraftlos, setzte sich auf einen der Findlinge, die in Abständen die Grenze zwischen Pflaster und Wiese markierten. Während er tief durchatmete, dachte er darüber nach, wie es weitergehen sollte.

Ihm wurde bewusst, dass er den dicken, schweren Mann nicht allein würde tragen können. Er versuchte mehrfach, seine Geliebte anzurufen, die soeben weggefahren war. Sie nahm nicht ab. Enttäuscht wählte er eine andere Nummer. Besetzt! »Verdammt!«, fluchte er, versuchte es weiter.

Mit seinem Mountainbike hetzte der Blonde in rasender Fahrt über die schmale Straße Richtung Wiebelsbach. Sein Kopf dröhnte immer noch. Dass zwei ältere Damen dort spazieren gingen, fiel ihm in seiner Eile erst auf, als es fast zu spät war.

Der Biker war knapp an den Frauen vorbeigerast, was diese heftig erzittern ließ. Eine fasste sich seufzend ans Herz, musste sich an den Wegesrand setzen. Die andere redete ihr zu: »Mach nicht schlapp, Elsbeth.« Wenig später konnten sie ihren Weg fortsetzen. Elsbeth ging es wieder gut. »So ein Vollidiot!«, beklagte sie sich.

»Aber wirklich! Ich muss schon sagen …«, pflichtete Margarete ihr bei.

Beide waren sehr verärgert über den egoistischen Radfahrer.

Der Hobbyimker Toni Buchinger kam am frühen Nachmittag zu seinem krankgeschriebenen Freund und Nachbarn, der auf der Bank im Garten seines Hauses saß. Aufgeregt sprang er aus dem Wagen, eilte auf ihn zu. Karl Vogt sah ihn schon von weitem kommen und erhob sich langsam, denn schnell konnte er nicht, die Gicht plagte ihn. Beide Knie waren in Mitleidenschaft gezogen, dazu neuerdings die linke große Fußzehe.

»Ich … ich muss dir was …, ganz schlimm, ganz schlimm, sag ich dir«, sprudelte es aus Toni nur so heraus, als er mit großen Schritten durch das niedrige Holztürchen in den Garten stürmte.

»Du hast mir gerade noch gefehlt«, brummte Karl unfreundlich, schaute ihn mit zusammengebissenen Zähnen wehleidig an.

»Jetzt bin ich ja da«, meinte Toni ungerührt. Karl rollte die Augen.

»Ich wäre schon eher gekommen, aber wir haben vorhin erst zu Mittag gegessen. Wir waren heute spät dran«, sagte Toni.

»Wir auch. Es war schon nach zwölf«, entgegnete Karl mürrisch. »Ich habe...« Er winkte ab.

Toni wischte sich schnaufend über die Stirn, verzog den Mund: »Au weh! Haste wieder 'n Anfall?«

»Mann, Mann, das kannste laut sagen«, stöhnte Karl.

»Haste wieder 'n Anfall?«, schrie Toni laut.

Karl rollte erneut die Augen: »Schrei nicht so! Ich bin nicht taub!«

»Du hast eben gesagt, ich könnte ... ach so!«

Karl schüttelte den Kopf. »Toni, Toni! Du kapierst mal wieder gar nichts.«

Toni schaute jetzt ziemlich belämmert drein. »Tut mir leid. Ich ...«

»Vergiss es!« Karl wetterte: »Egal, was ich esse und trinke, ich komm von dieser verdammten Gicht nicht los. Es wird immer schlimmer. Jetzt auch noch der große Onkel. Es ist zum Kotzen!«

»Du bist zu dick!«, bemerkte Toni trocken. »Dann passiert sowas.«

»Zu dick! Das musst gerade du sagen.« Karl schaute auf: »Arbeitest du heute nicht? Es ist Montag, nicht Sonntag.«

»Ich weiß, dass Montag ist. Oliver ist im Laden«, antwortete Toni. »Ich habe mal nach den Bienen gesehen.« Mit einem Mal war er wieder ganz aufgeregt. »Ich kann dir sagen, was ich da ...«

Karl interessierte im Moment nicht, was Toni ihm erzählen wollte. Er hatte andere Probleme, unterbrach ihn stöhnend: »Saublöde Gicht! Es gibt nichts Schlimmeres.«

»Du ... du ... du wirst es nicht glauben«, stotterte Toni, »es ... es gibt noch Schlimmeres.« Er fuhr sich fieberhaft über das feuerrot angelaufene Gesicht. Seine Augenlider zuckten unkontrolliert. »Was ich ...«

Karl unterbrach ihn wieder. »Noch Schlimmeres? Das kann ich mir nur schwer vorstellen. Was glaubst du, was ich aushalten muss? Was soll da noch schlimmer sein?« Er setzte sich ächzend wieder auf die Bank, sah Toni mit schmerzverzerrtem Gesicht an, wies auf den Platz neben sich, sagte leise: »Setz dich her.« Er hob die Hand. »Oder warte, hol uns erst was zu trinken. Ich kann im Moment nicht so gut laufen. Claudia ist zum Einkaufen gefahren. Ich weiß nicht, wo die so lange bleibt. Heute Vormittag war sie schon mal weg.« Ihm fiel ein: »Komisch, sie hat gar nicht gesagt, wo sie war.« Abwinkend meinte er. »Naja, ist auch wurscht.« Er blickte Toni an, sagte: »Du siehst, wir müssen uns selbst bedienen, das heißt, du musst uns ...«

»Hat Claudia Urlaub?«, fiel Toni ihm ins Wort.

»Nein. Warum fragst du?«

»Ei ja, weil sie nicht auf der Arbeit ist?«

»Sie ist seit einiger Zeit freie Journalistin. Das weißt du doch.«

»Ach so, ja. Hatte es vergessen. Aber sie schreibt noch, oder?«

»Ja klar, allerdings hat sie sich ziemlich zurückgezogen. Ab und zu schreibt sie für verschiedene Zeitungen Reportagen über Amateursportvereine. Nach den kleinen Vereinen fragt doch keiner. Alle sind immer nur an den Proficlubs interessiert. Sie findet das sehr schade. Ich übrigens auch. Claudia ...«

»Ich auch«, meinte Toni beipflichtend.

»Gut! Du auch!« Karl runzelte verärgert die Stirn. Der mit seinen Unterbrechungen. Mann! Er setzte seine Rede fort. »Claudia versucht, nicht nur die sportlichen Ereignisse, sondern auch die Sorgen der kleinen Vereine zu veröffentlichen. Dazu kommt ...«

»Geht mir genau so, ich mache mir auch Sorgen um die kleinen Vereine, besonders um unseren Imkerverein.

Der …«

»Ist ja schon gut«, schnaubte Karl. »So, und jetzt geh Bier holen.«

Toni nickte, ging ins Haus, holte zwei Flaschen Bier aus dem Kühlschrank in der Küche, setzte sich neben seinen Freund, reichte ihm eine. Sie stießen an, ließen sich das frische Pils schmecken.

Karl schaute an sich herunter. Zu dick? Hm!

»Wie lange bist du noch krankgeschrieben?«, fragte Toni. Er schien vergessen zu haben, was er Karl so Wichtiges mitteilen wollte.

Karl hob die Achseln. »Ich weiß es nicht. Momentan kann ich absolut nicht arbeiten. Als Lokführer! Da muss man fit sein, verstehste?«

»Na ja, die Bahn wird auch ohne dich zurechtkommen«, meinte Toni lapidar. »Deinetwegen wird keine Fahrt ausfallen.«

»Moment!«, entgegnete Karl wichtigtuerisch. »Es ist mir ein Rätsel, wie die mich ersetzen wollen, bis ich wieder arbeitsfähig bin. Bei dem Personalmangel heutzutage.« Er zog eine Grimasse. Die Gicht!

Seine Frau kam zurück. Sie schaute kurz zu den Männern hinüber. »Ei, der Bienen-Toni!«, rief sie, öffnete den Kofferraum ihres Wagens, nahm den Einkaufskorb heraus. »Sekunde, ich bin gleich wieder da.« Sie brachte den Korb ins Haus, ging dann hinaus in den Garten. »Wie geht's?«

Toni wiegte den Kopf. Die hübsch anzusehende, gut gebaute Dreiundvierzigjährige ging auf die Männer zu, die mit Mitleid erregenden Gesichtern auf der Bank saßen. Resolut sagte sie: »Was ist denn mit euch los? Seid ihr dem Leibhaftigen begegnet?« Sie schmunzelte: »Was ich euch ja mal gönnen würde. Und du, Toni, du brauchst den da«, sie deutete auf ihren Mann, »du brauchst den da überhaupt nicht zu bedauern. Der ist selbst schuld an seiner Gicht.«

Karl brauste auf: »So ist es nun auch wieder nicht.«

Toni hob den Zeigefinger, wollte unterbrechen. Offensichtlich erinnerte er sich jetzt daran, weshalb er hergekommen war. Claudia ließ sich jedoch nicht beirren. »Doch, so ist es«, beharrte sie. »Es ist bekannt, dass früher Kaiser und Könige und alle Reichen von der Gicht heimgesucht worden sind. Das Fußvolk hat darunter nicht leiden müssen. Dafür haben die am Hungertuch genagt. Ein altes Lied.«

»Na, na, Claudia, nun mach mal langsam«, warf ihr Mann ein, »reich bin ich schon gar nicht. Außerdem waren das andere Zeiten.«

»Im Grunde hat sich da nichts geändert. Die Oberen haben gefressen und gesoffen, dass die Schwarte krachte, während ihre Untertanen auf einem Ranken Brot rumgebissen haben und froh waren, wenn sie sauberes Trinkwasser hatten. Wenn es hochkam, hatten die mal noch ein paar Kartoffeln und vielleicht ein Stückchen Fleisch. Nur vielleicht! Das hatten sie meistens noch gestohlen. Und wehe, sie sind dabei erwischt worden, dann ...«

»Es reicht, Claudia!«, unterbrach Karl ärgerlich. Claudia war nicht aufzuhalten. »Du machst die gleichen Fehler wie damals die Großkopferten. Mach nur so weiter, friss dich immer voller. Dann jubelt deine Gicht umso mehr. Das ist nämlich eine Wohlstandskrankheit. Dir geht's zu gut, mein Lieber! Wir werden einiges ändern müssen. Zum Beispiel deine Ess- und Trinkgewohnheiten. So geht es mit dir nicht weiter«, schimpfte sie. »Ein bisschen Sport würde dir gewiss auch nicht schaden.« Jetzt hob sie den Zeigefinger: »Ich habe schon ...«

»Ich habe gesagt, es reicht!«, fiel Karl erneut seiner besseren Hälfte ins Wort. Er fuhr sie an: »Wo warst du eigentlich heute Morgen? Du warst auf einmal verschwunden.«

»Ich war beim Schuster«, konterte sie. »Hat halt 'ne Weile gedauert, bis ich drankam. Vor mir waren noch die Merkers Gerda und die Müllers Lotte. Du weißt ja, was Leo für ein Laberer ist. Ganz besonders, wenn Frauen da sind.«

»Was hast du beim Schusterhannese Leo gemacht?«

»Du nervst, Karl! Deine schwarzen Schuhe müssen neu besohlt werden.« Sie blickte ihn vorwurfsvoll an. »Dir fällt ja so etwas nicht auf. Du würdest es nicht mal merken, wenn keine Sohlen mehr dran wären.«

»Quatsch!« Er maulte: «Du hättest ruhig was sagen können.«

«Hätte ich auch getan, wenn du nicht mehr geschlafen hättest. Wenn ich dich geweckt hätte, wäre es auch nicht recht gewesen, oder?«, gab sie zur Antwort. »Außerdem war ich noch beim Bäcker.«

»Ach!« Er schob seine Brille auf die langsam ins Grau übergehenden, lichten Haare. »Was hast du beim Bäcker gemacht? Vorhin hast du noch gesagt, ich müsste abnehmen. Dazu würden Brötchen und Kuchen nicht gut passen, oder was hast du von dem mitgebracht?«

»Ein Stück Schwarzwälder Kirsch und ein Stück Bienenstich für heute Nachmittag.«

Karl lachte. »Sag ich doch! Das passt nicht zu deiner Theorie.«

»Oh doch! Es passt zu meiner Theorie. Hundertprozentig!« Sie grinste ihren Mann ironisch an: »Der Kuchen ist für mich.«

Karl schürzte die Lippen. »Meinst du nicht, du würdest ein bisschen übertreiben?«, sagte er kleinlaut. »So dick bin ich nun auch wieder nicht, dass ich auf alles verzichten muss.«

»Nicht auf alles, nur auf so manches!« Claudia richtete ihren Blick auf Toni, der auch nicht gerade schmal war. »Dich habe ich auch schon mal schlanker gesehen. Es wäre sicher kein Fehler, wenn du ein paar Gramm weniger auf den Rippen hättest.«

»Jetzt hör bloß auf«, empörte sich Toni mit saurer Miene. »Schlanker war ich früher mal. Außerdem geht dich mein Aussehen nichts an. Ich bin nicht hier, um dir meinen Körper zu präsentieren.« Er holte tief Luft, platzte heraus: »Bei meinen Bienenstöcken liegt ein Toter.«

»Was?« Karl schaute seinen Freund betroffen an. »Was sagst du da?«

»Du hast richtig gehört, Karl.« Der Imker senkte den Kopf.

»Warum hast du das nicht gleich gesagt, Mensch?« Claudia setzte sich neben ihren Mann.

»Ihr habt mich ja nicht zu Wort kommen lassen.« Toni begann zu schwitzen, wischte sich über die feuchte Stirn. »Und du«, er blickte Claudia erbost an, »du hast uns einen Vortrag gehalten, der niemanden interessiert.« Mürrisch setzte er hinzu: »Und mich schon gar nicht.« Er stand schwerfällig auf, murmelte: »Ich weiß nicht, was ich machen soll.«

»Hast ... hast du ihn umgebracht?«, stammelte Claudia leise mit jetzt wachsbleichem Gesicht.

»Wen?«, fragte Karl und starrte sie an.

»Den Toten«, gab sie tonlos, die Hände hebend, zur Antwort.

»Der war doch schon tot, oder?« Verständnislos sah Karl seinem Freund ins stoppelbärtige Gesicht.

»Ja, klar«, erwiderte Claudia ungeduldig, »ich habe Toni ja nur gefragt, ob er ihn umgebracht hat.« Ihr Herz begann, schneller zu schlagen.

»Den Toten? Der war doch schon ...« Karl kniff die

Augen zusammen.

Claudia kratzte sich nervös an der Wange. »Mann, bis du was begreifst. Du kommst in die Jahre, Karl.«

»Unsinn! Es ist die verdammte Gicht. Die macht mich verrückt«, stöhnte er.

»Was ist jetzt, Toni, hast du den Toten umgebracht?«, fragte sie eindringlich.

»Was ... was redest du denn für einen Stuss, Claudia?« Toni stieß den Kopf vor. »Der ... der war doch schon tot.« Er fügte hinzu: »Ach so, du meinst ... Du spinnst doch!«

»Wie jetzt?« Claudia blickte ihn verwirrt an.

»Was?«

»Der war schon ... stimmt! Das hast du gesagt.« Claudia nickte heftig.

»Genau!« Toni Buchinger verdrehte die Augen.

Karl schob die Unterlippe vor, brummelte: »Jetzt weiß ich gar nichts mehr.«

»Als ob du jemals was begriffen hättest. Hätte mich auch gewundert.« Toni betonte laut und deutlich: »Der war schon tot, als ich zu den Bienenstöcken gekommen bin.«

»Der Tote!« Karl zupfte sich unsicher an der Nase. Toni schlug genervt die Hände vors Gesicht: »Ja, der Tote!«, brachte er mühsam über die Lippen. »Der war noch dicker als du.«

»Schau mal in den Spiegel«, moserte Karl beleidigt. »Du bist auch nicht viel dünner.«

»Wie aufgebläht war der«, fuhr Toni dessen ungeachtet fort. »Der ist vermutlich erwürgt worden. Ein Gürtel hing um seinen Hals. Oder er ist von den Bienen totgestochen worden, oder erstickt, oder ... was weiß ich.«

Karl schob abermals die Unterlippe vor: »Der Tote! Mhm!« Er schloss die Augen, rieb sich nachdenklich die Stirn.

Toni blies die Backen auf, knurrte ungehalten: »Ja,

der Tote! Seine Zunge war dick angeschwollen. Sein Hals auch.«

Karl sah plötzlich auf, als habe er erst jetzt verstanden, um was es geht. »Wir müssen sofort die Polizei verständigen«, meinte er aufgeregt. »Die haben doch so einen ... einen Untersuchungsdienst.«

»Ja, die haben so einen Untersuchungsdienst.« Toni war mit den Nerven am Ende. »Wenn ich die Polizei anrufe, werden die als erstes mich verdächtigen.«

»Ganz recht! Ruf die bloß nicht an! Die denken dann, du hättest die Bienen auf ihn gehetzt«, warf Claudia ein. Vorsichtig fragte sie ihn: »Hast du?«

»Was?« Toni schaute sie verwirrt an.

»Die Bienen auf ihn gehetzt?«

»Auf wen?«, fragte Karl mit gerunzelter Stirn.

»Auf den Toten, du Hirni«, grantelte Claudia ungehalten. Der schnallt mal wieder gar nix!

»Toni hat doch gesagt, der wäre schon ...« Karl verstummte. Er blickte nicht mehr durch.

Toni sah Claudia grimmig an: »Die Bienen auf ihn gehetzt! So einen Blödsinn habe ich mein Lebtag noch nicht gehört. Warum hätte ich das tun sollen? Ihr seid mir eine große Hilfe. Ich wäre besser nicht hergekommen.« Er wandte sich zum Gehen.

Claudia sprang auf, nahm ihn am Arm: »Bleib hier, Toni. Wir wollen dir ja helfen. Wir müssen uns was einfallen lassen. Hast du Danica Bescheid gesagt?«

Der Imker zog die Stirn in Falten: »Nein, ich wollte sie nicht beunruhigen.«

»Ach ja? Aber uns! Uns kannst du beunruhigen!«, motzte sie aufgeregt.

»Na ja, ich ... ich ... habe gedacht ...«

»Oh! Du hast gedacht! Seit wann denkst du? Ich war immer der Meinung, du lässt denken. Von Danica!« Sie winkte ab: »Ist jetzt schnuppe.« Nachdenklich fuhr sie sich über die schwarzen, halblangen Haare.

»Wir lassen den Toten verschwinden«, sagte sie plötzlich. Karl, der sich mit verzerrtem Gesicht auf eine Lehne der Bank gestützt hatte, sah auf. »Bist du wahnsinnig?«, empörte er sich stöhnend, »das ist gegen das Gesetz.«

»Weißt du was Besseres?«, motzte seine Frau. »Ach so, stimmt ja. Du weißt zwar nichts, doch du weißt alles besser.«

Karl fiel die Kinnlade runter, er fuhr sie an: »Du hättest im Haus bleiben sollen. Dann hätten wir uns dein Geschwätz nicht anhören müssen.« Er knurrte schlecht gelaunt: »So! Genug!« und haute mit der Faust auf den Tisch, dass sein Freund Toni zusammenfuhr. Dieser sagte leise: »Hört auf zu streiten. Das nützt am allerwenigsten.« Er tippte sich mehrfach mit dem Zeigefinger versonnen an die Lippen, meinte dann: »Claudia hat vielleicht recht.«

»Jetzt aber!« begehrte Karl auf und wollte von der Bank hochschnellen. Die Gicht zwang ihn, sitzen zu bleiben. Er wollte weiter protestieren, da schob sein Schwiegervater, der vierundsiebzigjährige Ludwig Schultz laut fluchend sein Fahrrad durchs Gartentürchen. Schlagartig waren alle still. Ludwig räusperte sich mit bösem Blick: »Habt ihr's von mir gehabt, weil ihr so ruhig seid?«

»Ach was, Papa!«, antwortete Claudia. Sie schaute ihn fragend an: »Wieso schiebst du dein Rad?«

»Der alte Hirsch hat 'nen Platten.« Er zog an dem Zigarrenstummel, der zwischen seinen Lippen hing, blies den Rauch aus … genau in Karls Gesicht. Der hustete, wedelte den Qualm vor seiner Nase weg, murmelte: »Als hätte man nicht schon genug Probleme.«

»Wie meinen?« Sein Schwiegervater blickte geringschätzig an ihm hoch. Karl verzog den Mund.

»Ich wollte zum Schroinemischels Fritz nach Frau Nauses, plötzlich habe ich gemerkt, dass ich auf den Felgen gefahren bin«, wetterte Ludwig. »Ständig ist was anderes mit dem alten Vehikel.«

»Stell das Rad in die Garage. Ich flicke später den Platten«, bot Karl an.

»Hör mir bloß auf. Du mit deiner Gicht. Ich mach das schon selbst.« Ludwig stellte ächzend das Fahrrad auf den Kopf, begann, das Vorderrad abzumontieren.

»Sei froh, dass er es selbst macht«, flüsterte Claudia ihrem Mann zu, »dem kannst du eh nichts recht machen.«

Karl nickte, Toni grinste: »Die Alten! Kenn ich.«

»Wir haben eigentlich etwas anderes vor«, erinnerte Claudia.

»Ja, richtig!« Toni wandte sich ihr zu »Was machen wir mit dem Dicken?« Das Wort TOTEN nannte er absichtlich nicht. Er hatte Bedenken, Ludwig könne es hören.

Ludwig hatte tatsächlich etwas mitbekommen, er hatte es nur anders verstanden. »Der soll nicht so viel fressen!« Er betrachtete seinen Schwiegersohn einen Moment lang, sagte verächtlich: »Du wirst immer fetter. Eines Tages wirst du platzen.«

Karl war sauer, wollte eine passende Antwort geben. Er verzichtete darauf. Warum soll ich mich mit ihm anlegen?

Als Ludwig den Platten geflickt und das Vorderrad wieder montiert hatte, nahm er seine Kappe ab, fuhr sich über die verschwitzten weißen Haare, nickte: »So! Jetzt mach ich den nächsten Versuch. Der Fritz hat bei mir noch was gut zu machen. Der meint, er kann tun und lassen, was er will. Dem werde ich helfen.« Er setzte die Kappe wieder auf, mit dem Schild nach hinten (wegen des Gegenwindes, wie er behauptete,) setzte sich auf seinen *ALTEN HIRSCH* und fuhr davon.

»Cool, der Papa«, schmunzelte Claudia.

»Ja, cool!« Toni hob die Arme, schaute zum Himmel. »Also, was machen wir mit dem Toten?«

Karl schob die Unterlippe vor. »Wir müssen die Polizei verständigen.«

»Nichts da, wir müssen ihn wegschaffen«, konterte Claudia.

»Macht doch, was ihr wollt.« Karl schaute seine Frau pikiert an, nörgelte: »Es ist immer das Gleiche! Es geht immer nur nach deinem Kopf!«

Claudia verdrehte die Augen. Eine Biene schwirrte um Karl herum. Er schlug nach ihr, sie flog weg ... und kam zurück, ließ sich auf seinem großen, gichtgeplagten Zeh nieder. Er hatte das Gefühl, ein Stein läge drauf. »Jag mir bloß das Vieh weg, Toni«, rief er voller Angst, die Biene könne ihn stechen. Er konnte eh nicht verstehen, dass sein Freund Bienen züchtete, obwohl dieser schon etliche Male gestochen worden war.

Mit sanfter Handbewegung strich Toni die Biene von Karls Zeh. »Du musst dir mal eins merken, Karl: Niemals nach einer Biene schlagen. Der plötzliche Luftzug macht sie aggressiv. Sie kommt dann wieder und setzt sich bei dir irgendwohin, in dem Fall auf deinen linken Zeh. Meistens sticht sie dann zu.« Er wartete einen Moment, nickte überheblich: »Siehste, sie ist weg.« Gelassen blickte Toni seinen Freund an. »Dazu gibt es einen schönen Spruch.«

»Ach ja? Und der wäre?«

Toni zitierte: »Wenn dich eine Biene sticht, dann gehe fort und schimpfe nicht. Bedenke, dass nur du es bist, der störend ihr im Wege ist.«

»Verstehe! Und die Bienen kennen den Spruch«, meinte Karl spöttisch.

Toni senkte den Kopf, hob die Schultern, schaute ihn

mit gerunzelter Stirn an. Karl winkte ab. »Hör bloß auf!«

Kurz darauf kam die Biene zurück, stach Toni in den Finger und war sogleich verschwunden. Kleiner Racheakt. Toni verzog keine Miene, tat, als sei nichts geschehen.

»Perfekt!« Karl, dem das nicht entgangen war, nickte grinsend: »Du bist ein absoluter Profi.«

»Kann doch mal passieren. Wir waren ihr wohl beide im Weg.« Toni zog schnell den Stachel raus, stellte fest: »Jetzt ist sie wirklich weg.«

Claudia grantelte: »Ja, sie ist weg. Und ich bin auch gleich weg, wenn wir nicht endlich auf den Punkt kommen.« Gereizt fauchte sie ihren Mann an: «Alles wegen deiner blöden Gicht.«

»Sei froh, dass du sowas nicht hast«, maulte Karl missmutig.

Toni schürzte die Lippen. »So kommen wir nicht weiter.« Er entschied: »Wir fahren nachher zu den Bienenstöcken und transportieren den Toten weg.« Unsicher sagte er: »Ich weiß allerdings noch nicht, wohin.«

»Da ... da wird sich was finden.« Claudia wurde immer aufgeregter. »Hoffentlich kommt uns keiner zuvor.«

»Meinst du, wir sollten jetzt schon ...?«

»Nein, nein. Später! Jetzt sind vielleicht noch Leute unterwegs. Wir könnten gesehen werden.« Sie ging in den Keller, holte einen Bembel vom selbstgekelterten Apfelwein und drei Gerippte. »Wir trinken mal einen Schoppen. Vielleicht beruhigt uns das ein bisschen.«

»Mag sein, Claudia.« Toni nickte. Und doch ist er zu dick, der Karl! Wie er jetzt darauf kam, wusste er selbst nicht.

Er schaute an sich herunter ... und winkte ab.

Danica Buchinger hatte kurz nach dem Mittagessen einen mysteriösen Anruf bekommen. Eine heisere Stimme sagte: »Komm heute Nachmittag zum Bahnhof in Wiebelsbach. Ich warte dort.«

»Wer ist am Apparat?«, wollte Danica wissen.

»Komm!«

»Was soll ich dort?« fragte Danica.

»Komm einfach.«

«Nein, erst will ich wissen, was ich dort soll.«

»Wirst es schon sehen.« Die Anruferin legte auf, Danica grübelte. Die Stimme kam ihr bekannt vor. Sollte sie dorthin gehen? Sie war unsicher. Und wenn es wichtig ist? Was, wenn Toni genau in der Zeit heimkommt, wenn ich weg bin? Er traut mir eh nicht so recht.

Dann fiel ihr ein, wem diese heisere Stimme gehören könnte: »Kelly?« Sie wurde neugierig. Was will die hier? Das ist doch alles lange her. Über fünfzehn Jahre!

Ein eiskalter Schauer, der sie für einen Augenblick frösteln ließ, lief ihr über den Rücken.

Claudias Vater Ludwig war unterwegs nach Frau Nauses zu seinem liebsten Feind, dem Schroinemischels Fritz. Wind war aufgekommen, der stetig kräftiger wurde. Ludwig musste sich mächtig anstrengen, die ansteigende Straße und der starke Wind verlangten ihm seine letzten Kraftreserven ab.

Endlich hatte er es geschafft. Keuchend traf er den gleichaltrigen Fritz im blumengeschmückten Hof an, wo dieser Blüten zusammenfegte. Vor der Garage stand der eben polierte Karmann Ghia, Baujahr 1972, Fritz' ganzer Stolz. Sehen und gesehen werden war seine Devise.

»Gude, Ludde. Komm, wir setzen uns.« Fritz stellte den Besen in eine Ecke und ging zur unter dem Apfelbaum inmitten des Hofes stehenden Holzbank, auf deren Rückenlehne unter dem Familienwappen der Schroinemischels, das einen Hobel darstellte, in großen Druckbuchstaben eingraviert war:

DO HOGGE DIE, DIE IMMER DO HOGGE.

»Nein, wir setzen uns nicht. Ich habe mit dir was zu klären«, grollte Ludwig.

Schon wieder mal, dachte Fritz und rollte die Augen. »Auch schon wieder!«, brummte er barsch. »Du hast andauernd zu kritisieren. Was ist es denn diesmal?«

»Erstens hast du mich am vergangenen Samstag versetzt. Wir wollten mit deinem alten Auto eine Odenwaldtour machen.« Ludwig deutete auf den Wagen, dessen silberner Lack sich in der Sonne spiegelte. »Mit dem!«

Fritz war entsetzt. »Mit meinem alten Auto! Mann, Ludde! Ein Oldtimer ist das. Ein Oldtimer allererster Güte!»

»Egal«, erwiderte Ludwig, der an Autos, gleich welcher Art, kein großes Interesse hatte – sein gebrauchter Ford reichte ihm. »Jedenfalls wolltest du mit mir eine Tour machen. Am letzten Samstag.«

Fritz schaute seinen Freund erstaunt an. »Ich kann mich nicht daran erinnern«, entgegnete er kopfschüttelnd.

»Oh doch!«

»Und warum hast du mich nicht angerufen, wenn ich dir das versprochen habe?« Fritz zweifelte. »Angeblich!«

»Weil mir das zu albern war.«

»Es war dir zu albern. Aha!«

»Ja! Zweitens«, fuhr Ludwig unbeirrt fort, »zweitens hast du letztes Mal beim Skat geschummelt. Du hast geglaubt, ich hätt's nicht gemerkt. Ich weiß nicht, ob Hugo es gemerkt hat. Ich hab's jedenfalls gemerkt. Das wollte ich dir nur mal gesagt haben«, herrschte er Fritz lautstark an. Er drohte mit dem Zeigefinger. »Glaub nur nicht, ich wäre doof.«

»Ach, komm! Du hast auch schon Dinger gedreht, die mir nicht gefallen haben«, hielt Fritz ebenso laut dagegen. »Vergiss es einfach!«

So ging es noch eine Weile weiter, sie schaukelten sich gegenseitig mit Vorwürfen hoch.

Ihre Frauen waren dabei, Marmelade einzukochen. Viel Obst gab's in diesem Jahr. Sie hatten gehört, wie ihre Männer wieder stritten. Worum es ging, interessierte sie nicht, sie hatten es sich abgewöhnt, überhaupt zuzuhören.

»Ich glaube, die brauchen das. Meinste nicht, Margot?« Emma grinste ihre Freundin an. Margot grinste zurück: »Da hast du recht, Emma. Jetzt sind wir so alt geworden und die streiten noch immer. Solange sie streiten, leben sie noch. Also … lassen wir sie streiten, die zwei alten Hornochsen.«

»Genau!«, entgegnete Emma. Spitzbübisch meinte sie: »Pass auf, die vertragen sich bald wieder. Und dann trinken sie einen, und alles ist wieder gut. Wollen wir wetten?«

Sie hätte die Wette gewonnen.

Als sie sich lange genug beschimpft hatten, meinte Fritz versöhnlich: »So Ludde, wir trinken jetzt einen guten Dornfelder.«

»Umstädter?«, fragte Ludwig, den Kopf leicht anhebend.

»Umstädter! Winzergenossenschaft.«

»Also gut.«

»Und wir essen was. Ich habe prima Hausmacher. Was meinste?«

»Keine schlechte Idee«, schmunzelte Ludwig. »Wenn die Wurscht so dick wie's Brot is, isses wursch wie dick's Brot is.« Er lachte und klopfte Fritz auf die Schulter. »Gehört zum Fränkischen Grundgesetz. Habe ich auf einem urigen, geschnitzten Holzschild in einem Biergarten in Bad Staffelstein gesehen, als wir dort bei einer Wanderung eingekehrt waren«, schwärmte Ludwig. »Ist lange her. Der Satz hat mir so gut gefallen, dass ich ihn mir gemerkt habe.«

»Jaja, die Franke!« Fritz reckte den Daumen nach oben, sagte, auch lachend: »Der war jetzt gut. Komm, wir setzen uns in die Küche. Da ist der Kühlschrank nicht so weit.«

Ludwig zeigte, dass er einverstanden war, indem er jetzt den Daumen nach oben reckte.

Nach dem dritten Schoppen Dornfelder und einem üppig belegten Leberwurstbrot ging Ludwig in den Keller, wo die Frauen noch bei der Arbeit waren.

Die Sonne war verschwunden, dunkle Wolken schwebten mittlerweile zum Greifen nah über dem Wiebelsbacher Weiler.

»Kommst du mit nach Hause, Margot?«, fragte er seine Frau, die, wie er, mit dem Fahrrad gekommen war.

»Wir haben noch zu tun«, gab sie zur Antwort. »Ich komme später nach.«

»Auch gut. Ich fahr los. Mach nicht mehr so lange, es gibt Regen.« Er ging in den Hof, Fritz kam gerade aus der Garage. »Ich habe mal den Karmann in die Garage gefahren, bevor es regnet.« Fritz grinste Ludwig an. »Frisch poliert!«

»Ich weiß, ich weiß«, entgegnete Ludwig gleichgültig.

»Komm mit«, forderte Fritz ihn auf, »wir gehen mal rüber zum Becker in die Scheune. Der hat vorhin angerufen und gesagt, er hätte was für mich.«

»So? Was denn?«

Fritz zuckte die Schultern.

»Der Becker lebt allein in dem großen Haus, oder?« fragte Ludwig seinen Freund.

»Ja, wieder.«

»Wie, wieder?«

»Er lebt wieder allein im Haus. Seine Freundin ist vor vier Wochen ausgezogen. Mir tut's leid. Sandra war sehr nett. Schade.«

»Ich habe das anders gemeint. Ich ...«

»Ja, ich versteh schon«, entgegnete Fritz. »Das Haus hat vorher seinen Eltern gehört. Früher war das mal ein Bauernhof, den sein Vater Roland geerbt hatte. Das alte Bauernhaus ist abgerissen worden, Roland Becker hat das neue Haus bauen lassen. Die Scheune ist das Einzige, was von dem Gehöft übriggeblieben ist. Alles andere wurde verändert.«

»Ist ja schön und gut, aber das wollte ich eigentlich nicht wissen. Ich wollte ...«

»Ach so, ja. Seine Eltern haben auf Amrum ein Haus gekauft und sind dorthin gezogen, weil seine Mutter Probleme mit dem Atmen hatte. Dort geht es ihr besser, das Nordseeklima bekommt ihr gut. Das Haus hier haben sie Herbert überschrieben. Hin und wieder besucht er sie.«

»Ein Haus auf Amrum? Nicht billig, sowas«, meinte Ludwig.

»Kein Problem für Herberts Eltern. Roland war Flugkapitän. Er hat eine Boeing 747 geflogen.«

»Einen Jumbo! Ja, dann ...« Ludwig zog die Mundwinkel nach unten, nickte respektvoll.

Als sie durch das große Holztor gingen, fiel sein Blick zufällig in die hinterste Ecke der Scheune, wo durch ein Fenster Licht hineinschien. Er nahm Fritz am Arm, deutete in die Ecke: »Sieh mal da hinten. Was ist das?«

»Tja Ludde, jetzt zeigt sich mal wieder, dass du aus der Stadt kommst. Das ist ein Strohhaufen. Du bist hier in einer Scheune. Da ist das nichts Außergewöhnliches. Der Becker wird ein paar Karnickel haben. Die brauchen, wie die Menschen, auch mal ein frisches Bett.«

»Ich bin doch nicht bescheuert!«, empörte sich Ludwig, »da ist doch was unter dem Stroh.«

»Na, und?« Fritz ging weiter: »Was ist? Kommste?«

Da kam auch schon Herbert Becker aus dem Keller, winkte den beiden Männern zu, ging zu dem Strohhaufen. Fritz schaute Ludwig verdutzt an, Herbert bedeutete ihm, das Stroh zu entfernen.

Fritz kratzte das Stroh weg, seine Augen wurden immer größer. »Mann, Herbert! Das ist eine ... das ist eine Zündapp ... eine Zündapp Derby.« Aufgeregt sagte er: »Mein Vater hat so ein Motorrad gefahren. Wenn er abends von der Arbeit gekommen ist, hat er mit mir manchmal eine Runde gedreht. Daran kann ich mich noch gut erinnern.« Er klopfte Ludwig kräftig auf die Schulter, flüsterte ihm ins Ohr: »Die Maschine kauf ich dem Becker glatt ab.«

Ludwig erwiderte trocken: »Wenn er sie hergibt.« Er verabschiedete sich. »Ich fahr los, es wird bald regnen.« Wenig später setzte leichter Regen ein, der zunehmend stärker wurde. Orkanartiger Wind peitschte durch Bäume und Sträucher, die sich zum Teil heftig bogen. »Scheißwetter!« Ludwig zog den Kopf ein, trat kräftig in die Pedale.

»Hast du die Zündapp schon lange?«, fragte Fritz seinen Nachbarn. »Solange ich mich erinnern kann, steht das Motorrad schon hier. Es hat meinem Großvater gehört«, meinte Herbert schmunzelnd. »Keiner wollte es haben, verschrotten wollte es auch keiner. Als ich gestern die Scheune aufgeräumt habe, ist mir eingefallen, dass wir beide uns schon öfter über Oldtimer unterhalten haben, allerdings ist es dabei immer um Autos gegangen. Ich habe gedacht, ich frage dich mal, ob du vielleicht an der Maschine interessiert bist ... als Oldtimerfan.« Er hob die Schultern: »Bevor ich sie verschrotten lasse.«

»Und ob ich interessiert bin!« Fritz war begeistert. Er zupfte sich am Ohr, runzelte die Stirn. »Was soll sie kosten?«

Der junge Mann war froh, dass er das alte Motorrad loswerden konnte und sogar noch Geld dafür bekommen sollte. Er nannte spontan eine Summe. Fritz war einverstanden, kaufte ihm die Maschine ab. Es war ein mit Handschlag besiegelter Deal, der nur wenige Augenblicke dauerte.

Unterwegs nach Hause sah Ludwig, als er den durch den Regen verschleierten Blick nach links richtete, auf dem Grundstück seines Nachbarn Toni Buchinger schemenhaft einen dicken Mann auf dem Rücken liegen. Um ihn herum lagen Zweige und Äste, die der starke Wind von den Bäumen gerissen hatte. Ludwig erschrak heftig, ließ mit klopfendem Herzen das Rad fallen, ging zögernd hin. Der Mann rührte sich nicht, seine gebrochenen Augen starrten ihn an. Ein Gürtel hing um seinen Hals, sein Oberkörper, sowie Hals und Zunge wiesen mehrere Bienenstiche auf. Mein Gott, der ist erwürgt worden, war Ludwigs erster Gedanke ... oder ... oder von Bienen totgestochen worden! Mit zitternden Fingern wollte er dessen Puls fühlen. Er zog die Hand wieder zurück, es war ihm unheimlich, ihn anzufassen. Er schaute nicht mehr hin, setzte sich bestürzt und inzwischen durchnässt auf seinen *ALTEN HIRSCH* und fuhr mit zusammengebissenen Zähnen eilig zurück zu Schroinemischels. Ludwig klingelte, vor Nässe triefend, noch auf dem Rad sitzend, an der Haustür. Fritz öffnete sogleich, er hatte ihn kommen sehen. »Was ist?«, fragte er. Als er ihn genauer anschaute, meinte er: »Komm rein, du bist ja klatschnass.«

»Keine Zeit, Fritz! Keine Zeit!«

»Du siehst so abgehetzt aus.« Fritz zog die Augenbrauen zusammen. »Ist was passiert?«

»Das kannst du singen. Mein lieber Scholli, das ist ein Ding.« Ludwig schnaufte tief durch, nahm die Kappe ab, fuhr sich mit der flachen Hand über die Haare und übers nasse, vor Anstrengung rot angelaufene Gesicht.

»Was soll ich singen ... und was ist ein Ding? Sag schon!«, forderte Fritz ihn gespannt auf.

»Du wirst es nicht glauben«, verkündete Ludwig aufgeregt, »auf ...«

»Was werde ich nicht glauben?«, fiel Fritz ihm ungeduldig ins Wort.

»Kannst du mich nicht ausreden lassen, Schroinemischel?«, wetterte Ludwig. Fritz hob entschuldigend die Hände.

»Auf Tonis Grundstück liegt ein Toter vor den Bienenstöcken«, fuhr Ludwig fort. »Der hat so einen Bauch.« Mit den Armen zeigte er einen Riesenbauchumfang. »Dicker als der von meinem Schwiegersohn, dem Karl. Und dicker als deiner.«

»Was soll das heißen, Ludde, dicker als mein Bauch?« Fritz war erbost.

»Du weißt schon, was ich meine.«

»Egal. Ist nicht so wichtig.« Fritz klopfte sich auf den Bauch, gab zu: »Müsste wirklich mal abnehmen.«

Ludwig interessierte das nicht. »Und pitschnass ist er«, fuhr er ungerührt fort.

»Kein Wunder, bei dem Regen«, entgegnete Fritz trocken.

»Ganz genau deswegen, du Schnellmerker.«

Fritz überhörte die Ironie. »Bienenstöcke? Die sind doch dem Toni, oder?«

»Habe ich eben gesagt. Hörst du schlecht? Dort liegt doch der Tote.«

Jetzt erst dämmerte es dem Schroinemischels Fritz. »Ein Toter?« fragte er entsetzt. »Ein Toter? Wieso hast du das nicht gleich gesagt?«

»Habe ich doch! Bist du wirklich taub?«

Fritz hatte das jetzt nicht gehört. »Um Gottes willen, Ludde!« Er war außer sich. »Haste den nicht gesehen, als du hergekommen bist?«

»Da habe ich nicht hingeschaut. Ich hatte meinen Kampf mit dem starken Gegenwind.« Ludwig holte abermals tief Luft. »Ich habe ja noch immer meinen alten Hirsch und nicht so ein modernes E…dingsda, oder wie die heißen.«

»Du meinst ein … ein, ja, genau, ein …« Fritz runzelte die Stirn. »Was machen wir jetzt?«, fragte er unruhig.

»Gute Frage. Ich weiß es nicht«, erwiderte Ludwig und machte ein ratloses Gesicht. »Am gescheitesten wäre, wann ich zuhause Bescheid geben würde. Karl und Claudia sollen sich dann Gedanken machen.« Er schnaufte: »Mensch, ist das gökelig!«

»Gökelig? Was heißt das? Gökelig!« Fritz schaute ihn befremdet an. »Nie gehört!«

»Kompliziert!«, erwiderte Ludwig.

»Das ist noch mehr als kompliziert!«

Ludwig kräuselte die Stirn. »Ihr Odenwälder! Gökelig heißt kompliziert!«

»Aha! Also, ich sage Emma nichts. Vielleicht erledigt sich das von selbst.« Fritz schüttelte den Kopf. Gökelig!

»Ja, vielleicht. Ich sage Margot auch nichts. Am besten sagen wir niemandem was.»

»Du hast recht, Ludde.« Fritz nickte. »Wir sagen niemandem was.«

Ludwig radelte durch den strömenden Regen nach Wiebelsbach zurück. Er fuhr nicht über die schmale Straße, über die er gekommen war und über die er sonst immer fuhr, sondern über die Bundesstraße 45. Es hätte ihn gegruselt, erneut an Tonis Bienenstöcken und dem Toten vorbeizufahren.

Ludwig Schultz fühlte sich miserabel. Immer wieder musste er schlucken, heißer Speichel rann ihm durch die Kehle, was zur Folge hatte, dass er nach wenigen

Minuten in einen Feldweg einbog, das Rad fallen ließ und sich am Wegesrand übergeben musste.

Nach längerer Pause fuhr er auf der B 45 weiter. Zu allem Unglück erwischte er mit dem Vorderrad einen spitzen Stein, der sich in den Deckmantel bohrte und den Schlauch beschädigte, so dass dieser in wenigen Minuten die komplette Luft verlor. Es blieb ihm nichts anderes übrig, als das Rad zu schieben, wobei er auf den Feldweg zurückkehrte, da es ihm zu gefährlich war, auf der Bundesstraße zu bleiben.

Bei den Vogts klingelte währenddessen das Telefon. Toni deutete zum Haus, Karl nickte: »Hab's gehört.«

Toni drehte sich um, schlenderte zu dem in voller Pracht stehenden Himbeerstrauch, pflückte von den köstlichen Früchten, um sie an Ort und Stelle zu verspeisen. Mundraub, grinste er in sich hinein.

Karl wollte von der Bank auf der überdachten Veranda der Gartenhütte aufstehen, die Gicht bremste ihn, er schaute Claudia an: »Kannst du mal? Ich habe … du weißt ja.«

»Ich geh schon.« Beim Weggehen tadelte sie ihn: »Tu endlich mal was gegen deine Gicht. Immer wenn ich rangehe, ist das Gespräch für dich und ich muss dir den Hörer nachtragen.«

»Ja, ich weiß, Claudia«, entgegnete Karl. »Ich bin doch in Behandlung. Die Spritzen wirken halt nicht ewig.«

»Ich habe schon gesagt, dass wir bei dir einiges ändern müssen, was essen und trinken betrifft. Zu viel Fleisch, zu viel Alkohol. Meinst du, ich würde nicht merken, dass du nebenbei auch noch Süßigkeiten schnabulierst? Und nicht nur das. Auch Kartoffelchips und so allerlei.«

»Das stimmt so nicht«, reklamierte er entrüstet. »Es

ist höchstens ... wenn mich mal der Heißhunger über-
fällt.«

Unerbittlich ergänzte sie: »Das fällt natürlich ab sofort alles weg, dafür gibt es gesunde, magere Kost. Hinzu
kommt, wie schon gesagt, eine Kleinigkeit Sport. Radfahren, Schwimmen, Joggen. Und zwar genau in der genannten Reihenfolge. Vorerst zweimal, später dreimal in
der Woche.«

Karl verdrehte die Augen, er hatte insgeheim gehofft,
seine Gattin habe vergessen, dass sie bei seiner Ernäh-
rung etwas ändern wolle. Verdrossen musste er feststellen, dass es nicht so war. Und Sport! Auch noch! Zweimal die Woche, dann sogar dreimal die ... Die spinnt
komplett, dachte er grimmig.

»So, jetzt geh ans Telefon, bevor der Anrufer auflegt.«
Er legte das Bein hoch.

Claudia schüttelte den Kopf: »Heißhunger! Lieber
Himmel! Verarschen kann ich mich allein.« Eilig lief sie
ins Haus, nahm das Telefon von der Station, hörte einen
Moment zu, zischte verärgert irgendwas mit TEUFEL
und legte auf. Sie ging zurück auf die Veranda, sagte zu
ihrem Mann: »Diesmal war's ausnahmsweise nicht für
dich.«

»Ach! Was für ein Zufall! Dann war's also für dich!«,
meinte er sarkastisch.

»Richtig! Ich habe im Supermarkt in Umstadt die Putenschnitzel an der Kasse liegen lassen. Könnte mir in
den Hintern beißen. Ich fahr gleich nochmal hin.« Sie
setzte sich in ihren Wagen und fuhr los.

»Weiberleut!« Karl zog die Brauen hoch. Toni, der sich
noch schnell die Taschen mit Himbeeren gefüllt hatte,
war zurückgekehrt, pflichtete ihm bei: »Genau! Hoffentlich bleibt sie nicht so lange weg. Wir haben schließlich
noch was vor.«

»Hast du 'ne Ahnung. Das kann dauern«, antwortete

Karl, »auch wenn wir noch was vorhaben.« Er blickte Toni von der Seite an: »Geh in die Küche und hol dir einen Plastikbeutel für die Himbeeren.« Er deutete auf Tonis Hosentaschen, die sich langsam rot färbten.

Toni nickte verlegen, ging ins Haus, nach kurzer Zeit kam er mit den zum Teil zerquetschten Himbeeren im Plastikbeutel zurück.

Erst jetzt wurde Karl bewusst, was seine Frau gesagt hatte, er blies die Backen auf: »Putenschnitzel? Die meint es tatsächlich ernst«, grummelte er. Toni schaute ihn fragend an. »Wie, die meint es ernst? Was meint die ernst?«

»Unwichtig.«

»Ach so ... unwichtig! Aha!« Toni kratzte sich verständnislos am Stoppelbart.

Der wohlgenährte schwarze Kater Giovanni kam gemütlich anspaziert, lief zu seinem Fressnapf in der Ecke der Veranda, drehte sogleich wieder ab, stellte sich vor Karl und stimmte mit hoch gerecktem Schwanz ein wehklagendes Miauen an. Karl meinte mit Blick auf Giovannis leeren Napf: »Na, Kumpel, hat sie dich auch auf Diät gesetzt?«

»Fett genug ist er ja«, stellte Toni nüchtern fest. Er wollte Giovanni streicheln. »Du bist wohl vor dem miesen Wetter geflüchtet.« Es hatte sich langsam, aber sicher eingeregnet.

Der Kater fuhr ihm mit der Kralle über die Hand, legte feindselig die Ohren an und fauchte. Toni rieb sich verstohlen die Hand, auf der sich kleine, leicht blutende Striemen bildeten. Blöde Katze! Karl nahm Giovanni hoch, setzte ihn auf den Schoß, kraulte ihn sanft zwischen den Ohren. Giovanni hatte seinen Hunger anscheinend für den Moment vergessen und schnurrte behaglich. Karl sah ihn verschwörerisch an: »Die Claudia, die soll nur heimkommen. Der werden wir was erzählen!«

Toni lachte: »Wenn Claudia dich dann auch krault, hat sich das Hungern doch gelohnt.«

»Wirklich nicht!«, gab Karl zurück. »Hungern lohnt sich nie. Außerdem … sie wird mich nicht kraulen und auf ihren Schoß setzen wird sie mich sicher auch nicht«, grinste er.

»Wahrscheinlich nicht!« schmunzelte Toni.

Danica war zum Bahnhof in Wiebelsbach gefahren. Am Rande des belegten Parkplatzes stand vor einem Kleinbus ein metallic-blauer Sportwagen mit kroatischem Kennzeichen. Eine Frau mit feuerrotem, lockigem Haar stieg aus, spannte einen Regenschirm auf. Sie trug einen kurzen weißen Rock und weiße High Heels, wodurch ihre endlos langen Beine exzellent zur Geltung kamen. Die weit geöffnete, hellblaue Bluse zeigte den Ansatz eines nicht allzu großen Busens. Sie war keine klassische Schönheit, doch sie hatte eine außergewöhnliche Ausstrahlung. Sie hatte das gewisse Etwas, das Männer sowie Frauen immer wieder außer Kontrolle geraten lässt. Für sie hat so mancher Mann oder auch manche Frau schon alles Mögliche aufs Spiel gesetzt. Sogar Ehen gingen in die Brüche.

Danica war nicht unbedingt überrascht – sie hatte sich ja schon gedacht, wer die Anruferin gewesen sein könnte.

Kelly, die *ROTE KANAILLE VON BELFAST*.

Kelly O'Donegan war im nordirischen Belfast geboren und als Achtzehnjährige nach verschiedenen kriminellen Delikten nach Kroatien geflohen. Mit ihr hatte Danica einst eine Wahnsinnszeit erlebt. Eine unglaublich erotische Zeit, die sie bis heute nicht vergessen

konnte. Doch diese Zeit hatte auch ihre Schattenseiten
…

Und genau wie damals … es begann zu knistern. Danica
war noch unsicher, stieg zögerlich aus. Plötzlich spürte
sie Kellys außergewöhnliche sexuelle Energie, die un-
weigerlich auf sie übergriff.

Kelly, die langsam auf sie zukam, flüsterte mit ver-
führerisch heiserer Stimme: »Ich habe dich vermisst.«

Nachdem sie sich heftig umarmt und erst zaghaft,
dann leidenschaftlich geküsst hatten, hauchte Danica:
»Komm, ich kenne hier ein schönes Plätzchen.«

Als sie später in ihrem Wagen saß, war sie reichlich verwirrt von diesem hemmungslosen Zusammentreffen mit
Kelly. Danica war noch äußerst aufgewühlt, musste sich
eingestehen, dass sie dieses Treffen sehr genossen
hatte. Nach so langer Zeit!

Ungläubig schüttelte sie den Kopf.

Als Kelly weggefahren war, blieb sie noch eine ganze
Weile im Auto sitzen. Um sich abzureagieren, schob sie
eine CD mit knallharten Heavy Metal Songs von Iron
Maiden in den Recorder. Nach und nach löste sich ihre
Anspannung. Sie fuhr los. Heftiger Regen trommelte auf
das Dach ihres Wagens, klatschte gegen die Windschutzscheibe.

Danica war fest entschlossen, dieses Date zu wieder-
holen, dachte sogar darüber nach, mit Kelly wegzuge-
hen. Irgendwohin! Nur weg! So weit weg wie möglich!

Von Toni wurde sie schon lange, viel zu lange, ver-
nachlässigt. Darüber war sie sehr unglücklich, konnte
jedoch an ihren Gefühlen nichts ändern, so sehr sie sich
auch bemühte.

Hatte sie es überhaupt gewollt? Ihre Gefühle ändern?
Gegen den Willen ihres Körpers? Nein, damit hätte sie

nicht gut leben können. Es war ein Zwiespalt.

So kam es, dass sie, weil mit Toni so gut wie nichts mehr lief, ihre Erfüllung woanders gesucht und auch gefunden hatte, was ja immer mit Problemen verbunden ist.

Letztendlich war es einfacher, als sie geglaubt hatte.

Ein kleiner Wermutstropfen trübte jedoch ihre wieder aufgeflammte Zuneigung zu dieser faszinierenden Frau. Zweifel!

Leise Zweifel kamen in Danica auf. Was ist mit Kelly? Warum ist die hier? War Kelly immer noch – oder wieder – in sie verliebt? Sie wusste es nicht.

Ein Spaziergänger, der wegen des Regens unter einem Baum Schutz gesucht hatte, beobachtete einen Mann, der zu Buchingers Grundstück hastete, sich dort suchend umschaute, dann etwas aufhob. Der Mann rannte wieder weg und verschwand hinter einer Schwarzdornhecke.

Der ältere Herr streichelte seinem Hund übers nasse Fell, sagte leise: »Der hat's ganz schön eilig, mein Guter, gell?«

Blinzelnd schaute ihn der Bernhardiner mit treuen Augen an, antwortete mit einem eintönigen »Wuff!«

Wenige Minuten später schoss ein dunkler Geländewagen laut scheppernd in halsbrecherischem Tempo an ihnen vorbei.

Als Claudia zurückkam, maulte Karl verstimmt: »Menschenskind, wo warst du denn so lange?«

»Ich bin Sybille im Supermarkt begegnet. Wir haben in der Cafeteria zusammen Kaffee getrunken und ein bisschen geschwätzt. So wie ihr Männer das auch macht. Allerdings steht ihr meistens in irgendeiner Kneipe an irgendeiner Theke, gelle«, meinte sie grinsend.

»Und Kaffee trinkt ihr auch nicht.«

»Komm, komm, hör auf!«, schnaubte Karl unwillig.

»Dann hat Sybilles Handy geklingelt«, fuhr sie unbeeindruckt fort. »Ich habe gehört, wie sie gesagt hat: *ICH KOMME*. Mit einem Male hatte sie es sehr eilig. Sie hat hektisch gemurmelt: *ICH MUSS WEG*. Schnell ist sie davongerauscht. Das ist mir seltsam vorgekommen. Ich habe meinen Kaffee ausgetrunken und bin gegangen. Zu allem Überfluss habe ich dann auch noch Milena getroffen.« Sie schüttelte den Kopf. »Die mit ihrem Geschnatter! Furchtbar! Zum Glück hat sie nicht viel Zeit gehabt, sonst hätte alles noch länger gedauert.«

Ihr Mann zuckte die Schultern. Milena? Er schaute sie misstrauisch an: »Wieso bist du so nass?«

»Vielleicht regnet's! Noch nicht gemerkt?«, antwortete sie schnippisch, schob die Kapuze der Regenjacke vom Kopf.

»Doch, doch! Entschuldige zwei bis drei Mal«, erwiderte er. Misstrauisch war er trotzdem.

»Hast du die Putenschnitzel?«, fragte er, in der Hoffnung, sie hätte es sich anders überlegt.

Claudia wusste, dass Karl Geflügel, außer Grillhähnchen – die mit der knusprigen Haut – überhaupt nicht mochte. *»DAVON KRIEG ICH IMMER KOPFWEH«*, wollte er ihr schon vor längerer Zeit weismachen, worauf sie höhnisch grinste. Das kann er seinem Friseur erzählen. Mann, Karl! Für wie doof hältst du mich?

»Selbstverständlich habe ich die Putenschnitzel«, antwortete sie. »Deswegen war ich ja nochmal weg.«

»Deswegen?«

»Ja, genau! Deswegen! Habe ich doch gesagt.«

Karl kratzte sich am Hinterkopf, schaute Toni an, hob die Achseln. Toni grinste belustigt.

»Du brauchst gar nicht so dämlich zu grinsen, Buchinger«, maulte Karl.

»Ist ja gut.« Toni grinste immer noch.

Claudia ging ins Haus, wechselte die regennasse Hose gegen eine Jeans, kam wieder hinaus auf die Veranda, trank ihr Geripptes aus. Sie forderte die Männer auf: »Los, kommt! Macht hinne! Der Tote muss verschwinden.«

Karl jammerte: »Ich kann da nicht mit. Ich kann vor Schmerzen nicht laufen. Außerdem schüttet es wie aus Kübeln.«

»Dass es regnet, wissen wir schon. Leg dich ins Bett, du Feigling, und pfleg deine Gicht.« Claudia wandte sich an den Imker: »Komm, Toni, wir ziehen das jetzt durch.« Sie lief entschlossen, die Kapuze schützend über den Kopf gezogen, durch den Regen zu Tonis VW, setzte sich auf den Beifahrersitz. Toni blitzte seinen Freund an: »Du brauchst mich auch mal wieder, du Hosenscheißer.« Er eilte zu seinem Wagen, setzte sich hinters Steuer, strich die nassen Haarsträhnen aus der Stirn, murmelte: »Schöner Freund, der.«

»Ach lass ihn. Er ist halt ein Angsthase.« Claudia legte eine Hand auf seinen Oberschenkel, was ihn verunsicherte. (Hegte sie etwa noch Gefühle für ihn … oder er für sie?)

Der strömende Regen ließ nach, dann tröpfelte es nur noch, dann hörte es ganz auf, doch die Sonne schaffte es nicht, die dunklen Wolken zu durchbrechen.

Am Grundstück angekommen, fragte Claudia, wo denn der Tote läge. Sie strich die Kapuze zurück, lockerte mit gespreizten Fingern die Haare. Toni deutete zu den Bienenstöcken. »Guck hier! Hier liegt ein umgefallener Stock. Keine einzige Biene ist mehr drin.« Seine Hand zitterte, mit belegter Stimme sagte er: »Gleich da vorne, da liegt er.« Er deutete dahin, wo er den Toten hatte liegen sehen.

»Wo da vorne?«, fragte Claudia und reckte den Kopf.

Den umgefallenen Stock beachtete sie nicht.

»Ei da!« Er deutete noch einmal nach vorne ... und traute seinen Augen nicht. Der Tote lag nicht mehr da, wo er gelegen hatte. Toni stieg aus, hastete um die Stöcke herum. Claudia, die auch ausgestiegen war, wartete. Aufgelöst kam der Imker angerannt: »Das ... das glaubst du nicht. Der Tote ... der ist weg!«, rief er entsetzt. »Einfach weg!«

»Wie weg?«

»Ei, einfach weg! Habe ich doch eben gesagt.«

Sie blickte ihn verwundert an. »Vielleicht hast du dich getäuscht und er war gar nicht tot und ist weggelaufen«, meinte sie, jetzt erstaunlich gelassen. »Was machen wir nun?«

»Ich weiß es nicht.« Tonis Stimme bebte, zitternd setzte er sich trotz der Nässe an einen Bienenstock, lehnte sich zurück. Mit dem Ärmel wischte er sich übers verschwitzte Gesicht.

Claudia legte eine Hand auf seine Schulter, sagte leise: »Toni, beruhige dich.«

»Das sagst du so einfach.«

»Du behauptest, es gäbe hier einen Toten, doch es gibt keine Leiche. Du hast dir das eingebildet«, erwiderte sie, ihm die Schulter tätschelnd.

»So glaub mir doch, Claudia. Der Tote hat im Gras vor dem Pflaster gelegen. Ich habe ihn mit eigenen Augen gesehen.«

»Mit welchen auch sonst?«, sagte Claudia zynisch. »Wenn überhaupt!«, schob sie nach.

»Hör auf, mich zu verarschen. Den Toten gibt es wirklich.«

»Wer verarscht hier wen?« Sie beschloss: »Wir fahren heim.«

»Und der Tote?« Toni sah mit geröteten Augen zu ihr auf.

»Welcher Tote?«, fragte sie höhnisch. »Es gibt keinen

Toten. Den gibt es nur in deinem Kopf, den Toten.« Claudia runzelte die Stirn: »Ein Toter ohne Leiche! Dass ich nicht lache.« Sie deutete mit dem Kopf zum Auto: »Komm!«

Mühsam erhob sich Buchinger: »Ich weiß genau, dass es diesen Toten gibt. Da ist was passiert. Der Bienenstock ist bestimmt nicht allein umgefallen.« Fragend blickte er Claudia an: »Warum ist der umgeworfen worden? Und von wem, wenn nicht von dem Toten?«

»Jetzt hat der angebliche Tote auch noch einen Bienenstock umgeworfen«, erwiderte Claudia ironisch. «Es wird ja immer schöner.«

»Der Tote hat den Stock umgeworfen, als er noch lebte, der Tote, oder er hat … ach, was weiß denn ich!« Toni wirkte erschöpft, rieb sich die Stirn. »Wer soll es denn sonst gewesen sein … das mit dem Stock?«

Claudia gab keine Antwort.

»Siehste! Du weißt es auch nicht. Interessiert es dich überhaupt?« Er hob verzweifelt beide Arme. Sie schaute ihn an, meinte nur: »Was ist jetzt? Kommst du?«

Er wusste, dass Claudia ein Sturschädel sein konnte. Dieses Verhalten brauchte er nicht, in der jetzigen Situation schon gar nicht. Bedrückt flüsterte er: »Okay.« Schleppenden Schrittes ging Toni Buchinger zu seinem Wagen.

Claudia lief nachdenklich hinter ihm her. Was ist nur aus dem einst so coolen Typ geworden?
Es hatte wieder kräftig zu regnen begonnen, als sie zurückfuhren. In Wiebelsbach angekommen, setzte Toni sich müde an den Tisch in der Gartenlaube der Vogts, Claudia setzte sich schweigend neben ihn. Zahlreiche Schnaken schwirrten um sie herum. Claudia zündete die auf dem Tisch stehende dicke, gelbe Kerze an. *IN-SEKTENKILLER* stand drauf. Zwar war es ein wenig kühler geworden, doch das Thermometer an der Tür der Laube zeigte immer noch zweiundzwanzig Grad an.

Karl, der sich ins Wohnzimmer auf die Couch verzogen hatte, hatte sie kommen hören. Giovanni hatte es sich wieder auf dessen Schoß gemütlich gemacht und war eingeschlafen. Er wachte auf, spitzte die Ohren. Stöhnend setzte Karl den Kater auf den Boden, was dieser sichtlich beleidigt zur Kenntnis nahm. Karl stand auf, nahm den Schirm aus dem Ständer im Flur, spannte ihn auf und humpelte mit wehleidigem Gesicht durch den Regen hinaus in die Laube, setzte sich Toni gegenüber. Giovanni war ihm bis zur Tür gefolgt, dann drehte er ab, spazierte zurück ins Wohnzimmer und legte sich schnurrend auf die Couch. Regen mochte er gar nicht, der stolze Kater Giovanni.

»Und?«, fragte Karl, »was habt ihr gemacht? Habt ihr ihn verbuddelt?« Er schloss den Schirm, stellte ihn in einen Eimer.

»Verbuddelt!« Claudia schnaubte. »Dazu hätten wir ihn erst mal haben müssen.«

»Das verstehe ich nicht«, erwiderte Karl und starrte seine Frau verstört an. »Ihr habt ihn nicht? Ist er weggelaufen, der Tote?« Sein rührseliger Gesichtsausdruck veränderte sich in ein spöttisches Grinsen: »Das hat es bisher noch nicht gegeben, oder? Ich sehe schon die Schlagzeilen in den Zeitungen:

TOTER MANN WEGGELAUFEN! Er lachte laut auf.

»Zieh nur alles ins Lächerliche. Das fehlt mir gerade noch.« Toni war stinksauer. »Erst sich drücken und dann draufhauen. Du bist ein echter Freund. Muss ich schon sagen.«

Karl guckte ihn jetzt befremdet an. »Was ist denn nun wirklich los?«, wollte er wissen.

»Was ist los, was ist los! Der Tote ist weg! Er liegt nicht mehr bei den Bienenstöcken.« Toni schaute verstimmt auf.

»Er ist wirklich weg? Ich denke, der ist tot, der Tote.«

Sein Freund wunderte sich. »Wie kann der weg sein?«

»Ei Karl, es war kein Toter da!« Claudia zischte: »Ich glaube nicht, dass es überhaupt einen gibt.«

Toni sah sie böse an. »Und doch gibt es ihn!«, blaffte er.

Karl zweifelte. »Ich hab's ja gleich gesagt. Ich habe gewusst, dass das nichts wird.«

»Du hast es gewusst! Genau du!«, schimpfte seine Frau.

»Ja! Genau ich!« Er stöhnte auf: »Verdammte Gicht!« Mit verzerrtem Gesicht bestimmte er: »So, jetzt werden Köpfe mit Nägeln gemacht. Die Polizei muss her.«

»Nägel mit Köpfen«, korrigierte Claudia kopfschüttelnd.

»Meinetwegen«, erwiderte Karl. »Auf jeden Fall muss die Polizei her.«

»Und was wollen wir denen sagen?« Toni hob verzweifelt die Arme.

»Die Wahrheit, Toni, die Wahrheit. Die sollen sich um alles kümmern.«

»So ein Schwachsinn! Die lachen sich schlapp.« Claudia sagte voller Hohn: »Ein Toter wird gefunden. Doch es gibt ihn nicht wirklich! Ein Witz! Hahaha!«

Toni war wütend: »Mach dich nur lustig über mich.« Sein Blick traf sie wie ein Giftpfeil, was Claudia trotz allem sehr betroffen machte. Karl stöhnte erneut auf. Allmählich ging er sich selbst auf den Senkel. Verdammte Gicht!

»Es geht wohl nur über die Polizei«, vertrat er seine Meinung, obwohl ihm alles auch äußerst absurd vorkam. »Ich habe schon mal gesagt, dass die so einen …«

»Untersuchungsdienst haben«, ergänzte Toni. »Ja, den haben die. Das Wort heißt nur anders, nämlich Erkennungsdienst oder Spurensicherung«, belehrte ihn der Imker.

»Auch gut. Egal, wie die heißen, die müssen jetzt her.«
Karl schaute ihn schräg an: »Klugscheißer!«

Toni reagierte nicht auf die letzte Bemerkung, holte das Smartphone aus der Tasche. »Ich ruf die Polizei an.«

»Und was soll das bringen?« fragte Claudia. Sie kratzte sich nervös am Arm, sagte laut: »Nochmal! Zum Mitschreiben! Es ist und war kein Toter da! Ende!«

»Das werden wir ja noch sehen«, entgegnete Toni, jetzt aufbrausend. »Ich habe ganz sicher keine Hallunkin ... oder wie das heißt.«

»Halluzinationen meinst du«, grinste Karl.

»Oder so!« Toni schaute seinen Freund verlegen an. »Ja!«

»Du ...« Claudia sprach nicht weiter, Toni hatte bereits die gespeicherte Nummer des Polizeipräsidiums Südhessen in Darmstadt gedrückt. Der diensthabende Oberkommissar Otto Walther nahm in der Einsatzzentrale das Gespräch entgegen.

»Ich ... ich ... ich habe einen toten Menschen auf ... aufgefunden. Auf ... meinem Grundstück ... bei ... bei den Bienenstöcken«, stotterte er schnell und aufgeregt durchs Telefon.

»Schwätze se e bissje langsamer, isch kann se nischt verstehn«, versuchte Walther, der mit dem Hochdeutschen so seine Probleme hatte, den Anrufer zu beruhigen. »Saache se mir zuerst emol, wie se heiße.«

Toni nannte seinen Namen und wiederholte, was er gesagt hatte, diesmal langsamer. »Doch ... doch es gibt keine Leiche«, fuhr er leise fort.

Der Oberkommissar hat schon die abstrusesten Telefongespräche geführt, an einen toten Menschen ohne Leiche konnte er sich nicht entsinnen. »Sie hawwe äwe gesacht, sie hätten oinen toten Menschen aufgefunden. Das ist dann wohl automatisch mit oiner Leische verbunden, oder?«, meinte er sarkastisch und runzelte die

Stirn. »War es oin Mann oder war es oine Frau?«

»Ja, genau«, sagte Toni aufgeregt.

Walther fragte noch einmal: »Mann oder Frau?«

»Ja, schon … nur …«

So oin Schwätzer! Der Oberkommissar unterbrach ihn: »Isch schlage vor, Sie gewwe mir Ihre Adresse und isch schicke Ihnen die Kollegen.«

Nachdem Buchinger seine Anschrift hinterlassen hatte, legte Walther verwundert auf. »Oin toter Mensch ohne Leische! Saacht der!« Er runzelte die Stirn: »Sache gitt's!«

Otto Walther informierte sofort den Ersten Kriminalhauptkommissar vom K10, Heiner Dröger. Dröger rief Hauptkommissar Semmelweiß und Kommissarin Cohrs zu sich in sein Büro, erklärte Ihnen den Sachverhalt. »Fahrt hin und schaut nach, was passiert ist.«

»Wir wollten gerade Feierabend machen.« Semmelweiß tippte auf seine Armbanduhr, schob die dicke Unterlippe vor. »Kann das nicht eine Streife übernehmen?«

»Ja! Es ist eh schon spät.« Auch Sina war die Unlust auf Überstunden anzusehen.

»Fahrt einfach hin. Es ist wichtig«, bestimmte Dröger. »Sonst hätte der nicht direkt bei uns angerufen.«

Semmelweiß sah Sina an, blies die Backen auf: »Komm Cohrs. Der Chef hat demokratisch entschieden. Es nützt alles nix.«

Nachdem sie Drögers Büro verlassen hatten, grinste dieser: »Wer sagt's denn!«

Toni atmete durch, steckte das Smartphone weg. »Die kommen zu uns nach Hause.«

»Dann mach dich heim und sag deiner Frau Bescheid«, meinte Claudia.

Anfangs war sie mit Danica gut zurechtgekommen, sie waren sogar Freundinnen geworden. Später änderte sich das. Dafür gab es Gründe …

»Ja. Macht's gut.« Toni fuhr los. Claudia fiel ein, dass sie vergessen hatte, den Napf des Katers zu füllen. Sie holte es nach, rief nach ihm. Giovanni, der langsam erwachte, schloss beleidigt wieder die Augen, als wolle er sagen: JETZT WILL ICH AUCH NICHT MEHR …

Kaum war Claudia weg, schlich Giovanni auf leisen Pfoten zu seinem Napf. Offenbar war sein Hunger größer als sein Stolz.

Danica Buchinger stand in der Küche am Herd und rührte in einem Topf mit Bohnensuppe, als Toni hereinkam. Sie motzte ihn an: »Wo bleibst du denn? Du kommst, wann du willst. Oliver ist auch nicht da. Er hat angerufen und gesagt, dass er bei Kalle übernachtet.« Sie schaute ihn vorwurfsvoll an: »Und ich? Ich warte mal wieder. Wie so oft!« Verärgert meckerte sie: »Du und deine Bienen! *PROKLETSTVO!* –Verdammt nochmal!«

Immer sind die Bienen schuld, dachte Toni genervt. Immer!!! Schwermütig, mit hängenden Schultern schloss er die Tür, murmelte: »Ist ja gut. Ich … ich … « Er schnaufte tief durch, senkte den Kopf.

Was ist denn mit dem los? fragte sie sich. »Ist was passiert? Sag schon!«

Stockend erzählte er, was geschehen war. Für ein paar Sekunden erstarrte sie: »Was sagst du da?« Danica wischte sich die Hände an der Schürze ab, setzte sich nervös auf die Eckbank. »Du hast WAS?« Sie zündete sich eine Zigarette an, blies angespannt den Rauch aus.

»Eine Leiche gefunden«, gab er geknickt zur Antwort. »Doch es gibt sie nicht.«

»Hast du getrunken, Tonči?« Sie nannte seinen Vornamen immer in ihrer Muttersprache.

»Nein, Danica, nein! Es stimmt. Die tote Leiche ist weg.«

Ihr Gesicht verfärbte sich, sie spürte, dass Blutdruck und Puls deutlich anstiegen. »Du hast geträumt, Tonči! Wie soll das gehen? Ein toter Mensch, keine Leiche! Das musst du mir erklären.«

Mit ernstem Gesicht sagte er laut: »Die war wirklich tot, die Leiche. Jetzt isse weg.«

»Komm, hör auf! Das glaubt dir niemand.« Sie hob den Kopf, inhalierte einen tiefen Zug.

Toni brabbelte Unverständliches in den Bart. Danica forderte ihn auf: »Setz dich. Du bist ja völlig von der Rolle.« Ihn von oben bis unten musternd fragte sie: »Wieso ist dein Hemd so nass und schmutzig? Und dein Hosenboden! Und überhaupt! Wie siehst du denn aus?«

»Was?«

»Dein Hemd! Deine Hose! Schmutzig! Verstehn?« Ihre Lippen vibrierten.

»Ich hatte mich an einen Bienenstock gelehnt«, antwortete er abwesend.

An einen Bienenstock gelehnt? Der ist besoffen! Danica runzelte die Stirn. »Du hast doch getrunken. Sei ehrlich.«

»Nein, habe ich nicht!« Er setzte sich neben sie, stützte den Kopf in beide Hände. »Die Polizei kommt dann«, brachte er mühsam hervor.

»*BESMISLICA!* – Blödsinn!«, schimpfte sie. »Du bist voll! Hauch mich mal an.«

»Nein, das tue ich nicht. Ich bin nicht betrunken!« Er guckte sie aus trüben Augen an. »Ich bin fix und fertig.«

»Ja, das seh ich.« Sie schlug die Hand vor den Mund. Hat der tatsächlich ...?

Margot Schultz hatte es sich auf dem Schaukelstuhl vorm Fernseher gemütlich gemacht, als ihr Mann Ludwig nachhause kam. Sie hörte ihn, als er draußen im Schuppen fluchend sein Fahrrad auf den Kopf stellte.

»Schon wieder platt. Es ist nicht zu glauben«, maulte er. Sie stand auf, ging hinunter: »Wieso kommst du jetzt erst? Du bist doch vor mir losgefahren. Fritz war auf einmal auch verschwunden. Wart ihr noch einen trinken?«

»Einen trinken, einen trinken! Was redest du da? Du siehst doch, dass der alte Hirsch wieder einen Platten hat. Oder siehst du das nicht?«, grantelte er. »Ich habe das verdammte Rad fast den ganzen Weg geschoben. Geschüttet hat es auch. Wie aus Kannen!«

»Das weiß ich, bin auch nass geworden. Ich hätte dich doch sehen müssen. Bin über die B45 gefahren.«

»Siehste! Ich bin über einen Feldweg gefahren, das heißt gelaufen. Mit dem platten Rad«, sagte er. »Da haben wir's schon!«

»Über welchen Feldweg?«

»Ist doch egal«, knurrte er.

»Wenn du meinst. Komm rein, iss erst mal was. Du hast bestimmt Hunger.«

»Nein, habe ich nicht!«

»Du hast keinen Hunger?«, fragte sie erstaunt. »Das kann ich nicht glauben. Ich habe extra mit dem Essen auf dich gewartet.« Sie fragte weiter: »Willst du den Platten heute noch flicken?«

»Was sonst?«, gab er gereizt zurück. »Lass mir jetzt meine Ruhe.«

»Alter Knurrhahn! Von mir aus brauchst du auch nichts essen.« Margot ging hinein, schlug wütend die Haustür zu: »Dann esse ich eben allein. Wer nicht will, der hat schon.«

Ludwig folgte ihr, tauschte die nassen Kleider gegen trockene und ging wieder hinaus, um den Platten zu flicken. Als er in den Schuppen hineingehen wollte, fielen dicke Tropfen aus der Dachrinne, genau in seinen Hemdkragen. »Verflixt noch mal!«, fluchte er. Er wusste wohl, dass die Rinne zum Teil nur noch aus Löchern bestand. »Ich muss endlich mal diese alte Rinne austauschen.«

Aufmerksam geworden durch den Streit ihrer Eltern ging Claudia hinaus in den Schuppen, wo ihr Vater bereits das Vorderrad seines *ALTEN HIRSCHES* abmontiert hatte.

»Na, Papa, hast du Fritz ordentlich Bescheid gesagt?«, fragte sie.

»Natürlich!«, antwortete Ludwig kurz angebunden.

»Und? Was ist dabei herausgekommen?«

»Nichts! Wie immer! Der ist unbelehrbar.«

Claudia unterdrückte ein Schmunzeln, wechselte das Thema. »Hast du mit Mama Streit gehabt? Ihr wart so laut. Was ist denn los?«

»Nichts ist los!« Er richtete sich auf: »Der alte Hirsch ist schon wieder platt.«

»Und?«

»Was *UND?* Der Schlauch muss geflickt werden. Sofort!«

Stürmischer Wind frischte auf, ein greller Blitz durchzuckte die dunklen, regenschweren Wolken, lauter, rollender Donner folgte. Ludwig maulte: »Das kann ich jetzt wunderbar gut gebrauchen.«

Claudia hob die Schultern, meinte: »Na schön, wenn du meinst, du müsstest den Platten bei dem Wetter flicken, dann mach es halt.« Sie ging zurück ins Haus. Erneutes mehrfaches heftiges Blitzen und gewaltig rollender Donner, sowie ein kräftiger Regenguss begleiteten sie.

Dann war es auch schon vorbei. Der Wind hatte sich so schnell gelegt, wie er gekommen war. Die darauffolgende Stille war fast greifbar. Kein Blitz, kein Donner, auch kein Regen mehr.

Verrücktes Wetter. Ludwig wartete noch einen Moment, dann nahm er sein Handy und rief beim Schroinemischels Fritz an.

Er nannte sein Handy Hartz-IV-Handy, weil es kein Smartphone, sondern eines der ersten Handys war, die anfangs der achtziger Jahre auf den Markt kamen. Es entsprach fast der Größe eines damaligen normalen Telefonhörers. »Da hat man auch was in der Hand«, sagte er, wenn er darauf angesprochen wurde.

»Alles klar?«, fragte er seinen Freund.

»Sicher! Alles klar! Hat geklappt«, antwortete Fritz kurz und legte auf. Ludwig nickte, legte sein vorsintflutliches Handy auf einen Tisch, flickte den Platten seines ALTEN HIRSCHES. Das kurze, heftige Gewitter hatte sich nach Norden verzogen.

Plötzlich plagte ihn das Gewissen. Hätten wir das mit dem Toten nicht doch der Polizei melden sollen?

Seit er den Mann bei Tonis Bienenstöcken liegen gesehen hatte, konnte er kaum einen klaren Gedanken fassen. Er kam nicht zur Ruhe. Entschlossen schnappte er seinen ALTEN HIRSCH und fuhr noch einmal zu den Bienenstöcken. Unterwegs fragte er sich unsicher: Ob der wirklich tot war?

Der Schroinemischels Fritz saß mit seiner Frau Emma beim Abendessen, als es Sturm klingelte. Fritz ging an die Haustür und öffnete: »Du schon wieder! Was ist denn jetzt los?«

»Fritz, es ist eine Katastrophe«, schnaufte Ludwig außer Atem. »Es ist eine ... der Tote ... der Tote ...«. Er legte eine kurze Pause ein, holte tief Luft.

«Was ist mit dem? Dem Toten?«, fragte Fritz angespannt.

»Ei, Fritz, der ... der ist ... der ist weg!«, stammelte Ludwig.

»Wie weg? Ist das jetzt auch wieder gökelig?«

»Ja, ist es! Der ist weg! Der ist nicht mehr da! Das ist echt gökelig.«

»Ludde, Ludde! Hast du einen zu viel getankt, oder wie? Wenn er tot war, kann er nicht so einfach weg sein. Jetzt erzählste wieder was.« Er machte eine wegwerfende Handbewegung: »Geh fort!«

»Wenn ich dir sage, der ist weg, dann ist er weg. Noch bin ich nicht senil«, entrüstete sich Ludwig. »Noch nicht!«

Fritz kratzte sich nachdenklich an der Nasenspitze. Schließlich war Ludwig einen großen Teil seines Berufslebens Abteilungsleiter bei einem bedeutungsvollen Handelsunternehmen in Hannover gewesen. Später war er sogar in den Vorstand berufen worden.

Senil ist der bestimmt nicht. Obwohl ... es gibt viel intelligente Menschen, die im Alter an Demenz leiden. Das wird sich wahrscheinlich leider auch in Zukunft nicht ändern. Nicht zu steuern sowas, dachte er skeptisch.

»Hast du den weggeschafft?«, meinte er und sah Ludwig mit zweifelndem Blick ins Gesicht. »Und hast du den ...?« Er brach den Satz mit gerunzelter Stirn ab.

»Mach kaane Dööntjes.« Ludwig glaubte, Fritz wolle sich über ihn lustig machen.

»Mann, red deutsch mit mir «, fuhr dieser ihn an.

»Mach keine Späßchen, heißt das.« Jetzt erst kapierte Ludwig. Sein Gesicht verfinsterte sich. »Geht's dir noch gut, Fritz? Wie kannst du so etwas von mir denken?«, wies er ihn erbost zurecht.

Fritz hatte immer noch diesen seltsamen Blick auf Ludwig gerichtet. Ludwig geriet in Zorn. Mit hochrotem Kopf fuhr er ihn an: »Bist du wahnsinnig?« Enttäuscht sagte er, nun leiser: »Das hätte ich nicht von dir gedacht. Das nicht! Dass du mich so einer Tat verdächtigst.«

»War nicht so gemeint. Lass gut sein!« Fritz hob die

Achseln. Ludwig sah ihn verärgert an. »Ich habe immer geglaubt, wir wären Freunde. Das sieht jetzt gar nicht mehr danach aus.« Mit ernstem Gesicht sagte er: »Weißt du was? Ich fahr heim. Du kannst mich anzeigen. Ich will nichts mehr von dir wissen.«

»Es war doch nicht so gemeint. Tut mir leid, dass ich dich beleidigt habe.«

»Beleidigt? Das ginge ja noch. Du hast mich verdächtigt, ein Mörder zu sein.« Ludwig war richtig sauer. »Du spinnst doch!« Er wandte sich zum Gehen.

»Bleib hier, Ludde! Ich habe mich doch entschuldigt«, wollte Fritz ihn beschwichtigen.

»Und du denkst, damit ist alles erledigt?«

»Ja, das denke ich. Was soll ich jetzt machen? Mich noch einmal entschuldigen?«

Ludwig winkte ab.

»Na komm, Ludde, vergiss es!« Fritz legte eine Hand auf Ludwigs Schulter.

Ludwig lenkte zögerlich ein. »Von mir aus.«

»Gut. Wenn der wirklich nicht mehr da ist, dann brauchen wir uns auch keine Gedanken machen.« Fritz schaute Ludwig augenzwinkernd an: »Ich habe einen hervorragenden Roten. Wollen wir …?«

»Nein, nein, um Gottes willen. Ich fahr nach Hause«, entgegnete Ludwig.

»Okay, dann tu das. Und mach dir keinen Kopp. Es gibt diesen Toten ja nicht. Da müssen wir auch nichts unternehmen.«

Ludwig nickte, sagte: »Tschüss« und fuhr vom Hof.

»Ja, tschüss.« Fritz schaute ihm nachdenklich hinterher, ging hinein, schloss die Tür, murmelte: »Wer weiß, was der gesehen hat.«

»Was meinste?«, kam die Stimme seiner Frau aus der Küche.

»Alles gut, Emma, Ludde war noch mal da. Er hatte

etwas vergessen.«

«Ach so.« Emma biss genüsslich in ihr Käsebrot. Sie liebte den Hüttenthaler Frühstückskäse über alles. Auch am Abend.

Fritz blies erleichtert die Luft aus. Kein Toter! Ein Glück!

Er setzte sich an den Tisch, öffnete eine Flasche Bier, trank einen großen Schluck.

»Prost, Fritz«, schmunzelte Emma, »am Stamm schmeckt's am besten, gelle!« Sie sah ihn an: »Biste mit essen fertig?«

»Ja, ich bin fertig. Habe heut nicht so einen großen Hunger«, gab er zur Antwort.

»Ach!« Emma war überrascht, denn normalerweise konnte Fritz essen wie ein Scheunendrescher. Oder gar wie zwei. Diesmal ließ er ein ganzes Stück Brot, belegt mit Schwartenmagen, liegen. Sie konnte sich nicht erinnern, dass es das schon mal gegeben hätte.

Ein Opel Caravan älteren Baujahres parkte vor dem Haus der Buchingers, ein Mann und eine Frau stiegen aus, die Frau klingelte an der Haustür.

Danica schaute aus dem Fenster, drehte sich Toni zu: »Ein langer Kerl und eine Frau stehen draußen. Erwartest du jemanden von deinen Imkerfreunden? Das würde jetzt gar nicht passen.«

»Mensch, Danica! Das wird die Polizei sein«, flüsterte Toni erregt.

»So sehen die aber nicht aus«, meinte sie unsicher. Kleine Pusteln zeigten sich in ihrem plötzlich erröteten Gesicht. *PROKLETI BIKO-VI!* – Verdammte Bullen!

Mit der Polizei hatte sie es nicht so. Schon damals in Rovinj war sie der Policijska Postaja unangenehm aufgefallen. Kleine Diebstähle, bisschen Prostitution, mit

Drogen gehandelt. Meistens kleine Sachen. Meistens! Aber ... es gab auch hin und wieder einen größeren Drogendeal ...

Dies waren hauptsächlich die Gründe, weshalb sie Istrien verlassen und sich nach Deutschland abgesetzt hatte.

Auch war ihre lesbische Neigung einigen Frauen bekannt. Diesen Frauen wollte sie ebenfalls entfliehen. Es gelang ihr nicht ganz, wurde sie doch von einer aufgespürt. Damals im Vinum Autmundis. Damals! Als diese mit dem Mann neben ihr mit Wein angestoßen hatte! Als sie Toni kennenlernte.

Fünfzehn Jahre später war diese Frau wieder aufgetaucht.

Kelly O'Donegan!

Danica kratzte sich nervös an der Stirn, flüsterte: »Zieh dich um. Beeil dich!«

Es klingelte erneut.

»Mach schon auf, um Himmels willen.« Toni eilte nach nebenan, Sie ging zur Tür, öffnete.

»Guten Abend, Kripo Darmstadt, Kommissarin Cohrs.« Sina deutete auf ihren Kollegen. «Das ist Hauptkommissar Semmelweiß.« Sie zeigten ihre Dienstausweise.

»Guten Abend. Mein Mann erwartet Sie. Kommen Sie herein.« Im Wohnzimmer wies Danica auf die Couch. »Nehmen Sie Platz. Er kommt gleich.« Durch den Flur rief sie: »Tonči, kommst du?«

»Ja!«, kam es aus dem Schlafzimmer. Zu sich selbst flüsterte Toni: »Ich komm ja schon.«

Nachdem er aufgeregt die Beamten begrüßt hatte, setzte er sich ihnen gegenüber in einen Sessel, knetete verlegen die Hände. Auf seiner Stirn hatte sich ein dünner Schweißfilm gebildet. Er blinzelte hektisch.

Danica spürte, dass mit ihrem Mann etwas nicht stimmte. Unruhig blieb sie, an den Schrank gelehnt, stehen.

«Sie haben bei uns angerufen, Herr Buchinger, und angegeben, Sie hätten einen toten Menschen aufgefunden, allerdings sei die Leiche weg. Das ist schwer zu verstehen. Was ist denn nun wirklich passiert? War es ein Toter, oder war es eine Tote?« Benedikt Semmelweiß wackelte mit seiner großen Nase. Toni blickte ihn, wahrscheinlich deswegen, verstört an, antwortete wie in Trance: »Ich habe eine tote Biene mit einem aufgeblähten Bauch vor einem Mann liegen sehen.« Er schloss die Augen, senkte den Kopf. »In panischer Angst bin ich weggefahren. Wenig später hatte ich mich besonnen und bin wieder hingefahren. Und dann«, der Imker schaute auf, streckte bedeutungsvoll den Zeigefinger hoch, »und dann war die tote Bienenleiche nicht mehr da. Und die Frau auch nicht.« Er hob den Kopf, sagte entschlossen: »So war's! Jawoll!«

Sina hob schmunzelnd die Brauen, dachte: Erst hat er von einem Mann gesprochen, dann von einer Frau!!! Und von einer toten Biene mit …!!! Ja, spinnt der?

Benedikt war das auch aufgefallen, er grinste breit. Was erzählt der denn für einen Schwachsinn?

Danica meinte sanft, mit klopfendem Herzen: »So, Tonči, jetzt nimm dich mal zusammen und beschreibe, was passiert ist. Und red nicht wieder so einen Humbug, hörst du?«

»Schon klar, Danica.« Mit verklärtem Blick sah er sie an. »Es ist alles so, wie ich gesagt habe. «

»Auch das mit der toten Biene und ihrem aufgeblähten Bauch?« Sie fasste ihn an den Schultern, rüttelte ihn leicht: »Tonči!«

»Wer schwätzt denn so ein dummes Zeug?«, erboste sich Toni und schaute verwundert in die Runde. Niemand sagte etwas, Benedikt spitzte den breiten Mund.

Sieht aus, als wolle ein Pferd pfeifen, dachte Sina, und dann noch die Story vom Buchinger! Oh Mann! Sie wollte ein leises Lachen hinter vorgehaltener Hand unterdrücken. Es gelang ihr nicht, laut prustete sie heraus, entschuldigte sich sogleich. Danica schaute sie bestürzt an. Das ist alles andere als lustig.

»Kleiner Blackout, Herr Buchinger. Ist nicht schlimm«, wiegelte die Kommissarin ab, unterdrückte krampfhaft einen erneuten Lacher. »Sagen Sie uns jetzt, was wirklich passiert ist.«

»Wie? Was soll ich ...? Ich wollte ... Was ist denn eigentlich los?«

Toni war komplett durcheinander, starrte gegen die Decke.

Danica erinnerte sich, dass ihm vor ungefähr einem Jahr schon einmal Ähnliches passiert war. Er hatte eines Abends nach dem Essen erzählt, er sei froh, wieder zuhause zu sein. Die Treibjagd im Umstädter Revier sei sehr anstrengend gewesen.

Er hatte noch nie an einer Treibjagd teilgenommen.

Danica nahm Sina beiseite, erzählte es ihr in knappen Sätzen. Dann wandte sie sich an ihren Mann, sagte leise: »Du hast komische Dinge erzählt. Wie damals die Geschichte mit der Treibjagd.«

»Die war gut, gell?« Toni lachte laut.

»Komm zu dir, Tonči«, beschwichtigte sie ihn vorsichtig. »Was ist auf unserem Grundstück bei den Bienenstöcken passiert?« Besorgt fragte sie sich: Was hat der gesehen?

Er kniff nachdenklich die Augenlider zusammen. Alle konnten förmlich spüren, wie sich in seinem Kopf die Rädchen drehten.

Semmelweiß und Cohrs zeigten Verständnis, ließen ihm Zeit. Draußen war es dunkel geworden, Danica schloss die Rollläden. Nach einer Weile der Besinnung erzählte Toni mit erregter Stimme: »Ich wollte am Montag nur nachsehen, ob ich schon Honig schleudern kann. Die Tracht Raps ist abgeschlossen. Als nächstes werde ich die Bienen zu den Akazien bringen. Das gibt wieder jede Menge Arbeit, kann ich Ihnen sagen. Ich muss die Stöcke auf den Anhänger laden und mit dem Traktor …«

»Was ist geschehen, Herr Buchinger?«, unterbrach Sina ungeduldig. Wir sind doch nicht hier, um einen Imkerlehrgang zu machen.

»Ach so, ja.« Er räusperte sich: »Also, als ich zu meinem Grundstück gekommen bin, hat vor einem meiner Bienenstöcke ein Toter mit zahlreichen Bienenstichen gelegen. Der hat sicher die Bienen gestört. Es liegt in ihrem Naturell, sich dann zu wehren.«

»War es ein Toter oder war es eine Tote«, fragte Benedikt noch einmal.

»Es war ein Toter! Ein Mann! Habe ich doch gesagt«, entgegnete Toni gereizt.

»Ach so! Das haben Sie …« Benedikt nickte. »Okay.«

Sina schaute ihren Kollegen von unten herauf kopfschüttelnd an. Jetzt erzählte Buchinger, was er wirklich gesehen und wie er darauf reagiert hatte. »Als ich später noch einmal hingefahren bin, war der Tote weg … einfach weg. Das habe ich schon mal gesagt.« Er senkte den Kopf: »Ich versteh's ja auch nicht, doch er war weg, der Tote!« Dass er seinen Nachbarn Bescheid gesagt und Claudia zu den Bienenstöcken, dem vermutlichen Tatort, mitgenommen hatte, erwähnte er nicht. Er wollte sie nicht mit hineinziehen.

»Interessant!« Kommissarin Cohrs nickte. »Wir sollten gleich morgen früh zu Ihrem Grundstück fahren.« Mit Blick auf Semmelweiß meinte sie: »Jetzt bei der Dunkelheit macht das wohl keinen Sinn.«

»Nein, natürlich nicht. Bei Tageslicht können wir uns alles besser ansehen«, entgegnete Benedikt, sah hinüber zu Toni: »Morgen früh, zehn Uhr?«

»Kein Problem«, antwortete der Imker, »oder, Danica?«

»Was?«, fragte sie geistesabwesend, nahm mit fahrigen Fingern eine Zigarette aus der Packung, die auf dem Tisch lag, zündete sie mit einem Einwegfeuerzeug an. Toni wiederholte.

»Nein, nein, absolut nicht. Oliver kann den Laden aufschließen.«

»Schön, dann bis morgen.« Hauptkommissar Semmelweiß stand auf, Kommissarin Cohrs erhob sich ebenfalls. Toni begleitete sie zur Tür.

Danica war kreideweiß geworden, sie zog überhastet an der Zigarette, blies den Rauch durch die Nase aus, hustete hinter vorgehaltener Hand.

Toni blickte seine Frau beunruhigt an: »Was ist mit dir? Du bist weiß wie ein Bettlaken.«

»Wir hatten noch nie die Polizei im Haus. Das hat mich alles ein bisschen aufgeregt«, erwiderte sie kaum hörbar. »Nein, es ist nichts, Tonči.« Sie schloss die Augen, schüttelte den Kopf. »Nichts!« Sie hustete erneut.

Er sorgte sich: »Mit dir stimmt doch was nicht. Geht es dir nicht gut?«

»Mir ist kotzübel«, gab sie jetzt mit schwacher Stimme zu. Sie hastete in die Toilette. Ihr Mann schaute ihr ratlos nach.

Unterwegs zum Präsidium meinte Sina: »Der hat offenbar manchmal Aussetzer, der Buchinger.«

»Ja«, gab Benedikt zurück, »deshalb bin ich mir nicht sicher, dass alles stimmt, was er uns erzählt hat.«

Zwischen Reinheim und Ober-Ramstadt begann sein alter, an verschiedenen Stellen bereits angerosteter Opel zu ruckeln, kurz darauf fiel das Licht aus, der Motor starb ab. Semmelweiß fluchte: »Verdammte alte Karre! Das kannst du gut. Einen im Stich lassen! Du wirst verkauft, verlass dich drauf.«

»Wenn du für den noch was kriegst«, frotzelte seine Kollegin.

»Du weißt wohl alles!«, bellte er missmutig.

»Meistens, ja«, schmunzelte sie.

Wütend stieg er aus, schlug die Tür zu, wobei der Griff abfiel und auf die Straße knallte. Als er die Haube öffnete und in den Motorraum schauen wollte, sagte Sina, die auch ausgestiegen war: »Gib dir keine Mühe, Semmelweiß. Du verstehst eh nichts von Motoren.« Sie grinste: »Ihr Männer seid schon sonderbare Typen. Wenn der Motor von eurem Auto streikt, springt ihr raus und öffnet als erstes die Motorhaube. Dabei kennt ihr euch gar nicht aus. Die meisten jedenfalls kennen sich nicht aus.« Sie hielt kurz inne, sagte dann: »Zu denen gehörst du.«

Grimmig starrte Benedikt sie mit geballten Fäusten an: »Wie kannst du so etwas behaupten?«

»Weil ich es weiß.« Sina grinste erneut.

»Ja, stimmt«, gab er ungern zu, »ich habe keine Ahnung.«

»Lass mich mal.«

»Was soll das jetzt? Du tust, als würdest du was von Motoren verstehen.« Er lachte gekünstelt auf.

»Wer eine Kawasaki fährt, versteht auch davon was.« Sie schob ihn zur Seite.

»Selbstverständlich! Kawasaki-Fahrer wissen eben alles!«

»Nicht alles!«

»Siehste!«

»Fast alles!«

»Okay, okay, wenn du meinst.« Mit gemischten Gefühlen ließ er sie vorbei.

»Du hast hoffentlich eine Lampe im Auto.«

Benedikt reichte ihr seine Taschenlampe. Sina schaute sich den Motorraum gründlich an, entdeckte erhebliche Ölflecken. Nachdem sie den Ölmessstab gezogen hatte, sah sie, dass dieser trocken war. »Ist der Messstab vielleicht zu kurz?« Ironisch blickte sie Benedikt von unten herauf an.

»Wie, zu ...? Du hast wohl 'ne Meise, Cohrs!« Er schüttelte den Kopf, nörgelte ärgerlich: »Ich glaub es nicht!«

»Wann hast du zum letzten Mal das Öl wechseln lassen oder zumindest mal den Ölstand geprüft?«

Benedikt neigte den Kopf. »Ooooh! Ist schon 'ne Weile her.«

»Das ist mir klar!« Sie schürzte die Lippen. »Die Rostlaube wirste vergessen können. Der Motor ...«

»Rostlaube? Na, hör mal, Cohrs!«, entrüstete sich Benedikt.

»Ja, Rostlaube!« Sie schloss die Haube, sagte: »Mal im Ernst: Der Motor ist wahrscheinlich hinüber. Ohne Öl ...!«, tadelte sie ihn kopfschüttelnd. »Lass die Karre abschleppen, ich ruf inzwischen ein Taxi.«

»Abschleppen? Jetzt? Hast du mal auf die Uhr geschaut?«

»Nein, ist auch nicht nötig. Die Firma Holm ist rund um die Uhr zu erreichen.« Sina griff zum Smartphone. Semmelweiß zweifelte. »Ist der Motor wirklich kaputt?«

»Vermutlich, ja. Die in der Werkstatt werden das feststellen.« Sie tätschelte ihm kameradschaftlich den Arm: »Ist eh alt genug, die Kiste. Kauf dir ein gescheites Fahrzeug.«

»Du hast leicht reden«, erwiderte Benedikt und rief beim Abschleppdienst an. Er hob den Türgriff auf, motzte laut: »Du wirst auch nicht mehr gebraucht!«, und warf ihn wütend auf den Rücksitz.

Sina kicherte: »Sag ich doch!«

Benedikt schaute sie verärgert an, Sina hob die Achseln. »Tja!«

Der Abschleppwagen kam fast gleichzeitig mit dem Taxi an. Benedikt und Sina fuhren mit dem Taxi nach Darmstadt ins Präsidium. Sein Wagen wurde in die Werkstatt gebracht und dort auf dem Parkplatz abgestellt.

»Langer Tag heute, Semmelweiß, oder?«, meinte Sina.

»Absolut!«, antwortete Benedikt nickend. »Hat mir erst gar nicht gepasst. Aber was soll's. Ist unser Job.« Der vorhergegangene Frust war vergessen.

»Ja, ist wohl so. Es ist unser Job.«

Sie bot ihm an, ihn mit dem Motorrad nach Hause zu bringen, was er jedoch strikt verweigerte. »Tut mir leid Cohrs, aber …« Er zog ein Taxi vor.

Claudia hatte sich neben Karl auf die Couch gesetzt. Der hatte das Bein hochgelegt und haderte mit der Gicht. »Es wird und wird nicht besser, Claudia«, jammerte er. »Was soll ich nur tun?«

»Du solltest den Alkohol weglassen. Das fette Essen auch. Wie ich dir schon angekündigt habe, wird Hausmacher Wurst et cetera gestrichen.«

»Und was soll ich essen und trinken? Willst du mich verhungern und verdursten lassen?«

»Ach, Karl, es gibt genug Alternativen. Zum Beispiel Gemüse, Salat …«

»Hasenfutter!«, unterbrach Karl unwillig und verzog das Gesicht.

»Obst«, setzte Claudia ihre Gedanken laut fort. »Gegrillte Hähnchen … ohne Haut, Pute, eventuell Kalbfleisch oder Fisch.«

Karls Gesicht wurde lang und länger. Fisch! Womöglich gedünstet. Das braucht kein Mensch.

»Es gibt so viel leckeres, mageres Essen. Und zu trinken gibt es Wasser, Tee, Kaffee. Natürlich alles ohne Zucker, versteht sich.« Claudia schaute ihn entschlossen an: »So machen wir das. Außerdem hatten wir schon mal darüber gesprochen.« Beiläufig erwähnte sie: »Ach ja, Sport! Sport kommt noch hinzu. Wie wir schon sagten.«

»Wie du schon sagtest«, brummelte Karl und verzog das Gesicht.

»Genau! Wie ich schon sagte.«

Karl schnaufte. Sadistin! Alles ohne Zucker! Und Hähnchen ohne die knusprige Haut, Kalbfleisch! Putenschnitzel hat sie mir schon angedroht. Und dann auch noch die anderen, ach so gesunden Sachen! Vielleicht auch noch alles mit ohne Fleisch, oder wie, oder was? Die spinnt! Ihm schwante Schlimmes. Keine Schweinshaxen, keinen deftigen Braten, kein Bier ... keinen Wein. Herrjemine! Eine einzige Katastrophe bahnte sich da an. »Kotelett, Schnitzel?«, fragte er zaghaft.

»Schweinefleisch kannste komplett vergessen.«

»Schnitzel sind nicht fett«, versuchte er, sie zu überreden.

»Gestrichen!« Claudia blieb unerbittlich. »Ich werde dir einen Speiseplan erstellen. Wenn du den durchhältst, geht es dir besser. Natürlich dürfen wir den Sport nicht vergessen. Radfahren, Schwimmen, Joggen, wie bereits auch besprochen. Du wirst dann wahrscheinlich um einiges abnehmen. Das wäre ein schöner Nebeneffekt.«

»Und du? Was machst du? Isst du normal?«

»Sicher. Ich habe keine Gicht ... und abnehmen muss ich auch nicht.«

»Und Sport? Wäre für dich sicherlich auch nicht verke ...«

»Nein!«

»Du könntest wenigstens ...« Karl resignierte.

Claudia ging ins Arbeitszimmer, setzte sich an den Computer, rief verschiedene Unternehmen auf, die Diätspeisepläne anboten.

Mit geschlossenen Augen stellte sie sich ihren Karl als schlanken Mann vor. »Wie früher, nur älter«, sagte sie leise. »Älter sind wir alle geworden.«

Nebenan massierte Karl sich die schmerzenden Knie, er stöhnte: »Was wird die jetzt wohl aushecken?«

Dienstag, 7. Juni

Am Morgen erstatteten die Ermittler Bericht im Büro ihres Vorgesetzten, des Ersten Kriminalhauptkommissars Heiner Dröger. Direktorin Ilse Ehresmann und Hennes Lehmann, der Chef vom Erkennungsdienst waren von Dröger zu dem Meeting eingeladen worden.

»Bevor wir großes Tamtam machen, sollten Sina und ich uns erst einmal dort umsehen«, schlug Semmelweiß vor. »Vielleicht ist ja gar nichts passiert. Der Buchinger ist uns recht sonderbar vorgekommen.« Er setzte hinzu: »Na ja, jedenfalls war es ein Toter, keine Tote. Also war es ein Mann.«

Sina schaute ihren Kollegen verwundert an. Was schwätzt denn der? Ein Toter, keine Tote!

»Wir müssen nicht gleich den ganzen Polizeiapparat in Bewegung setzen«, meinte Semmelweiß sachlich. Die Direktorin war einverstanden. »Halten Sie mich auf dem Laufenden.«

Auch Dröger und Lehmann stimmten zu.

»Wie fahren nachher zu dem Grundstück mit den Bienenstöcken. Vielleicht kriegen wir raus, was da wirklich passiert ist … wenn überhaupt was passiert ist.« Benedikt nahm ein Pfefferminzbonbon aus der Dose, die er aus der Hosentasche genestelt hatte, schob es in den breiten Mund.

»War's das?« Die Direktorin erhob sich.

»Ja«, antwortete Benedikt, »das war's fürs Erste.«

Ehresmann und Lehmann gingen zurück in ihre Büros. Dröger wiegte den Kopf. Ein Toter, keine Leiche! Hm! »Na, dann macht mal. Ihr wisst ja, dass ich heute zur Kur fahre. Hauptkommissar Felix Hummel von der Regionalen Kriminalinspektion Odenwald in Erbach wird mich wieder vertreten. Ihr kennt ihn vom letzten Mal, als ich in Urlaub war. Ich konnte euch leider nicht eher informieren, die Entscheidung ist kurzfristig gefallen.« Er sah auf die Uhr. »Um drei am Nachmittag geht mein Zug.«

Benedikt nickte: »Angenehmen Aufenthalt, Chef. Lass dich mal so richtig fit machen.«

»In meinem Alter? Ich weiß nicht so recht, ob das funktioniert, Benedikt. Mir wäre schon geholfen, wenn die Rückenschmerzen ein wenig gelindert werden könnten.«

Mit den Worten »Macht's gut miteinander. In spätestens vier Wochen bin ich zurück«, empfahl sich Heiner Dröger.

Sina tippte Semmelweiß auf die Schulter: »Sag mal, was war denn das vorhin?«

»Was?«

»Ein Toter, keine Tote! Wir wissen doch ganz genau, dass es ein Mann ist, der angeblich ums Leben gekommen ist. Das hat Buchinger doch gesagt.«

»Schon, aber erst später.« Benedikt winkte ab. »Ach Cohrs, weißt du was ...?«

Sina schüttelte den Kopf. »Ich will garnix wissen!«

Kurz darauf erhielt Benedikt einen Anruf vom Autohaus Sommer. Sina hatte richtig vermutet. Der Motor seines Caravans war tatsächlich kaputt. Mit dem alten Auto war nichts mehr zu machen. Zu viele Teile hätten erneuert werden müssen.

»Das lohnt sich nicht mehr. Kaufen Sie sich einen neuen Wagen«, riet ihm der freundliche Mann von der

Werkstatt. »Kommen Sie bei uns vorbei, wir haben immer gute Angebote.«

»Danke, ich melde mich«, versprach Benedikt und legte auf. Nervös lutschte er auf seinem Bonbon rum. »Einen neuen Wagen will der mir verkaufen. Kommt gar nicht in Frage«, sagte er zu Sina. »Viel zu teuer. Ein Gebrauchter tut's auch. So viel fahre ich nicht.«

»Das entscheidest du, Semmelweiß. Das geht mich nichts an.« Sie lächelte: »Das mit dem wenig fahren kann sich natürlich ändern.«

Benedikt schaute sie verdutzt an: »Wie meinst du das?«

»Na, überleg mal«, schmunzelte Sina.

»Ach so, du meinst ...?« Er wackelte mit erhobenem Zeigefinger: »Nee nee, Cohrs. Habe momentan keinen Bedarf. Melinda ist mir sehr wichtig.«

»Logo.« Sina ging zur Kaffeemaschine, deutete auf ihre Tasse. Benedikt nickte, meinte sogleich: »Wann wird denn der Hummel von den Erbachern kommen? Das hat der Chef gar nicht gesagt.«

»Nein, hat er nicht. Ich denke, dass der vielleicht schon morgen hier sein wird«, gab Sina zurück. Sie tranken ihren Kaffee aus, dann sagte sie bestimmend: «So, Semmelweiß, genug geschwätzt. Wir müssen zu den Buchingers.« Sie eilte voraus.

Benedikt verzog das Gesicht, als er sah, dass Sina auf ihr Motorrad zusteuerte. »Damit?«, fragte er überflüssigerweise und runzelte die Stirn.

»Ja, warum?«

»Naja, ist nicht so mein Ding.«

»Hab dich nicht so, Mensch, oder hast du etwa Angst?«, animierte sie ihn, mitzufahren.

»Ich und Angst? Wo gibt's denn sowas!«, prahlte er mutig. »Das hättest du wohl gerne.«

»Na dann ...«

Um kurz nach zehn kamen Sina Cohrs und Benedikt Semmelweiß bei Toni und Danica Buchinger in Wiebelsbach angerauscht. Der Hauptkommissar war käseweiß im Gesicht, als er mit zitternden Knien von der schweren Kawasaki stieg. Motorradfahren gehörte nicht zu seinen Hobbys. Er hatte sich überreden lassen, wohl auch, weil Sina ihn bei der Ehre gepackt hatte. Schon nach noch nicht einmal zehn Minuten hatte er seine mutige Entscheidung bereut.

»Du bist gefahren wie eine gesengte Sau«, beklagte er sich, als er den ungewohnten Helm abnahm und auf den Sitz legte. »Ich wollte, wir wären wieder zurück.«

»Du kannst ja ein Taxi nehmen«, entgegnete Sina lachend.

»Ja, kann ich. Du könntest auch langsamer fahren.«

»Könnte ich, mag ich nicht.« Sie schüttelte den Kopf. »Mann, Semmelweiß, 140 PS! So eine Maschine will gefordert werden. Dafür ist die gebaut.« Sie hängte ihren Helm an den Spiegel.

»Stell dieses Ungetüm endlich ab«, moserte er ärgerlich und ging zur Haustür, drückte die Klingel.

Mit Toni und Danica fuhren sie zu deren Grundstück Richtung Frau Nauses. Was sie auf den ersten Blick sehen konnten, war zerdrücktes Gras und Spuren von Tieren. »Wahrscheinlich Wildschweine«, vermutete Cohrs. »Nichts Besonderes«, kommentierte sie die Lage. »Das Gelände ist nicht eingezäunt, da kann alles Mögliche rumspazieren.« Sie fragte Toni: »Haben Sie die Spuren nicht gesehen, als Sie hier waren?«

Toni schüttelte den Kopf: »Nein, die sind mir nicht aufgefallen. Ich … ich war ja recht erschrocken. Vielleicht gab es die auch noch nicht.«

»Verstehe!« Sina nickte.

»Ich habe dir oft genug gesagt, du sollst einen Zaun aufstellen«, monierte Danica vorsichtig. Ihre Stimme zitterte, sie machte wieder einen äußerst nervösen Eindruck.

»Ja, ich weiß«, gab Toni zu. »Hätte es was genützt? Das ist doch kein Hindernis.«

»Zumindest ist es eine Hemmschwelle. Nun gut ... was ist denn das?« Semmelweiß streifte Einmalhandschuhe über, hob ein rotes Schlüsseletui auf, hielt es dem Imker hin: »Gehört das Ihnen, Herr Buchinger?«

Toni verneinte, er fragte seine Frau: »Gehört es dir?«

»Nein«, sagte sie schnell und sah zur Seite.

Benedikt packte das Etui in einen Spurenbeutel. »Also« resümierte er, »alles zusammen haben wir so gut wie nichts! Garnichts!« Verstimmt murrte er: »Garnichts haben wir!«

»Natürlich haben wir was«, widersprach Sina. «Wir haben zwar keine Biene mit aufgeblähtem Bauch vor einem Mann liegen sehen, doch wir haben ...«

»Hör auf, Cohrs«, unterbrach Benedikt, »mir ist nicht nach Sprüchen zumute. Wenn ich nur an die Rückfahrt denke ...«

»Du wirst es überleben, Semmelweiß«, grinste sie. »Spaß beiseite. Wir haben immerhin ein Schlüsseletui. Das könnte doch ein Beweis sein. Die SpuSi soll sich mal umsehen. Irgendwas stimmt hier nicht.«

»Und wie machst du das fest, dass hier irgendwas nicht stimmt?«

»Weibliche Intuition, Kollege«, gab sie augenzwinkernd zur Antwort. »Oder kriminalistischer Spürsinn ... weiblicher, wenn du verstehst, was ich meine.«

»Nur wegen eines Schlüsseletuis, das irgendjemand irgendwann verloren hat, soll etwas nicht stimmen?« Benedikt schüttelte den Kopf: »Nee, nee, Cohrs.«

»Vielleicht doch!« Mit skeptischem Blick auf Danica meinte Sina: »Ihnen gehört das Etui wirklich nicht?«

»Nein!« Danica blieb bei Ihrer Behauptung.

»Okay«, meinte die Kommissarin und blickte ihr

durchdringend in die Augen. »Wenn Sie das sagen.«

Danica schaute verunsichert weg, in den Augenwinkeln sah sie, wie ein roter Pkw am Grundstück vorbeifuhr. Was soll das jetzt? dachte sie überrascht.

Benedikt rief über Funk eine Streife, die anschließend das Grundstück weiträumig absperrte.

Die Fahrt zurück ins Präsidium hatte Semmelweiß wahrhaftig überstanden, ohne weiteren Schaden zu nehmen, sah man mal davon ab, dass es ein wahrgewordener Alptraum für ihn war. Er hatte sich in keiner Sekunde an den rasanten Fahrstil seiner Kollegin gewöhnen können.

»Mann, Semmelweiß«, motzte Sina, als sie von der Maschine abgestiegen waren und zum Präsidiumsgebäude gingen, »wenn du dich nicht mit in die Kurven legst und auch noch dagegen arbeitest, gehst du besser zu Fuß. Dann kann dir nämlich nichts passieren ... und mir auch nicht.« Mürrisch setzte sie sich an ihren Schreibtisch.

Semmelweiß blieb stehen, stützte sich auf die Rückenlehne seines Bürostuhls. »Informier lieber die Direktorin und die SpuSi, anstatt hier große Reden zu schwingen, Cohrs.« Mit zusammengezogenen Brauen sagte er: »Erklär Lehmann, warum wir ihn und seine Leute brauchen. Ich habe noch was zu erledigen.«

»Ach! Der Herr hat noch was zu erledigen. Aha! Was denn, wenn ich fragen darf?« Sie grinste ironisch.

»Du darfst fragen, Cohrs«, entgegnete er freundlich.

»Und?«

»Du hast soeben gefragt. Tu, was ich dir gesagt habe«, schnarrte Benedikt, schob ein Pfefferminzbonbon in den Mund.

Die pummelige Kommissarin stand auf, nahm Haltung an, legte die Hand an die Schläfe, knallte die Hacken zusammen. »Aye aye, Sir!«

Benedikt winkte ab, ging zum Fenster, schaute hinunter auf den Parkplatz, während Sina zu Lehmann ging. »Die Cohrs, die kann mich mal. In die Kurven legen! Das soll sie mal schön ohne mich machen.« Er kratzte sich an der Nase. »Von mir aus kann sie mit diesem lebensgefährlichen Monster durch die Gegend donnern, so oft sie will. Ohne mich!«, murmelte er.

Mit dem Bus fuhr er zum Autohaus Sommer nach Griesheim, um sich dort nach einem passenden Gefährt umzusehen.

Bei den Gebrauchtwagen fiel ihm ein gelber Opel Astra auf. Auf dem Schild hinter der Windschutzscheibe standen die Daten des Wagens. 46524 km, drei Jahre alt. Der Preis war angemessen. Schon kam der Verkäufer, ein glatzköpfiger, kleiner Mann um die fünfzig, auf ihn zu.

Innerhalb kurzer Zeit war Benedikt Semmelweiß wieder Besitzer eines Autos. Den Caravan ließ er verschrotten.

Der Wagen bekam ein Nummernschild mit roter Nummer, dann startete Semmelweiß zusammen mit dem Verkäufer eine Probefahrt. Sie fuhren nach Darmstadt. Als sie auf den Parkplatz des Präsidiums einbogen, stand da ein langer Amischlitten.

Aha, er ist da. Semmelweiß lächelte. Er stellte den Astra ab, bat Herrn Groß, so hieß der Verkäufer, noch einen Moment zu warten. »Ich möchten den Wagen nur kurz meinen Kollegen zeigen. Dann können Sie ihn wieder mitnehmen.«

»Okay«, antwortete Groß. »Ich melde ihn an und bring ihn anschließend hierher, wenn Sie einverstanden sind.«

»Selbstverständlich bin ich das«, antwortete Benedikt. Er stieg aus dem auf Hochglanz polierten Wagen, ging hoch in sein Büro. Gegenüber Sina, an seinem Schreibtisch, saß ein ihm wohlbekannter Mann. Spitze Nase, spärlicher Haarwuchs, ein stattlicher Bauch wölbte sich über der schwarzen Hose, die knapp über den braunen Slippern endete. Die graue Jacke trug er offen, die blauweiß gestreifte Krawatte hing auf halb acht.

Unverkennbar! Felix Hummel, der Hauptkommissar aus Erbach, der sich angeregt mit der jungen Kommissarin unterhielt und ihn nicht gleich wahrnahm, war eingetroffen. Vor ihm auf dem Tisch stand ein Karton.

Erst als Sina mit dem Kopf auf ihren Kollegen wies, drehte Hummel sich um. Er stand auf, begrüßte Benedikt: »Ich freue mich, Sie wiederzusehen, Herr Semmelmann.«

»Semmelweiß«, korrigierte Benedikt. »Ja, Herr Hummel, ich freue mich auch. Ist schon eine Weile her, dass wir gemeinsam ermittelt haben.«

»Da haben Sie recht.« Hummel schüttelte ihm die Hand: »Auf gute Zusammenarbeit.«

»Auf gute Zusammenarbeit.« Benedikt lächelte. Hat Hummel zugelegt? Er hatte ihn nicht so beleibt in Erinnerung. Oder ist er kleiner geworden? Er wiegte den Kopf. Noch kleiner? Wohl kaum!

Dann deutete er auf den Karton. »Was ist da drin?«

»Ich habe mir vor einiger Zeit eine Espressomaschine angeschafft, weil ich Espresso magenmäßig besser vertrage als anderen Kaffee«, antwortete er. »Ja, und die ist da drin.« Hummel öffnete den Karton, nahm die Maschine heraus.

»Nobel, nobel!« Semmelweiß staunte nicht schlecht, als Hummel die mattsilberne Espressomaschine auf den Tisch stellte.

»Wollen wir die gleich mal testen?«, fragte Sina

»Ja, natürlich, gerne«, erwiderte Hummel. »Ich habe sogar Espresso mitgebracht.« Er holte ein Päckchen Espresso aus seiner Aktentasche. »Wenn Sie möchten, lasse ich die Maschine hier. So können wir uns alle bedienen.«

»Ja, super.« Sina nickte erfreut.

Sie setzten sich an den runden Tisch, Sina holte die fürs Mittagessen gedachten, belegten Brötchen aus dem Kühlschrank, stellte sie in einem Körbchen auf den Tisch, füllte Espresso ins Sieb der Maschine, startete sie, setzte sich zu den beiden Kollegen: »Na, Semmelweiß, haste ein neues Auto gefunden?«

»Woher weißt du, wo ich war?« fragte er, hielt Hummel und Sina den Korb hin. Beide bedienten sich, er nahm sich ein Salamibrötchen.

»War ja nicht schwer zu erraten«, entgegnete sie.

»Wieder weibliche Intuition, Cohrs?«, meinte er sarkastisch.

»Was sonst?«, erwiderte Sina. »Also, was ist jetzt? Haste ein neues Auto oder nicht?«

»Kein Neues, ein Gebrauchtes. Wie ich es wollte.«

»Und? Wie geht es, das Gebrauchte?«

»Es geht nicht! Es fährt!«

»Okay. Wie fährt es?«, wollte sie jetzt wissen.

Semmelweiß grinste: »Es geht.«

Sina verdrehte die Augen. Neugierig fragte sie: »Wo steht es?«

Benedikt ging zum Fenster, winkte kauend: »Komm her.«

Sie erhob sich, Hummel ebenso. »Muss ja wissen, mit welchem Wagen ich in der nächsten Zeit unterwegs sein werde«, bemerkte er. Er grinste den Hauptkommissar an: »Sie können sich vielleicht erinnern, dass mein Oldie Probleme mit dem Anspringen hatte.«

»Ja, sicher! Hat er sie denn immer noch?«

»Ich kann ihm noch so gut zureden, er hustet und raucht, bevor er in die Gänge kommt. Manchmal funktioniert es auch gleich. Ist eher selten. Ich habe mich daran gewöhnt.« Hummel lachte. »Ansonsten ist er noch gut in Schuss.«

Sina schaute hinunter auf den Parkplatz, schirmte die Hand über die Augen, als blende sie die Sonne. »Hast du nicht gesagt, du hättest einen Wagen gekauft?«, fragte sie Benedikt.

»Ich glaube, du brauchst 'ne Brille, Cohrs? Da unten steht er doch. Der Gelbe!«

»Ach so! Ich dachte, es sei die Post.« Sie zog eine Grimasse »Immer schön die Fenster geschlossen halten, gelle.«

»Schon klar! Von wegen Briefe einwerfen. Ist 'n alter Hut«, gab er grinsend zurück. »In einem Frankfurter Museum gibt's ein Register mit alten Sprüchen. Da ist der schon durchgestrichen.«

Hummel schmunzelte, Sina reagierte nicht darauf. »Einen Fahrer hast du auch schon engagiert. Großartig!«, feixte sie.

»Hör auf, Cohrs!«

Felix Hummel sah Semmelweiß lachend an, meinte: »Die Gina, die hat Humor.«

»Manchmal hat sie zu viel«, entgegnete Benedikt angesäuert. »Bei der weiß man nicht immer, wie man dran ist.«

Sina servierte Espresso, haute ihm auf die Schulter: »Nimm's mir nicht übel, Semmelweiß, ein gelbes Auto wäre das Letzte, das ich kaufen würde.« Sie setzte sich.

Benedikt ließ sich nicht von ihr provozieren. »Geschmacksache, Cohrs.« Er gab dem Verkäufer im Wagen einen Wink, worauf dieser sogleich wegfuhr. Dann setzte er sich an den Tisch. Hummel nahm ebenfalls wieder Platz.

Nachdem er seinen Espresso ausgetrunken hatte,

meinte Hummel: »So, Leute, wir sollten nun zur Arbeit übergehen. Direktorin Ehresmann hat mich bereits begrüßt. Beim Erkennungsdienst war ich auch.« Er schaute Semmelweiß an: »Frau Korbs hat mir berichtet, was anliegt. Die SpuSi ist bereits vor Ort in Wiebelsbach.« Er tätschelte Sina den Arm, stand auf, strich seine Jacke glatt, er versuchte es zumindest. »Also, worauf warten wir?«

Korbs! Der Hummel und Namen! Sina wunderte sich nicht, das kannte sie schon. Er hat's immer noch nicht gelernt. Sie schnappte ihre Jacke, die sie über die Rückenlehne ihres Bürostuhls gehängt hatte. »Auf geht's. Wir fahren heute mit dem Postauto.«

»Das wäre immer noch besser als mit deinem gefährlichen Monster«, konterte Benedikt. »Geht leider nicht. Der Wagen ist noch nicht zugelassen. Herr Groß ist gerade unterwegs zur Zulassungsstelle.«

»Aha! Und außerdem ... mein Motorrad ist kein Monster, Semmelweiß. Nur damit du das weißt«, wies Sina ihn zurecht. Sie stichelte: »Vielleicht hätte es dein Neuer gar nicht bis nach Wiebelsbach geschafft.«

»Cohrs, ich denke, es reicht. Außerdem haben wir einen Dienstwagen.« Benedikt nickte Hummel zu: »Sehen Sie? Es ist so, wie ich vorhin gesagt habe. Manchmal zu viel Humor.«

»Ich kenne Gina vom letzten Einsatz hier bei euch. Es gibt Schlimmeres, Herr Semmelmeier«, gab Hummel zur Antwort.

»Semmelweiß!«, betonte Benedikt gallig.

»Ach ja? Aha!«, meinte Hummel. »Wir nehmen den Dienstwagen.« Er schaute der vorauseilenden Sina gefällig mit schiefgelegtem Kopf nach, nickte leicht.

Eine Dreiviertelstunde später waren die Beamten auf Toni Buchingers Grundstück.

Die Männer vom Erkennungsdienst um den Ersten Kriminalhauptkommissar Hennes Lehmann hatten bereits mit ihrer Arbeit begonnen.

Im näheren Umkreis war schnell bekannt geworden, dass auf dem Grundstück bei den Bienenstöcken zwischen Wiebelsbach und Frau Nauses die Polizei zugange war. Die Folge war, dass einige Leute unterwegs nach Frau Nauses waren. Auf einer Wiese neben Buchingers Grundstück parkten die Autos der Neugierigen, oder wie man so schön sagt, der Interessierten, darunter ein roter Opel Adam. Auch hatten einige Pressevertreter Wind bekommen. Semmelweiß versprach den Journalisten, sie bei gegebener Zeit zu einer Pressekonferenz einzuladen.

Den Beamten blieb nichts anderes übrig, als alle Zaungäste wegzuschicken und die Zufahrtswege zu Buchingers Grundstück zu sperren. Das stieß auf Verdruss, da niemand wusste, was passiert war. Außer den Buchingers und den Vogts. Und die hielten dicht. Auch die beiden Alten, Ludwig und Fritz taten, als wüssten sie von nichts. Sie hatten geschworen, zu niemandem auch nur einen Ton zu sagen. Es sollte ihr Geheimnis bleiben.

»Na, Kollege Lehmann, schon was gefunden?«, fragte Sina.

»Nein, Kollegin Cohrs, bisher noch nichts von Bedeutung«, antwortete Lehmann überfreundlich.

»Nee?«

»Nee!«

»Mhm!« Die Kommissarin schaute ihn missbilligend an: »Ihr seid schon ein Weilchen hier, oder?«

»Auf jeden Fall länger als ihr«, konterte Lehmann bissig.

»Schlimm genug, oder was meinst du, Semmelmeier?« Sina drehte Lehmann den Rücken zu, grinste

Benedikt an. Dieser tippte sich an die Stirn, lutschte sein Pfefferminzbonbon. Sina drehte sich wieder um, wies auf den mit Pappe ausgelegten Pfad, nickte wohlwollend: »Ihr habt ja schon ein hübsches Trampelpfädchen gelegt. Jetzt müsst ihr nur noch ein paar Spuren finden, die man verwenden kann. Und nicht vergessen: Schön auf dem Pfädchen bleiben, nicht daneben treten.«

»Selbstverständlich, Frau Cohrs«, antwortete Lehmann zynisch. »Vielen Dank für den genialen, ganz besonders wertvollen Tipp.«

Semmelweiß stieß Hummel mit dem Ellbogen leicht die Seite, flüsterte: »Der Lehmann bleibt heute erstaunlich ruhig.«

Hummel schaut ihn verwundert an. Semmelweiß lachte leise: »Das war schon anders. Der hat der Cohrs auch schon Kugelschreiber und Plastikflaschen nachgeworfen.«

»Oha! Mir scheint, die mögen sich nicht besonders«, befürchtete Hummel.

»Oh doch! Sehr sogar«, antwortete Benedikt mit ernster Miene. Hummel hob beschwörend die Arme: »Versteh ich nicht.« Das ist mir beim letzten Mal nicht aufgefallen, dachte er, kratzte sich am Kinn. Wie konnten die bisher so erfolgreich zusammenarbeiten?

»Guten Tag, die Herren«, grüßte er höflich.

»Tag, Herr Hummel«, grüßte Lehmann zurück. Seine Kollegen Kemper und Hartmann nickten dem Erbacher Hauptkommissar kurz zu. Hummel hob das Absperrungsband hoch, Oberkommissar Karl Kemper hob warnend die Hand. »Bitte vorsichtig! Es gibt zwar wenig Spuren, trotzdem sollten wir nicht unsere eigenen hier einbringen.« Er wies auf das abgesperrte Feld.

»Sorry, Herr Kollege«, entschuldigte sich Hummel.

»Ist ja nichts passiert.« Oberkommissar Hartmann schnäuzte die Nase.

»Gibt's schon neue Erkenntnisse?«, fragte Hummel.

Hartmann schaute auf: »Alles, was wir bisher haben, ist ein rotes Schlüsseletui.«

Hummel nickte. »Das ist bekannt.«

»Auch könnte hier jemand im Gras gelegen haben«, sprach Hartmann weiter. »Die Aussage Buchingers, ein Mann habe auf dem Rücken gelegen, könnte stimmen. Wie die Abdrücke zeigen, müsste es ein Schwergewicht gewesen sein. Er hat von einem Dicken gesprochen. Was dagegen spricht ist, dass es sonst nicht eine einzige Spur gibt, außer denen von Wildschweinen. Und die sind zahlreich! Der große Abdruck könnte auch von einem Wildschwein stammen.«

»Das war unsere Vermutung. Wildschweine!«, meinte Sina. »Und noch …«

Hartmann schaute sie vorwurfsvoll an. »Kann ich weitermachen, oder willst du …?«

»Nein. Entschuldige.«

Hartmann fuhr fort: »Ansonsten keine Schuhspuren. Nichts! Möglich wäre allerdings, dass der Mann auf dem Pflaster getötet worden und auf die Wiese gefallen ist.« Er deutete auf den mit Verbundsteinen gepflasterten Bereich des Grundstücks. Von da führte ein Weg zum asphaltierten Feldweg. Er kombinierte weiter »Das Opfer ist dann vom Gras auf das Pflaster gezogen und von da den Weg entlang bis zur Straße getragen oder geschleift worden. Da gibt es keine Spuren mehr. Wie Buchinger sagte, hatte es stark geregnet. Der Regen hat alles abgewaschen.«

»Gute Theorie, Schorschi.« Der Erste Kriminalhauptkommissar Hennes Lehmann war hinzugekommen, er strich sich nachdenklich über den Vollbart: »Buchinger hat zwar behauptet, der Mann sei tot gewesen, doch es gibt nach wie vor keine Leiche. Allerdings steht fest, dass hier jemand gelegen hat. Wer auch immer.«

»Vielleicht war es ein Liebespaar«, warf Kommissarin Cohrs grinsend ein.

»Hier im freien Feld?«

»Warum nicht, Herr Lehmann?«

»Bei so einem Wetter? Es hatte geregnet! Schon vergessen?« Lehmann schaute sie zweifelnd an.

»Soll's alles schon mal gegeben haben. Sie waren auch mal jung.«

»Was soll das heißen, Frau Cohrs?« Lehmann wirkte gereizt, dennoch blieb er ruhig. »Und außerdem, direkt bei den Bienenstöcken! Wäre schön mutig gewesen.« Er strich sich erneut über den Bart.

Sina schmunzelte. »Vielleicht hat es erst später geregnet.«

»Ja klar! Ganz sicher«, entgegnete Lehmann bissig.

»Es könnte sich natürlich auch eine Wildsau im Gras gewälzt haben«, unkte Sina.

»Was sonst! So, Frau Cohrs, jetzt ist Schluss mit der Hetzerei. Wir haben zu tun.«

Lehmann zeigte ihr den Vogel und ging weg. Sina war nicht zufrieden. Sie hatte ihn heute nicht auf die Palme bringen können. »Ein andermal wieder«, murmelte sie.

»Was meinen Sie, Frau Korbs?«, wollte Hummel wissen.

»Alles gut.« Sina rollte die Augen. *Korbs!* Sie setzte hinzu: »Sagen Sie ganz einfach Sina zu mir, Herr Hummel. So wie beim letzten Mal, als sie bei uns mitgearbeitet haben.« Manchmal hat es sogar funktioniert, dachte sie lächelnd.

»Okay, Frau...Sina.« Hummel nickte abwesend. Er kam sich vor wie im falschen Film. Was tun wir eigentlich hier? Hilfesuchend schaute er Semmelweiß mit fragendem Blick an. Benedikt schob die wulstige Unterlippe nach vorne, schnaubte: »Es muss etwas geben. Wenn da einer gelegen hat, muss auch einer da gewesen sein.«

»Wie originell, Semmelweiß. Wirklich! Vielleicht ein Toter? Oder eine Tote? Oder was hatte der Buchinger gesagt?« Sina zog ironisch die Augenbrauen nach oben. »Oder war es doch eine Wildsau?«

»Cohrs, hör auf! Buchinger hatte auch von einer Biene mit aufgeblähtem Bauch erzählt. Dem kannst du nicht alles glauben.«

»Naja, das mit der Biene. Da war er ziemlich weggetreten. Er hat sich korrigiert, als er wieder klar war.«

»Das schon. Trotzdem. Was hat der für ein Problem? Wie seine Frau sagte, war es nicht das erste Mal, dass er einen Blackout hatte.«

Sina pflichtete ihm bei: »Das stimmt allerdings.«

»Worüber sprecht ihr?«, meldete sich Hummel zu Wort. Cohrs klärte ihn auf.

»Ah ja!«, meinte er nur.

Oberkommissar Hartmann kam auf die Ermittler zu, in der Hand eine blaue, schmutzige Jeansmütze. »Die habe ich hinter einem der Bienenstöcke gefunden.« Er deutete nach vorne: »Hinter dem.«

»Na, das ist doch schon mal was«, stellte Felix Hummel trocken fest.

»Ach ja, noch was.« Schorschi Hartmann kniff die Lippen zusammen. »Es hatte, wie gesagt, an dem Tag geregnet, als Buchinger angeblich die Leiche gefunden hatte und …«

»Es gibt doch gar keine Leiche«, fiel Cohrs ihm ins Wort. »Hat er gesagt. Oder etwa nicht?«

»Nein, hat er nicht!«, widersprach Hartmann. »Er hat gesagt, er habe einen Toten gesehen, dann …« Erst jetzt merkte er, dass Sina ihn auf die Schippe nehmen wollte. »Mensch, Sina!«, maulte er verstimmt. Er hatte den Faden verloren und schwieg. Sina grinste: »Außerdem hat es vielleicht erst später geregnet.«

Semmelweiß strich sich breit grinsend über die hohe

Stirn, bleckte die Zähne. Hummel war konsterniert. Da soll einer durchblicken!

Lehmann schaute sich das Pflaster nochmal ganz genau an. Akribisch suchte er mit einem Vergrößerungsglas nach Spuren. Entgegen der Meinung seines Kollegen, der Regen habe alles abgewaschen, fand er in einer Fuge zwischen zwei Verbundsteinen vor dem umgefallenen Bienenstock eine dünne Blutspur. Er nahm sein Taschentuch aus der Hosentasche, legte es zusammen, zog es vorsichtig mit festem Druck durch die Erde zwischen den Fugen, wobei ein wenig Erde mit Blut daran hängen blieb. Grinsend verpackte er es in einen sterilen Spurenbeutel. »Der Regen hat nicht alles erwischt.«

»Respekt, Hennes! Respekt!«, bekannte Schorschi Hartmann.

»Es muss diesen Toten geben. Wo auch immer der ist«, fuhr Lehmann fort.

Als sie zurück im Präsidium waren, stand Benedikts neu erworbener Wagen bereits im Hof, Schlüssel und Papiere waren beim Empfang abgegeben worden. Hieronymus Schröder übergab alles dem neuen Besitzer und wünschte ihm allseits gute Fahrt.

»Danke, Hierony.« Benedikt nickte lächelnd.

»Gerne, Herr Hauptkommissar.« Hieronymus verneigte sich, strich sich über die Glatze, zwirbelte seinen beachtlichen Schnurrbart.

Die Beamten gingen in Drögers Büro, das Hummel innehatte, solange er den Ersten Kriminalhauptkommissar Heiner Dröger vertrat.

»Nehmen Sie Platz.« Er wies auf die Stühle vor dem Schreibtisch, an dem er leicht überheblich residierte.

»So, Leute«, begann er, »wir fassen zusammen.«

»Viel haben wir nicht«, erwähnte Semmelweiß schulterzuckend.

»Das weiß ich, Herr Semmelmeier.«

»Weiß!« meinte Benedikt stirnrunzelnd.

»Was?«

»Weiß! Semmelweiß, Herr Hummel!«

»Ach so.« Hummel fasste sich zerknirscht an die Nase. »Ja.«

Lehmann zählte auf: »Wir haben das rote Schlüsseletui, die blaue Mütze, sowie die Blutspur, die ich zwischen dem Verbundpflaster gefunden habe. Außerdem gibt es diese Stelle im Gras, wo wahrscheinlich jemand gelegen hat. Schorschi könnte recht haben.« Er strich sich wiederholt über den Bart. »Das angebliche Opfer ist möglicherweise auf dem Pflaster umgebracht worden, ist dann auf die Wiese gefallen. Von dort wurde es dann abtransportiert. Was wir nicht vergessen dürfen, sind die Bienen. Der umgefallene Bienenstock ist leer, was heißt, dass die Bienen ausgeschwärmt sind. Haben sie zugestochen? Wenn ja, waren die Stiche tödlich? Oder wurde der Mann tatsächlich ermordet?« Er hob die Schultern, sprach weiter: »Vielleicht wurde er nur verletzt und war kurzzeitig bewusstlos. Als er wieder zu sich kam, ist er weggelaufen.«

»Auch möglich«, entgegnete Hummel. »Ebenso ist es möglich, dass der Mann wirklich tot war. Warum sollte sich Buchmüller das alles zusammenreimen, wenn es nicht stimmt.«

»Na ja«, zweifelte Benedikt, »der hat schon mehr durcheinandergebracht, beziehungsweise erfunden. Ich denke da an die Treibjagd, von der er erzählt hatte, obwohl er noch nie an einer teilgenommen hat.«

»Treibjagd?« Hummel schaute ihn fragend an. Sina klärte ihn auch darüber auf.

»Trotzdem!« Felix Hummel blieb bei seiner Ansicht. Sina meinte lapidar: »Beides ist denkbar.«

Lehmann nickte: »Ja! Beides!«

Benedikt hob den Zeigefinger. »Außerdem heißt er Buchinger.«

Mittwoch, 8. Juni

Als Sina Cohrs am Morgen ins Präsidium kam, saß Benedikt bereits am Schreibtisch. Den Kopf in die Hände gestützt, blickte er mit wässrigen Augen stur geradeaus. Sina grüßte wie gewohnt: »Guten Morgen, Semmelweiß.«

Kein Ton kam über seine Lippen. Er schaute sie noch nicht einmal an.

»Dann halt keinen guten Morgen.« Sie räusperte sich, sagte laut: »Moin, Semmelweiß!«

Er rührte sich nicht, gab auch jetzt keinen Ton von sich.

»Ist was passiert?«, fragte Sina vorsichtig, beugte sich zu ihm runter. Keine Antwort. Sie setzte sich ihm gegenüber an ihren Schreibtisch, legte die mitgebrachten belegten Brötchen in einen Korb, schaltete die Espressomaschine ein. »Es ist nicht mehr viel Espresso da«, versuchte sie, ihn aus der Reserve zu locken. Benedikt zeigte keine Reaktion. Sie deutete auf ihn: »Du bist dran. Bringst du morgen welchen mit?«

Er schaute immer noch geradeaus, antwortete nicht. Sie ging zu ihm hin, blickte ihm ins gerötete, unrasierte Gesicht, sagte sanft: »Hallo, Benedikt, wo bist du?« Da er wieder nicht antwortete, schaute sie genauer hin. *Wie guckt der denn heute?*

»Ach Cohrs«, schnarrte er plötzlich, »lass mir meine Ruhe.«

»Auch gut!« Sie holte sich Espresso, meinte: »Du auch?«

»Nein«, antwortete er knapp. Sina schnupperte. Hat der eine Alkoholfahne? Sie setzte sich wieder, fuhr den Computer hoch, nahm ein Brötchen aus dem Korb, betrachtete ihren Kollegen gegenüber, der jetzt den Kopf gesenkt hatte.

»Sag mal, Semmelweiß, willst du heute nichts tun?«, fragte sie ihn. Nachdem sie wieder keine Antwort bekommen hatte, versuchte sie es anders. »Schlechte Nacht gehabt?«, meinte sie, jetzt freundlich. »Kann passieren.« Als er immer noch nicht reagierte, stand sie auf, ging erneut zu ihm, gab ihm einen leichten Rempler, sagte ernst: »Was ist los, Benedikt? Mit dir stimmt doch was nicht. Komm, sag schon.«

»Erstens, Cohrs, gehst du mir mächtig auf den Zeiger.« Er würgte, hielt die Hand vor den Mund, sprang auf und hastete in den Waschraum. Als er, ein Pfefferminzbonbon kauend, wenige Minuten später zurückkam, sah er besser aus.

Sina schüttelte den Kopf, schaute ihn fragend an. »Und zweitens?«

»Was zweitens?«

»Na ja, du sagtest vorhin, dass ich dir erstens auf ...«

»Jaja.« Benedikt hustete.

»Also?« Sina ließ nicht locker.

Heiser antwortete er: »Zweitens habe ich mich von Melinda getrennt.«

»Was!« Sina runzelte ungläubig die Stirn. »Gestern Vormittag hast du noch gesagt, sie sei dir sehr wichtig.«

»Das war gestern!«

»Das mit dem wichtig war wohl doch nicht so wichtig, oder?«

»Mann, Cohrs!«, begehrte Benedikt genervt auf. »Auf einmal war alles anders. Ich habe es dir doch eben gesagt. Ich habe mich von ihr getrennt!«

»Na und?«, meinte Sina leichthin. »Wenn du dich von ihr getrennt hast, kann es für dich nicht so schlimm sein. Eher für Melinda.« Sie klopfte ihm auf die Schulter. »Also, was soll's!«

»Du kennst den Hintergrund nicht«, stöhnte Benedikt. »Ich sage ihn dir. Sie hat mich betrogen. Gestern Abend.«

»Sie hat … das gibt es nicht!« Jetzt war Sina verblüfft.

»Doch, sie hat mich betrogen. Ich wollte sie überraschen, wollte sie zum Essen abholen. Ich hatte sogar einen Strauß Rosen in der Gärtnerei gekauft. Rote Rosen! Diese Baccara … du weißt schon. Als ich an ihrer Haustür geklingelt habe, hat sie nicht geöffnet, obwohl ihr Auto vorm Haus stand. Ich habe gedacht, sie wäre vielleicht im Bad und hat die Klingel nicht gehört.« Er atmete tief durch. »Nach ungefähr zehn Minuten habe ich noch einmal geklingelt. Wieder nichts. Dann habe ich in ihrem Schlafzimmer gedämpftes Licht und zwei Schatten hinter den Gardinen gesehen. Da war mir alles klar.« Er stockte, fasste sich an die Stirn.

»Und?«, fragte Sina mitfühlend. Ihr Kollege tat ihr leid.

Benedikt fuhr fort: »Ich bin zurückgegangen, habe mich in meinen Wagen gesetzt und gewartet. Ich habe gewartet und gewartet. Nach ungefähr zwei Stunden ist ein schwarzhaariger Mann im dunklen Anzug aus ihrer Wohnung gekommen. Melinda hat ihn zu einem weißen Sportwagen begleitet, der auf der anderen Seite der Straße stand und ihn mit einem Kuss verabschiedet. Die teuren Baccara habe ich dann vor ihre Haustür geworfen.« Benedikt fuhr sich mit der Rechten über die hohe Stirn. »Dann ist es mir gedämmert!« Er legte eine kurze Pause ein, schlug die Augen nieder.

»Was ist dir gedämmert?«, fragte Sina ungeduldig.

»Du kannst dich doch sicher an den Fall mit der reichen Frankfurterin erinnern, den Kersten und ich damals gemeinsam gelöst haben.«

Sina überlegte kurz: »Du meinst die Sache mit der Italienerin Rosato oder so ähnlich?«

»Rosetti! Francesca Rosetti! Die hat doch meine Ex-Freundin Marlene Birkner ermordet.«

»Ja, ich weiß. Nur … was willst du mir damit sagen?« Sina stutzte: »Ach so, jetzt versteh ich. Es war der Mann

Francesca Rosettis, der bei Melinda … Donnerwetter!«

»Genau, Cohrs. Schwarzhaariger Mann, weißer Maserati. Domenico Rosetti, Weinhandel Im- und Export. Der war das!« Seine wulstigen Lippen bebten. »Mir war klar, dass ich als kleiner Beamte gegen den keine Chance habe. Ich bin nach Hause gefahren und habe sie angerufen. Sie hat sofort ihre Affäre zugegeben. Das war's dann.«

»Das war's dann? Da warst du aber sehr voreilig, meinst du nicht?«, bemerkte Sina mit hochgezogenen Augenbrauen.

»Bei so einer eindeutigen Sache gibt es für mich keine Alternative. Sowas kann ich nicht brauchen«, gab er störrisch zur Antwort. Trotzig maulte er: »Den werde ich mir kaufen, den Rosetti.«

»Das wirst du nicht! Du bist Polizist! Vergiss das nicht«, wies Sina ihn zurecht. »Außerdem … was willst du von ihm? Er hat nichts getan.«

»Nichts getan?«, regte sich Semmelweiß auf. »Nichts getan? Der hat mir Melinda weggenommen.« Er wurde wütend: »Nichts getan!«

»Ach, weißt du«, versuchte Sina ihn zu beruhigen, »ich hatte mit Lola auch mal so einen Ärger. Sie hatte eine Liebschaft mit einer anderen Frau angefangen. Ich habe sie zwar nicht in flagranti erwischt, die eifersüchtige Freundin dieser Frau hatte es mir erzählt.«

»Lola? Ach so«, erinnerte er sich, »du meinst deine Lebensgefährtin.«

»Ja.« Sinas Stimme wurde lauter: »Ich kann dir sagen, da war was los. Ich war drauf und dran, sie rauszuschmeißen.« Wieder leiser, sagte sie: »Heute bin ich froh, dass ich es nicht getan habe.«

»Ich hätte sie rausgeschmissen, und zwar hochkant«, grollte Benedikt aggressiv.

»Ja, das war alles nicht schön, doch Lola ist reumütig

zu mir zurückgekommen.« Sie strich sich, jetzt lächelnd, über die kurzen Haare. »Man muss auch vergessen können. Vielleicht solltest du um Melinda kämpfen.«

»Ich? Niemals!« Benedikt schüttelte entschlossen den Kopf. »Es ist vorbei! Aus und vorbei!«

»Das ist immer noch kein Grund, Rosetti zu bedrohen«, tadelte sie ihn. »Auch ist es kein Grund, sich volllaufen zu lassen.«

»Wie meinst du das, Cohrs?«, empörte sich Benedikt.

»Na ja, ich …«

»Hast du ein Problem?«

»Ich nicht, aber vielleicht hast du eins. Vielleicht kann ich dir helfen.«

»Was willst du, Cohrs?«

»Glaubst du etwa, ich hätte Schnupfen?« Sina zog kritisch eine Augenbraue hoch. »Außerdem siehst du nicht gerade topfit aus.«

»Ach so, du bist der sprichwörtliche barmherzige Samariter, auf den ich gerade gewartet habe.« Benedikt hielt die Hand vor den Mund, hustete.

»Wenn du meinst.« Sina wandte sich ab. »Mach doch, was du willst.« Sie ärgerte sich, Benedikt lenkte ein: »Ja«, gab er zu, »ich habe mich gestern mit Whisky zugeschüttet.«

»Okay.« Sie verstand. Sie verstand auch seine momentane Lage. Da sie ihn mochte, als Mensch sowie als Polizist, sagte sie, jetzt einfühlsam: »Du musst dich wieder in den Griff kriegen. So tust du dir keinen Gefallen.«

Weil er nicht reagierte, fuhr sie ihn an: »Hör auf mit dieser Sauferei! Das führt zu nichts! Hast du mich verstanden?«

»Kommt nicht wieder vor«, versprach Benedikt nun kleinlaut.

»Das hast du mir schon einmal versprochen. Du wirst dich entsinnen. Ich hoffe, du hältst diesmal dein Versprechen.« Sina meinte kurz: »So, wir haben zu arbeiten.« Sie biss in ihr Brötchen, tippte den Bericht des gestrigen Tages in den PC.

Benedikt ging erneut in den Waschraum, machte sich frisch. »Geht's wieder?«, fragte Sina, als er zurückkam. Er war immer noch schlechtgelaunt: «Scheißtag!«

»Jetzt Espresso und Lkw?«, versuchte sie, seine Stimmung zu heben.

»Lkw?«, fragte er matt.

»Leberkäsweck!«

»Aha! Espresso ja, Lkw nein. Krieg keinen Bissen runter«, antwortete er. Sie holte ihm einen Espresso doppio, den er in kleinen Schlucken trank.

Zehn Minuten später erschien Hauptkommissar Felix Hummel, nahm sich einen Stuhl, setzte sich neben Semmelweiß. »Na, tragen Sie künftig Bart, Herr Semmelmann?«, meinte er grinsend.

»Wieso?« Benedikt verstand nicht.

»Oder was wird das?« Hummel strich sich mit beiden Händen über die Wangen.

»Wen geht das nichts an?«, antwortete Benedikt gereizt. »Außerdem heiße ich Semmelweiß, Herr Humpel.«

Hummel missachtete die kleine Beleidigung. Er rümpfte die Nase. *Riecht der nach Alkohol?* An Sina gewandt, meinte er: »Gibt's was Neues?« Fragend deutete er mit dem Kopf in Richtung Benedikt.

Sie rollte die Augen, hob die Schultern: »Bis jetzt noch nicht, ich werde mal bei der SpuSi nachfragen.«

»Okay.« Hummel ging zur Tür. »Bin gleich wieder da.«

Sinas Telefon klingelte. »Hier will jemand etwas zu dem Fall Buchinger sagen«, meldete sich Kommissarin Michelmann von der Einsatzzentrale: »Ich hatte auf Herrn Drögers Apparat angerufen. Da geht niemand ran. Herr Hummel ist wohl nicht am Platz.«

»Nein, er war hier und ist eben rausgegangen. Stell durch.« Sina schaltete den Lautsprecher ein.

Eine aufgeregte, hohle, männliche Stimme sagte zitternd: »Guten Tag, ich war gestern einer der Spaziergänger, die an dem abgesperrten Gelände zwischen Wiebelsbach und Frau Nauses waren. Wir gehen da öfter spazieren, der Rembrandt und ich. Daher kenne ich das Grundstück mit den Bienenstöcken.« Der Mann hustete mehrmals, sagte dann nichts mehr.

»Geht es Ihnen gut?«, fragte Sina besorgt.

»Ja, es geht schon«, antwortete hüstelnd die hohle Stimme. »Es geht schon. Wo waren wir stehenge … ach ja, jetzt habe ich's wieder. Also, ich habe vorgestern einen Mann gesehen, der auf dem Grundstück herumgeschlichen ist. Er hat sich suchend umgeschaut, etwas aufgehoben und ist fortgerannt, als ob seine Schwiegermutter hinter ihm …« Er musste erneut husten, »hinter ihm her wäre«, vollendete er den Satz. »Ich weiß leider nicht, wohin er gerannt ist, er war hinter einer Hecke verschwunden. Er hat eine dunkle Hose und ein helles Hemd angehabt. Und … Moment!« Nach kurzem Nachdenken sagte er: »Eine dunkle Mütze hatte er auf dem Kopf. Glaub' ich. Ich bin mir nicht so sicher.« Er stockte für einen Augenblick, schnaufte tief durch, fuhr dann fort: »Ich … ich habe gedacht, es wäre wichtig für Sie. Deshalb habe ich auch direkt bei Ihnen in Darmstadt angerufen. Die Nummer vom Polizeipräsidium habe ich in meinem Smartphone gespeichert. Für alle Fälle. Ich hoffe, ich habe das richtig gemacht.«

»Natürlich. Das haben Sie gut beobachtet. War er groß oder klein, dick oder dünn?«

»Langer Kerl. Schmal.« Der Mann atmete schwer.

»Warum haben sie uns nicht eher angerufen?«

»Ich habe nicht mehr daran gedacht. Erst jetzt ist es mir wieder eingefallen. Wissen Sie … in … in meinem

Alter spielt einem das Gedächtnis so manchen Streich.«

»Ja, sicher«, entgegnete Sina verständnisvoll. »Wann genau haben Sie den Mann gesehen?«, hakte sie nochmal nach. »Versuchen Sie bitte, sich zu erinnern.«

»Ich ... da ...« Kurzes Aufstöhnen und lautes Husten unterbrach einmal mehr das Gespräch. Im Hintergrund hörten die Beamten dumpfes Hundegebell. Sina wartete einen Moment, rief dann in den Hörer: »Hallo, sind Sie noch dran?« Der Mann meldete sich nicht mehr, hatte auch nicht aufgelegt. Noch immer hörten sie den Hund bellen. Wenig später kamen Flugzeuggeräusche und das Brummen eines Traktors hinzu. Eine Stimme sagte aufgeregt: »Hallo! Was ist mit Ihnen? Können Sie aufstehen?«

Jetzt hörten sie nur noch den Traktor. Wenig später kam kein Ton mehr durch den Hörer. Sina kniff die Lippen zusammen.

Hummel kam zurück. »Wer ist das?«, wollte er wissen.

»Ich weiß es nicht, ein Mann hat angerufen. Er meldet sich nicht mehr«, antwortete Sina und legte auf. Sie berichtete, was der Mann gesagt hatte. »Ein Rembrandt war angeblich bei ihm. Der sagte nichts. Eine Stimme und einen Traktor konnten wir hören, im Hintergrund bellte ein Hund.« Sie fügte hinzu: »Und ein Flugzeug war noch zu hören.« Kopfschüttelnd hob sie die Schultern. »Null Ahnung!«

»Hm! Merkwürdig!«

Michelmann hatte inzwischen den Nutzer des Smartphones herausgefunden. Es war der neunundsiebzigjährige Paul Schöne aus Groß-Umstadt. Ein Festnetzanschluss von ihm konnte nicht festgestellt werden.

Die Ortung des Smartphones scheiterte. »Wahrscheinlich ist es ausgeschaltet, oder der Akku ist leer«, vermutete Sina. Laut fluchte sie: »Verdammte Kiste!«

Hummel zog die Stirn in Falten: »Auf dem Grundstück Buchingers ein Toter ohne Leiche! Ein mysteriöser Anruf von einem Paul Schöne, der dort einen unbekannten Mann gesehen haben will! Seltsam, seltsam!«

Benedikt blickte ihn mit gläsernen Augen konfus an, es ging ihm gar nicht gut. »Verdammter Whisky!«, seufzte er. Er stützte den Kopf in beide Hände. Von Sekunde zu Sekunde wurde er blasser.

Nachwehen der durchzechten Nacht.

Unverhofft sprang er auf, verließ fluchtartig das Büro, um ganz schnell über den Flur in die Toilette zu verschwinden.

Sina verzog ratlos das Gesicht: »Und jetzt, Herr Hummel? Was machen wir jetzt? Wir wissen nicht, von wo dieser Schöne angerufen hat.«

In der Zentralen Leitstelle Darmstadt-Dieburg meldete sich ein äußerst aufgeregter Mann. Die Verwaltungsangestellte Renate Grebe nahm das Gespräch entgegen.

Johannes Mager vom Otzberg Ortsteil Hering war mit dem Traktor auf dem Nachhauseweg von seinem Waldstück in den Aspen. Er hatte einen Mann aufgefunden, der leblos am Rande des Waldwegs ungefähr drei Kilometer vor Hering lag. »Ein Bernhardiner steht winselnd daneben«, berichtete der Landwirt bestürzt. »Als ich mich zu dem Mann hinunterbeugte, hatte ich den Eindruck, dass er ...« Er stockte. »Ei ja, der schnauft nicht mehr. Ich glaube, der ist umgebracht worden. Ich kenn mich da ja nicht aus. Allerdings habe ich schon gelesen, dass man alles so lassen soll. So wie es ist. Nur anrufen. Die Nummer 110. Das ist doch richtig, oder?«

»Ja, das ist richtig«, antwortet Frau Grebe.

»Was soll ich jetzt tun?«, fragte der Landwirt mit zittriger Stimme.

»Bleiben Sie ganz ruhig. Geben Sie mir bitte ihren

Standort durch und warten Sie, bis der Rettungswagen kommt.«

»Ich … ich … habe erst mein Handy holen müssen … das liegt immer auf …«

»Jetzt haben Sie es ja. Bitte ihren Standort. Sagen Sie mir den bitte.«

»Ich stehe zwischen meinem Bulldog und dem Bernhardiner«, antwortete der über alle Maßen aufgeregte Mann.

Sie konnte ein Grinsen nicht unterdrücken: »Ich meine, wo Sie sind! An welchem Ort?«

Der überforderte Landwirt brauchte eine Weile, bis er in der Lage war, zu beschreiben, wo er sich gerade befand.

Renate Grebe meldete den Vorfall sofort dem Rettungsdienst. Anschließend informierte sie das Polizeipräsidium Südhessen.

Lore Michelmann von der Einsatzzentrale in Darmstadt rief erneut bei Sina an: »In den Aspen am Otzberg wurde ein toter Mann von einem Landwirt aufgefunden. Der vermutet, dass der Mann umgebracht worden ist. Kümmerst du dich darum, Sina?«

»Ja, klar, Lore. Wo genau?«

Michelmann erklärte ihr den Weg, den ihr Renate Grebe durchgegeben hatte. Schnell sagte Sina noch: »Sag der SpuSi Bescheid.«

»Geht klar.« Michelmann legte auf.

»Heut ist ja wieder was los!« Sina drehte sich Hummel zu. »Wir müssen schnellstens in die Aspen. Das ist der Wald bei …«

»Ich weiß, wo die Aspen sind, komm ja nicht vom Mond!«, blaffte Hummel ungehalten.

»Ich dachte nur …« Sina blies die Backen auf.

»Schon gut. Was sollen wir dort ... in den Aspen?«, fragte Hummel.

»Möglicherweise ein Mord. Ein Mann wurde tot aufgefunden.«

»Na, dann los.«

»Okay, nur ... Semmelweiß ist unpässlich, Lars Södermann auch, der hat die Grippe. Alle anderen Kolleginnen und Kollegen sind unterwegs. Bleibt Nikki.«

»Gut, nehmen Sie die Herold mit. Sie soll auch die Aktenführung übernehmen. Ich komme nach, Semmelmeier soll hierbleiben und sich um die bisherigen Berichte kümmern. Der ist heute ... na ja!« Hummel winkte ab. »Nicht so gut drauf oder so ... ist der ... Aber das hatten wir ja gerade. Unpässlich! Ich warte, bis er wieder hier ist und sage ihm Bescheid.«

Die Kommissarin nickte, informierte ihre Kollegin Nikki Herold: »Du musst mitkommen, Nikki. Wir ermitteln gemeinsam in den Aspen.«

Nikki freute sich. Endlich mal wieder raus aus dem Büromief!

Nach wenigen Minuten erschien sie: »Kann losgehen.«

Sina Cohrs und Nikki Herold brausten mit Sinas Motorrad nach Otzberg.

Ein Streifenwagen war in den Aspen bereits zur Stelle. Die Polizisten waren gerade dabei, das betroffene Gebiet abzusichern, als der Rettungswagen vorfuhr. Fast zeitgleich trafen Lehmann und Kemper vom Erkennungsdienst ein. Wenig später kam Hummel hinzu.

Der Notarzt versuchte, den auf dem Rücken liegenden Mann zu stabilisieren, jedoch kam jede Hilfe zu spät. Paul Schöne war tot. Dr. Brenner knöpfte dessen kurzärmeliges Hemd auf, äußere Verletzungen konnte er nicht feststellen.

Kommissarin Cohrs rief im Rechtsmedizinischen Institut in Frankfurt an, bat Professor Dr. Helm, einen Forensiker nach Otzberg in die Aspen zu schicken.

»Ich komme selbst, ich kenne den Wald«, antwortete der leidenschaftliche Wanderer, der die Gegend rund um die Veste Otzberg schon oft erkundet hatte. Er eilte sogleich auf den Parkplatz, setzte sich in seinen Porsche und fuhr los.

Hummel beugte sich über den Toten, schaute sich Brustkorb und Arme an. Auch er konnte nichts Auffälliges entdecken.

Sein Smartphone klingelte. Die Einsatzzentrale. »Professor Helm steht am Frankfurter Kreuz im Stau. Er hat eben angerufen«, teilte Lore Michelmann ihm mit.

»Rufen Sie ihn zurück, sagen Sie ihm, er könne wieder umkehren. Wir lassen den Leichnam nach Frankfurt in die Rechtsmedizin bringen. Ich melde mich später.«

Sina fragte den immer noch sehr aufgeregten Landwirt Johannes Mager: »Ist Ihnen etwas Besonderes aufgefallen?«

»Nein ... nein ... eigentlich ... nicht«, stotterte Mager. Er überlegte. »Oder doch! Augenblick! So ein verrückter Motorradfahrer. Das war bestimmt so'n junger Spund. Wie die sich heutzutage verhalten! Unfassbar!«

Mager nahm die Kappe ab, zerknautschte sie verlegen zwischen den Fingern. »Der wäre mir fast in den Bulldog reingefahren.« Er nickte heftig. »Und einen Helm hat er auch nicht aufgehabt. Nur so eine schwarze Lederkappe, wie sie früher die Motorradfahrer hatten. Und ... und so eine Motorradbrille, wie ...«

»Motorradfahrer! Lederkappe! Motorradbrille!«, unterbrach die Kommissarin. »Sonst noch was?«

»Nein, mehr fällt mir nicht ein.«

»Sonst haben Sie niemanden gesehen?«, fragte nun

Hummel, »Spaziergänger, Radfahrer?«

»Radfahrer habe ich keine gesehen, Spaziergänger schon.«

»Frauen, Männer?«

»Drei Frauen. Eine der Frauen ist gejoggt. Ein Paar mit zwei Kindern. Zwei Männer sind mit Skistöcken gelaufen.« Er grinste. »Mitten im Sommer! Das sah komisch aus.«

Hummel kräuselte die Stirn: »Hier in unmittelbarer Nähe?«

Der Landwirt überlegte. »Die beiden Männer waren ungefähr zwei Kilometer weg. Das Paar mit den Kindern auch.« Er deutete mit dem Daumen nach hinten. »Die beiden Frauen waren nicht so weit weg.« Er deutete wieder mit dem Daumen nach hinten.

»Die Frau, die gejoggt war, eine kräftige Schwarzhaarige, ist vom Weg in den Wald abgebogen.« Ihm fiel ein: »Die hätte den Mann sehen müssen. Sie war aus der Richtung gekommen.«

»Die Haarfarben der beiden anderen Frauen?«

»Das weiß ich nicht«, entgegnete der Landwirt. »Sie hatten Mützen auf, wie sie heutzutage modern sind. Dunkle Mützen.«

Hummel nickte, notierte alles in sein ledergebundenes Notizbuch. Während er schrieb, brach ihm die Mine seines Bleistiftes ab. »Immer dasselbe!«, fluchte er. Da muss ich mir den Rest eben merken. Sollte mich auf Kugelschreiber umstellen.

Johannes Mager kratzte sich nervös am Kinn, meinte zaghaft: »Ich muss jetzt nach Hause, habe noch eine Menge zu tun. Annabell kalbt bald und ich …«Er unterbrach den Satz, setzte die Kappe wieder auf.

»Sie können gleich los. Ich brauche nur noch Ihre Personalien«, erwiderte Sina.

Nachdem das erledigt war, rumpelte Mager mit seinem Bulldog und dem holzbeladenen Anhänger den ausgefahrenen Weg hinunter, offensichtlich froh darüber, dass er keine weiteren Fragen mehr beantworten musste. Sina Cohrs schaute ihm mit gerunzelter Stirn nach. Annabell ka...? Hä?

Ein Leichenwagen des Bestattungsinstituts Fröhlich aus Groß-Umstadt brachte den Toten ins Rechtsmedizinische Institut der Goethe-Universität in die Kennedyallee nach Frankfurt. Der jetzt wieder jaulende Bernhardiner wurde von der Streife in ein Tierheim nach Darmstadt gebracht.

»Das ist traurig. Der Mann tut mir leid«, bedauerte Sina. »Was war die Ursache seines Todes?«, fragte sie mit Blick auf den Notarzt.

Dr. Brenner wiegte den Kopf. »Möglicherweise ein Herzinfarkt. Allerdings kann ich es nicht genau sagen. Es kann auch etwas anderes gewesen sein.«

»Fremdeinwirkung?«, fragte Sina weiter.

»Kann ich nicht ausschließen«, meinte der Arzt.

»Die Obduktion wird die Frage beantworten«, bemerkte Nikki.

»Ja, selbstverständlich.« Dr. Brenner nahm seine Tasche und ging zum Rettungswagen, wo die beiden Sanitäter auf ihn warteten.

»Wenn keine Fremdeinwirkung besteht, dann ist das nicht unser Bier«, meinte Cohrs sachlich.

Nikki neigte den Kopf zur Seite. »Würde ich auch sagen.«

»Nun macht mal langsam«, warf Hummel ein, »wir können nicht einschätzen, ob Fremdeinwirkung besteht oder nicht. Zudem hat der Mann eine vielleicht wichtige Aussage gemacht. Es könnte doch sein, dass die uns weiterhilft.«

»Ja, schon möglich, Herr Hummel«, gab Sina zu.

»Fahren wir zurück.« Hummel ging zu seinem Wagen.

Sina grinste ihre Kollegin an: »Sag mal, Nikki, du bist auf der Kawa so routiniert mitgefahren, als hättest du nie etwas anderes getan. Wenn ich da an den Semmelweiß denke. Du liebe Zeit, hat der sich angestellt! Manometer!«

»Echt?«, lachte Nikki. »Ich habe damit keine Probleme. Mein Bruder fährt eine Honda. Er nimmt mich ab und zu mit zu einer Spritztour. Von daher bin ich so einiges gewöhnt.«

»Sieh an! Was für eine Honda fährt er denn?«, fragte Sina interessiert.

»Ich kenn mich da nicht aus«, antwortete Nikki. »Auf jeden Fall ist sie sauschnell.«

Sina nickte mehrere Male: »Na dann! Komm, wir müssen los.«

Die beiden Kommissarinnen kamen ins Präsidium, als Semmelweiß mal wieder Zeit in der Toilette verbrachte. Zum fünften Mal. Seine Arbeit war an diesem Tag weiß Gott nicht erwähnenswert.

Endlich kam er angeschlichen, kreideweiß und völlig fertig. Sein Zustand hatte sich merklich verschlechtert.

»Na, Semmelmeier, wie geht's? Alles wieder in Butter?« Sina senkte den Kopf, schaute ihn von unten herauf an.

»Beschissen, Korbs. Außerdem … wieso interessiert dich das?«, gab er missmutig zurück, setzte sich an seinen Schreibtisch, schloss für einige Sekunden die Augen.

»Wir brauchen jeden Mann. Du siehst doch, was los ist. Die Ehresmann wird gleich …« Sie hatte den Satz noch nicht zu Ende gesprochen, da stand die Direktorin in der Tür. »Na, wie weit sind wir? Was gibt es zu vermelden?«, schnarrte sie mit nasaler Stimme. Semmelweiß schreckte auf, räusperte sich.

»Wir wollten Sie gerade unterrichten, Frau Ehresmann«, übernahm Hummel, der soeben eingetroffen war. Sein Fleetwood hatte Schwierigkeiten, er wollte mal wieder nicht anspringen. Ganz was Neues!

»Na, dann fangen wir doch gleich mal an.« Ihr Silberblick blieb an Hummel hängen: »Wie lief es in den Aspen?« Sie setzte sich an den Tisch, wollte eine Haarlocke, die nicht da war, aus der Stirn streichen, bedeutete den Ermittlern, ebenfalls Platz zu nehmen.

Hummel klärte sie mit allen Einzelheiten auf. Die Direktorin hörte interessiert zu. »Und was ist mit dem angeblichen Toten bei diesen Bienenstöcken?«

»Das ist sehr schwierig«, entgegnete Sina, »Bekanntlich ist die Leiche verschwunden. Außer den genannten Dingen, die auf dem Grundstück gefunden worden sind, und der Aussage des Herrn Schöne am Telefon gibt es noch nichts Neues.«

»Okay, Sie bleiben dran. Sie wissen, wir brauchen Ergebnisse. Dringend! Die Staatsanwältin ...«

»Ich weiß, ich weiß.« Sina war klar, dass die Augustin bald auf der Matte stehen würde, sollte das Delikt, wie sie immer sagte, nicht schnell aufgeklärt werden.

Die Direktorin schaute Benedikt an. »Mein Gott, wie sehen Sie denn aus? Sie sind ja richtig grün im Gesicht. Ist Ihnen nicht gut?«

»Ich habe mir den Magen verdorben. Frischer Fisch gestern Abend. Der ist mir ... wohl nicht bekommen.«

»Na, so frisch wird der wohl nicht gewesen sein, der Fisch«, meinte sie. »Das wird wieder.« Sie nickte ihm aufmunternd zu.

Benedikt spürte, wie sein Magen wieder rumorte. Seine Gesichtsfarbe wechselte von blass auf weiß. Er sprang auf, eilte erneut zur Toilette. Ilse Ehresmann schaute ihm verwirrt nach, meinte unruhig: »Dem geht's wirklich schlecht.« Sie kräuselte die Stirn. »Wenn er jetzt eine Fischvergiftung hätte, wäre das sehr unpassend.«

Fischvergiftung! Wenn die wüsste, dass der gestern stockbesoffen war. Hoffentlich macht Semmelmann jetzt nicht schlapp, und hoffentlich lässt er nicht irgendeinen Kalauer los, wenn er zurückkommt. Hummel sorgte sich.

Es kam nicht so weit, die Direktorin erhob sich, sagte kurz: »Wir sehen uns morgen«, und verschwand. Sie hatte einen Termin beim Polizeipräsidenten. Dr. Hessberger wollte ausführlich über den Stand der aktuellen Fälle unterrichtet werden.

Wenig später erschien Benedikt. »Hat die Ehresmann nochmal nach mir gefragt?«, wollte er kleinlaut wissen.

»Mach dich heim, Semmelweiß, schlaf deinen Rausch aus«, sagte Cohrs, ohne seine Frage zu beantworten. »Morgen geht's dir besser. Es sei denn, du säufst am Abend wieder.« Unmissverständlich setzte sie hinzu: »Lass es bleiben, es bringt dich nicht weiter. Whisky ist keine Lösung, hörst du?«

»Wasser auch nicht«, schnarrte Semmelweiß missmutig.

»Verschwinde!« Sina gab ihm einen kleinen Schubs. »Ich ruf dir ein Taxi.«

»Mach ich selbst. Tschüss.« Benedikt verließ das Büro. Felix Hummel war entsetzt: »Was ist nur mit dem Semmelmeier los? Ich kann mich erinnern, dass er schon einmal so eine Phase hatte. Ich dachte, das wäre vorbei.« Er stand auf, ging zum Fenster, öffnete es, holte tief Luft.

»Semmelweiß hat private Probleme, da muss er jetzt durch«, meinte Sina lapidar.

Private Probleme! Die habe ich auch, dachte Hummel. Seine Lebensgefährtin Charlotte Kremer hatte ihn nach wenigen Wochen wieder verlassen. Sie hatte sich bei einem Krankenhausaufenthalt, bei dem ihr der Blinddarm entfernt wurde, in den Chirurgen verliebt, der sie behandelt hatte. Wie Hummel hörte, war diese Liebe auch nicht von langer Dauer. Er hatte überlegt, ob er sie anrufen solle. Nach kurzem Überlegen hatte er sich dagegen entschieden. Ich lass mich nicht noch einmal von ihr verarschen.

Das Thema Frauen war für ihn vorerst abgehakt.

Hummel schaute hinunter auf den Parkplatz, sah, wie Benedikt in seinen Astra stieg und wegfuhr. Ungläubig schüttelte er den Kopf. »Wenn den die Polizei anhält, können wir alle den Dienst quittieren.« Er kratzte sich am Ohr.

»Ja, Herr Hummel. Aber nur dann!«, meinte Sina. Mit ernster Miene sagte sie: »Malen Sie mal nicht den Teufel an die Wand.« Sie war sehr verärgert über den Leichtsinn ihres Kollegen. So ein Schafskopf!

Das Dienstmädchen Domenico Rosettis, Fabienne Bonnet, hatte den Platz von dessen Frau Francesca eingenommen. Fabienne teilte mit ihm Tisch und Bett, ab und zu verbrachte sie mit ihm ein Wochenende in seinem neu erworbenen Haus im Odenwald. Auch durfte sie den roten Porsche Cayman, den Francesca fuhr, uneingeschränkt nutzen.

Das Haus in Groß-Umstadt befand sich an einem Hang im Raibacher Tal, nicht allzu weit entfernt von der Weinlage Steingerück. Ein idyllisches Plätzchen.

Auch Melinda Keller, die ehemalige Freundin von Benedikt Semmelweiß kannte dieses Haus, sie war ja Rosettis neue Geliebte.

Davon wusste Fabienne Bonnet. Es schien sie nicht sonderlich zu interessieren, denn es ging ihr gut und sie genoss die Zeit mit dem reichen Weinhändler, den sie auch schon auf Geschäftsreisen nach Italien ins Piemont begleitet hatte.

Die attraktive brünette Fabienne stammte aus dem 720-Seelen-Dorf Mirabel in der Ardèche in Südfrankreich. Die Liebe hatte sie vor einiger Zeit nach Frankfurt verschlagen. Jedoch hatte sich ihr damaliger Freund kurze Zeit später von ihr getrennt und sie kam über eine Annonce in der Frankfurter Rundschau als Dienstmädchen zu Francesca und Domenico Rosetti.

Das hatte fatale Folgen ...

Donnerstag, 9. Juni

Hummel grüßte gut gelaunt, als er um 7.10 Uhr das Büro betrat: »Moin, Sina, schöner Morgen heute Morgen.« Er lächelte sie an: »Sie sind früh!«

»Guten Morgen, Herr Hummel. Ich habe schneller geschlafen, damit ich mehr vom Tag habe«, entgegnete Sina schmunzelnd.

Hummel sagte nichts.

»Wie geht's heute weiter?«, wollte Sina wissen.

Er gab keine Antwort, stellte seine Aktentasche auf Sinas Schreibtisch. Sie schaute ihn verwundert an, fragte ihn erneut: »Wie geht's heute weiter?«

»Was?«, meinte er freundlich. »Was haben Sie gesagt? Warum sprechen Sie so leise?« Er setzte sich. Sina deutete lachend auf seine Ohren: »Wenn Sie das aus den Ohren nehmen, hören Sie mich besser.«

Er fasste sich an die Ohren, zog kopfschüttelnd flauschige Wattekugeln heraus. Nun konnte er wieder alle möglichen Geräusche hören. »Mein Gott«, sagte er erleichtert, »ich habe schon gedacht ...« Er grinste Sina an: »Die benutze ich nachts. So kann ich besser schlafen.« Er murmelte: »Muss mir mal diese Silikonstöpsel kaufen.«

»Dann hören Sie ja noch schlechter«, gab Sina zu bedenken.

»Das schon, aber die spüre ich eher als Watte«, grinste er, »wenn ich aufwache.«

»Aha!« Sina schmunzelte amüsiert. Der trägt nachts bestimmt auch eine Schlafmaske, damit es noch dunkler als dunkel ist. Gottseidank hat er die abgelegt, bevor er losgefahren ist.

»Nur gut, dass ich meine Maske wenigstens nicht mehr aufhabe.« Er lachte. Dann nahm sein Gesicht ernste Züge an. »So, nun zur Sache.«

»Okay!« Sina musste mal wieder, wie so oft bei Ermittlungen mit Hummel, ein Grinsen unterdrücken, sie fragte erneut, wie es jetzt weitergehen solle.

»Ja, Sina, wie geht's weiter? Semmelmeier ist krank, sonst wäre er hier, oder?«

Bevor sie antworten konnte, flog die Tür auf, Direktorin Ehresmann schneite herein. »Es wird immer enger, Herr Semmelweiß hat sich krankgemeldet.« Sagte es und schoss aus dem Büro. Hummel hörte noch, wie sie beim Weggehen leise fluchte: »Scheiße!«

Er grinste.

»Also, wie geht's weiter?«, fragte Sina erneut.

»Wir sollten uns zuerst um den Fall Buchmüller kümmern. Der ist echt rätselhaft.«

»Buchinger!«

»Was?«

»Er heißt Buchinger!«

»Aha! Okay, Gina. Wir beide fahren jetzt zu den Buchmüllers nach Groß-Umstadt. Die haben doch dort einen Getränkemarkt, wenn ich mich recht erinnere.«

»Herr Hummel!« Die Kommissarin stellte sich mit verschränkten Armen vor ihn, sagte nachdrücklich: »Erstens heiße ich Sina, zweitens heißen die Buchingers Buchinger und nicht Buchmüller und drittens haben die keinen Getränkemarkt, sondern ein Obst- und Gemüsegeschäft.« Lässig setzte sie hinzu: »Was stimmt, ist Groß-Umstadt.«

»Ach!« Hummel strich sich über die lichten Haare. »Gut. Also fahren wir zu … denen nach Groß-Umstadt.«

»Mit der Kawa?« Sina zog die Brauen hoch, grinste. Zu ihrer Überraschung antwortete Hummel: »Warum nicht? Ich bin schließlich schon mal mitgefahren.«

»Auf geht's!« Sina ging voran. Bevor sie die Maschine startete, drückte sie Hummel einen Helm in die Hand: »Aufsetzen!«

Gehorsam setzte er den Helm auf, stieg unsicher auf. »Wissen Sie, Gina, ein bisschen Bammel habe ich schon«, bemerkte er ängstlich.

»Keine Bange, Herr Hummel, das gibt sich nach der ersten Kurve«, erwiderte Sina und startete den Motor. Schon der Sound des Motors trieb ihm den Schweiß auf die Stirn.

Sina hatte recht. Nach der ersten Kurve vor Nieder-Ramstadt hatte er sich auf sie und ihr Motorrad eingestellt. Er ging jede Kurve intensiv mit, im Gegensatz zu Semmelweiß (der hatte sich ja dagegen gelegt,) manchmal sogar ein wenig zu heftig, so dass sie korrigieren musste. Hummel genoss die rasende Fahrt mit der pfeilschnellen Maschine.

Sina spürte, dass es ihm Spaß machte. Sieh mal einer an, der Hummel, dachte sie anerkennend.

Am Marktplatz in Groß-Umstadt stellte sie das Motorrad auf dem Parkplatz vor Buchingers Geschäft ab, schaute Hummel grinsend an: »Na, Herr Hauptkommissar, alles gut überstanden?«

»Ja klar!«

»Keine Probleme?«

»Nein, warum?«

»Na ja, ich dachte …«

»Hören Sie auf zu denken.« Hummel war jetzt wieder ganz Chef. »Denken Sie, wenn es erforderlich ist. Das ist jetzt nicht der Fall. Vielleicht später.« Er hob mokant den Kopf: »Gehen wir hinein.«

Vorbei an den Angeboten von allerlei Obst- und Gemüsesorten, die appetitlich vor dem Geschäft platziert waren, betraten sie durch die offenstehende Tür den Laden. Danica Buchinger begrüßte sie zurückhaltend.

»Wo ist denn Ihr Mann, Frau Buchinger?«, fragte Hummel.

»Wo wird der schon sein? Bei seinen Bienen.« Danica wirkte sehr fahrig und aufgewühlt. Sina merkte das, beobachtete sie von der Seite. Da stimmt was nicht, vermutete sie. Was ist mit dem Imker los? Und mit seiner Frau?

Einfühlsam versuchte sie, mit ihr über Toni zu sprechen: »Wie geht es Ihrem Mann? Wir wollen ihn nicht bedrängen, wir möchten nur noch mal mit ihm reden.« Sie legte kameradschaftlich die Hand auf Danicas Schulter. »Finden wir ihn wirklich bei den Bienen?«

Bedrückt antwortete Danica: »Sie wissen ja, dass er Probleme mit diesen Fantastereien hat. Deswegen ist er bei einem Psychologen in Behandlung. Da ist er jetzt. Nicht bei den Bienen.«

»Wann wird er zurück sein?«

»Vielleicht in einer Stunde? So genau kann man das nie sagen.« Danica zuckte die Achseln.

»Gut« meinte Hummel. »Wir gehen Kaffee trinken und kommen später nochmal.« Er nickte Sina zu.

In einem Café am Marktplatz bestellten sie Cappuccino. »Das könnte beginnende Demenz sein, bei dem Buchhä ... ähh ... inger.« Hummel presste die Lippen zusammen. »Buchinger.«

»Das fürchte ich auch. Dann wissen wir schon gar nicht, ob alles stimmt, was er erzählt hat.« Sina nippte am Cappuccino, wischte sich den Milchschaum vom Mund. »Ist nicht zuverlässig, der Herr Buchinger.«

»Nein, leider nicht.«

»Seine Frau machte auch einen sehr nervösen Eindruck.«

»Die wird sich Sorgen um ihn machen.« Hummel rief die Kellnerin: »Zahlen bitte.«

Nachdem er bezahlt hatte, fragte er Sina: »Der Bernhardiner des Paul Schöne ist in Darmstadt in einem Tierheim, oder irre ich mich?«

»Sie irren sich nicht«, antwortete Sina.

»Wo ist er denn? Ich meine, in welchem Tierheim ist er?«

»Haben Sie Interesse an ihm?«

»Warum nicht?«

»Ja, warum nicht? Ist 'n schöner Kerl, der Rembrandt.«

»Soso, Rembrandt.« Hummel hielt inne. »Rembrandt heißt er? Woher wissen Sie seinen Namen?«

»Er hatte ein Lederband mit einem Messingschild um den Hals, auf dem *REMBRANDT* stand. Das wird dann wohl sein Name sein.«

»Ja, wird wohl so sein. Dann ist Rembrandt, von dem Sie gesprochen hatten, dieser Bernhardiner.«

»Genau.«

»Aha! Herr Schöne muss wohl ein Freund der klassischen Musik gewesen sein. Rembrandt! Hm! Könnten Sie vielleicht ...?«

»Klar. Die Adresse des Tierheims müsste ich im Präsidium nachfragen. Nur zur Info, Herr Hummel, Rembrandt war ein niederländischer Künstler, hauptsächlich hat er gemalt. Rembrandt van Rijn.«

»Soso, ein Künstler war der. Ein Maler. Und Holländer. Auch noch!« Hummel schnaufte: »Stimmt! Die können ja gar nicht singen, die Holländer. Fußballspielen können sie, und Eisschnelllaufen, aber sonst wüsste ich nicht ...« Er kratzte sich am Hinterkopf. »Würden Sie mal nachfragen, wegen dem Rembrandt, Gina?«

wenn Sie mich ab sofort Sina nennen und nicht Gina.»

«Ach so! Sina! Ja, klar. Wenn Sie das wünschen.«

Sina rollte die Augen, biss sich auf die Unterlippe. Der hat's immer noch nicht gerafft, der Hummel.

Als sie zurück im Geschäft waren, gingen sie direkt auf die Tür mit dem Schild BÜRO zu. Toni Buchinger saß am Schreibtisch, eine Tasse Tee vor sich, und las im Darmstädter Echo. »Meine Güte, das Wetter wird immer schlechter«, brummelte er vor sich hin. »Mal bedeckt, mal bewölkt, Regen, nur wenig Sonne. Kein Wunder, dass man trübsinnig wird. Wenn das so weitergeht ...« Er hüstelte, kratzte sich an der Stirn.

»Es wird auch wieder besser«, riss Sina Cohrs ihn aus seinen Gedanken. »Guten Tag, Herr Buchinger.«

Obwohl Danica ihm gesagt hatte, dass die Polizisten hier waren und wiederkommen würden, zuckte er zusammen, er war in die Zeitung vertieft. »Tag, Frau ...«, sagte er und schaute auf.

»Cohrs, Kommissarin Cohrs«, ergänzte Sina. Sie wies auf den Hauptkommissar. »Das ist Hauptkommissar Hummel.«

»Ah, Herr Hummel. Neuer Mann?«

»Aushilfsweise neu.« Hummel nickte freundlich: »Guten Tag.«

»Was führt Sie zu mir?« Buchinger schaute die Beamten fragend an.

»Wir möchten noch einmal mit Ihnen wegen des Toten bei den Bienenstöcken sprechen«, begann Cohrs.

»Bei den Bienenstöcken?« Toni runzelte die Stirn. »Bei welchen Bienenstöcken?«

Sina und Hummel schauten einander verdutzt an. Der Obst- und Gemüsehändler (und Imker) hob die Hand: »Ach so! Sie meinen ... *MEINE* Bienenstöcke meinen Sie. Warum sagen Sie das nicht gleich?« Er stockte, sagte dann: »Ja, richtig! Der Tote!« Vorwurfsvoll fügte er hinzu: »Den soll es doch gar nicht geben, den Toten. Das haben Ihre Kollegen gesagt.« Er reckte den Kopf vor, klagte: »Alle anderen haben das auch gesagt. Sogar meine Frau denkt, ich würde spinnen, weil keine Leiche zu finden ist.« Er fluchte laut: »Verdammt und zugenäht! Es gibt ihn, den Toten!« Buchinger war jetzt völlig aufgelöst, sprang auf, lief nervös hin und her, maulte resigniert: »Niemand glaubt mir. Wenn mir nur wenigstens EIN Mensch mal glauben würde.«

Hummel versuchte, ihn zu beschwichtigen: »Herr Buch …inger, deshalb sind wir hier. Nehmen Sie wieder Platz.«

Toni setzte sich, starrte missmutig auf die vor ihm liegende Zeitung. Der Hauptkommissar forderte ihn auf, alles noch einmal zu erzählen.

»Noch einmal und noch einmal! Was soll das, Herr Kommissar? Ich weiß bald selbst nicht mehr, ob das alles stimmt, oder ob ich es erfunden habe.« Er nickte: »Also gut! Einmal noch.«

Nachdem er zum x-ten Mal alles erzählt hatte, hob er den Kopf, stöhnte erschöpft: »So, jetzt reicht's!«

»Okay, Herr Buchinger.« Sina lächelte ihn an. »Vielen Dank.«

»Wir werden uns intensiv darum kümmern«, versprach Hummel.

Nachdem sich die Beamten verabschiedet hatten, aßen sie an einem Imbissstand am Marktplatz jeder eine Bratwurst. Hummel bestellte dazu reichlich Pommes mit Rot-Weiß, während Sina zwei Brötchen nahm.

So wird der nicht dünner, dachte sie.

So nimmt die nie ab, dachte er.

Mit vollem Mund meinte Hummel: »Buchingers Frau war jetzt nicht mehr da, oder?«

»Bitte?« Sina runzelte die Stirn. »Bei mehr als dreißig

Gramm im Mund wird's undeutlich, Herr Hummel«, scherzte sie.

Hummel grinste. Als er hinuntergeschluckt hatte, wiederholte er seinen Satz.

»Ich habe sie nicht mehr gesehen. Sie war so ein bisschen hippelig, meine ich«, erwiderte Sina.

»Hippelig!«, wiederholte Hummel, biss in die Wurst. »Geiles Wort!«, nuschelte er.

Sina erinnerte ihn: »30 Gramm, Herr Hummel!«

Hummel schluckte. »Jaja!«

Nachdem sie gegessen hatten, entsorgten sie Pappteller und Servietten in den Abfalleimer, fuhren zurück nach Darmstadt.

»Ich glaube dem Buchinger. Zumindest klingt es glaubhaft. Er hat das gleiche gesagt wie bei unserem vorigen Besuch«, fand die Kommissarin.

Hummel grübelte: »Was mich nachdenklich stimmt, ist, dass wirklich keine Leiche zu finden ist«.

»Ja, das ist schon seltsam«, entgegnete Sina, die ihm gegenüber am Schreibtisch Platz genommen hatte.

Jetzt fiel Hummel der Bernhardiner ein. Jetzt! »Andere Sache, Gina«, sagte er: »Der holländische Hund! Das Tierheim! Darum wollten sich kümmern.«

Sina war verdutzt. Jetzt hat er aber einen Sprung gemacht.

»Das ist kein holländischer Hund, der hat nur einen holländischen Namen. Rembrandt!«, antwortete sie. »Außerdem haben Sie mir versprochen, mich nicht mehr Gina zu nennen, sondern Sina. So heiße ich nämlich. Sina mit S am Anfang.«

»Ach!« Was hat das mit den Holländern zu tun? Hummel war ein wenig durcheinandergeraten.

Sina rief sogleich Oberkommissar Römer von der Streife an. Römer nannte ihr die Adresse des Tierheims in Darmstadt, wo er den Bernhardiner Paul Schönes hingebracht hatte. Sie gab sie Hummel weiter, lehnte sich zurück. »Ach, Herr Hummel, was ich Sie noch fragen wollte: Was hat Ihnen besser gefallen? Das Fliegen mit Herrn Dröger und seinem Segelflugzeug, oder das Fahren mit mir und der Kawasaki? Würde mich echt interessieren.« Sina schaute ihn gespannt an.

»Sie können Fragen fragen.« Hummel grinste, jetzt schalkhaft: »Beides.«

Am Abend bei der jährlichen Hauptversammlung des Imkervereins Otzberg in der Apfelwein-Straußwirtschaft ZUR WILDEN GANS in Frau Nauses wurden, so war es in der Vereinssatzung festgeschrieben, nach der Tagesordnung für die besten Honige getreu den Richtlinien des Hessischen Honigverbandes Medaillen verliehen.

Wie immer war die Presse vertreten. Werner von Rheinfels, genannt Spürli, der Top-Journalist vom Darmstädter Echo war da. Er war kein Unbekannter, auch in Imkerkreisen nicht. Spürli war, wann immer es ihm möglich war, zur Stelle, wenn bei Vereinen im Kreis Darmstadt-Dieburg irgendwelche Veranstaltungen stattfanden.

Er kam ursprünglich aus Nieder-Klingen, war unter anderem für den Odenwälder Boten in Groß-Umstadt und den Otzberg Boten als Lokalredakteur zuständig. Diesmal war sein alter Freund Hans-Fritz Lange mit dabei, dem er gerne die Berichte für die beiden wöchentlich erscheinenden Regionalzeitungen überließ.

Alle Imker hatten ihre Proben zur Verfügung gestellt, die von zwei Fachleuten des Verbandes geprüft und prämiert wurden.

Die Goldmedaille ging an Toni Buchinger. Sein Rapshonig war nicht zu übertreffen.

Zwei Imkerfreunde aus Ober-Nauses, einem Nachbarort, die schon lange dem Verein angehörten und bekannt für hervorragenden Blüten- bzw. Waldhonig waren, belegten die Plätze zwei und drei und erhielten die Silber- und Bronzemedaillen.

Bei den Ehrungen wurde dem Goldmedaillengewinner eine Krone verliehen, die ihm die Wirtin unter dem Beifall der Anwesenden charmant aufs Haupt setzte.

Lange verabschiedete sich: »Tschüss, ich habe noch einen Termin bei einem Autor.«

»Mach's gut, Hans-Fritz. Man sieht sich.« Spürli nickte ihm zu.

Anschließend ging man zum gemütlichen Teil über. Die Gewinner spendierten einige Runden Apfelwein, allerlei Anekdoten wurden erzählt, die dem Jägerlatein sehr ähnlich waren, nur dass es sich um Bienen handelte. Imkerlatein eben.

Es war ein lustiges, geselliges Beisammensein. Natürlich kam die Sprache auch auf das Ereignis auf Buchingers Grundstück. Jetzt wurde es ruhiger in der Wilden Gans. Toni erzählte wieder mal, was geschehen war. Sooft er auch beteuerte, dass er diesen Toten gesehen hatte, es glaubte ihm niemand.

»Wo soll die Leiche sein, Toni, wo?«, fragte Bernd Kloos, der erste Vorsitzende. Toni war ungehalten: »Ich sag nichts mehr. Die Polizei glaubt mir nicht. Meine Frau glaubt mir auch nicht und mein Sohn schon gar nicht. Und ihr ...« Er senkte den Kopf. Toni war tief enttäuscht.

Spürli hatte seinen Bericht stichwortartig in sein Tablet gespeichert, um ihn später zu veröffentlichen.

Was Toni von dem angeblichen Toten erzählt hatte, hatte den Anschein, als würde es ihn nicht interessieren, jedoch hatte er gespannt zugehört.

Nach der Versammlung unterhielt sich Bernd Kloos beim Apfelwein mit dem Tschechen Pavel Svoboda. »Kein Mensch glaubt dem Toni«, meinte er.

»Ist das ein Wunder bei seinem Zustand?«, entgegnete Pavel. »Er ist zwar in diesem Jahr der Bienenkönig, trotzdem ist er manchmal nicht ganz dicht. Psycho ... dingsbumms!«

»Ja, manchmal ist er schon ein bisschen balla balla.«

»Genau.« Svoboda nickte. »Der hat' nen Sprung in der Schüssel.«

»Hm! Die Polizei muss dennoch allen Informationen nachgehen, ob sie stimmen oder nicht. Spuren haben sie schon gefunden.«

»Spuren?« Der Tscheche wurde neugierig. »Was ... was für Spuren?«, fragte er vorsichtig.

Spürli horchte auf.

Kloos erwiderte: »Ich habe nur sowas gehört. Ich weiß nicht, ob es stimmt.« Er trank einen kräftigen Schluck. »Ist auch nicht so wichtig. Lass uns von was anderem reden. Zum Beispiel über unseren nächsten Ausflug. Allmählich sollten wir uns Gedanken darüber machen, wo wir diesmal hinfahren wollen.«

Svoboda hakte nach: »Mehr weißt du nicht von diesen Spuren?«

»Mensch, Pavel, was soll das? Ich sagte doch, dass ich nicht weiß, ob es stimmt.«

»Könnte aber sein, dass es stimmt, oder?«, fragte Svoboda heiser.

»Ja klar, könnte sein. Nochmal: Ich weiß es nicht!«

Spürli blieb wachsam.

Pavel hob sein Glas. »Prost, Bernd. Ich mach mich heim. Wird Zeit. Ich muss morgen sehr früh raus.«

»Ich sollte auch nach Hause fahren. Sybille wartet schon.« Bernd trank sein Glas aus, sagte leise: »Ich kann mir auch denken, worauf.« Er knuffte Pavel in die Seite.

»Sie hat gesagt, ich soll nicht so spät heimkommen.«

»Also los. Worauf wartest du?« Super Frau, die Sybille, dachte Pavel verschlagen. Und immer so offen für alles.

Svoboda nahm seine Jacke von der Garderobe, setzte seine Mütze auf, während Kloos draußen vor der Tür noch eine Zigarette rauchte, bevor sie den Heimweg antreten wollten. Kloos schaute Svoboda an: »Neue Jacke?«

»War mal wieder nötig«, sagte Pavel kurz angebunden.

»Ist mir vorhin gar nicht aufgefallen«, meinte Kloos. »Neue Mütze hast du auch, oder?«

»Ja, auch.« Genervt gab Pavel zurück: »Willst du noch was wissen?«

»Nein, nein. Du musst nicht gleich beleidigt sein.«

»Ich bin nicht beleidigt. Außerdem geht dich das nichts an. Ich frag dich auch nicht aus, wenn du dir was Neues gekauft hast«, brauste der Tscheche auf.

»Du liebe Zeit, so ein Zoff wegen einer Scheißjacke und einer doofen Kappe!« Kloos eilte voraus, startete sein Moped und verschwand in der Dunkelheit. Pavel fuhr kopfschüttelnd nach Hause. »Simpel!«

Nach und nach löste sich die Gesellschaft auf, auch Spürli verabschiedete sich.

Die Wirtin hatte das Gespräch zwischen Kloos und Svoboda mitgehört. Auch, dass die beiden wegen der Jacke und der Mütze an der Garderobe in Streit geraten waren, hatte sie mitbekommen. Sie erzählte es Buchinger, als dieser seine Zeche bezahlte.

Spürli, der soeben seine Jacke angezogen hatte, blieb kurz an der Garderobe stehen und lauschte.

»Was?« Toni war erbost. »Ich bin nicht ganz dicht?«

»So hat er gesagt.«

»Ein Idiot, dieser Svoboda. Ein Idiot, wie es keinen

größeren gibt.« Toni ballte die Fäuste: »Dem werde ich's zeigen.«

»Frag mal Bernd. Der kann dir mehr sagen«, meinte die Wirtin, stellte Toni ein Glas Apfelwein hin.

Spürli schlenderte er zu seiner DS 19, der *GÖTTIN*, wie der legendäre Oldtimer von Citroën genannt wurde und fuhr davon.

Toni trank das Glas zügig aus. Mit einem »Gut' Nacht« verließ er die Wilde Gans, setzte sich in seinen Wagen und fuhr zu Bernd Kloos, der wie er in Wiebelsbach wohnte. Kloos öffnete die Haustür im Bademantel. »Toni, du? Ist was passiert?« Er war erstaunt, es war immerhin schon fast Mitternacht. Sie gingen ins Wohnzimmer, blieben inmitten des Raumes stehen.

Aus dem Schlafzimmer rief Kloos' Frau: »Was ist denn nun, Bernd? Wo bleibst du?«

»Ich komme gleich, Sybille.« Er flüsterte: »Mensch, Toni, du kannst einem aber auch alles verderben. Also, was willst du?« Bernd Kloos war verärgert. Er schloss die Tür.

»Was hat der Tscheche von mir behauptet?«, fragte Toni direkt.

Kloos erzählte ihm, was Svoboda gesagt hatte.

»Der hat doch einen an der Waffel, dieser Idiot.« Toni war wütend.

»Nimm das nicht so ernst, du kennst doch Pavel.«

»Da hast du auch wieder recht. Trotzdem ärgert's mich.«

»Hak es ab.« Kloos wechselte das Thema. »Übrigens, ich habe gehört, dass die Polizei Spuren auf deinem Grundstück gefunden hat. Stimmt das?«

Toni zuckte die Schultern. »Davon weiß ich nichts.«

»Nein?«

»Nein! Wirklich nicht!« Toni überlegte. »Da muss ich mal nachfragen.«

»Das ist bestimmt nicht wichtig, sonst wüsstest du darüber Bescheid«, meinte Kloos süffisant.

»Ja, ganz bestimmt!« Toni verschränkte selbstsicher die Arme. »Ich wüsste ganz bestimmt, was abgeht. Klar!«

»Klar!« Kloos nickte. »Ach, noch was! Wir haben dann wegen Pavels neuer Jacke und seiner neuen blauen Kappe noch einen kleinen Streit gehabt.«

»Ach ja?« Der Streit interessierte Toni nicht. Ihn ärgerte, dass Pavel so abfällig über ihn gesprochen hatte. Er verabschiedete sich: »Gute Nacht, Bernd, bis zum nächsten Mal.« Schnell fügte er noch hinzu: »Tut mir leid, dass ich dich so spät noch gestört habe.«

»Mir auch, Toni«, entgegnete Kloos seufzend. »Mir auch!«

Als er ins Schlafzimmer kam, war Sybille eingeschlafen.

»So ein Depp, der Buchinger! Der hat wirklich ein Talent, einem die Nacht zu versauen.« Er legte sich hin, streichelte seiner Frau sanft über den Rücken. Da sie leise schnarchte und nicht auf seine Zärtlichkeiten reagierte, drehte er sich frustriert auf die Seite und schlief irgendwann ein.

Spürli war in seine Wohnung in die Rheinstraße nach Darmstadt gefahren. Grübelnd setzte er sich im antik ausgestatteten Wohnzimmer (die meisten Möbelstücke hatte er mühsam zusammengestoppelt) in seinen Lieblingssessel, den er einst von Opa geerbt hatte. Er liebte das zerknautschte, abgewetzte Leder des Sessels, ebenso liebte er den Hocker aus altem Eichenholz mit dem dicken Lederpolster, auf dem er gerne die Beine ablegte, wenn er es sich in seinem Sessel gemütlich machte.

Mit aller Ruhe zündete er sich eine Pfeife an, dachte nach. Das Nachdenken gelang ihm in dem alten Sessel besonders gut. Der Sessel gab ihm ein wohliges Gefühl von Geborgenheit.

Die Imker! sinnierte er. Die glauben, wie alle anderen, dem Buchinger kein Wort, obwohl sie ihn schon lange kennen.

»Ist ja auch sonderbar. Ein Toter, keine Leiche!«, murmelte er, fragte sich: »Glaube ich, was der erzählt hat?«

Er beschloss, der Sache auf den Grund zu gehen, ohne die Polizei zu informieren. Die wollen eh nicht, dass ich mitspiele.

»Schau'n mer mal, was dieser Svoboda so treibt.« Seine innere Stimme sagte ihm, dass mit dem möglicherweise irgendetwas nicht stimmt. Was er bei der Versammlung mitbekommen hatte, machte ihn misstrauisch. Was waren das für Spuren, die auf Buchingers Grundstück gefunden wurden und den Tschechen verunsichert hatten und warum hat er so empfindlich reagiert, als der andere Imker, dieser Vorsitzende, ihn wegen seiner neuen Jacke und seiner Kappe angesprochen hatte? fragte er sich.

Spürli paffte genüsslich seine Pfeife, lehnte sich zurück, genoss die Bequemlichkeit seines Lieblingssessels.

Eigentlich wollte er noch die Reportagen seiner Kollegen im Darmstädter Echo lesen, er überlegte es sich anders.

Da er am morgigen Freitag bereits Termine hatte, die er nicht aufschieben konnte, (Gerichtsverhandlungen lassen sich nun mal nicht aufschieben) hatte er sich vorgenommen, am kommenden Montag die Sache mit Svoboda in Angriff zu nehmen.

Er legte die Pfeife in den Aschenbecher, nahm die Brille ab, legte sie auf den Tisch, wollte noch ein wenig entspannen. Kurz darauf fiel er in den Schlaf der Gerechten. Um Mitternacht wachte er auf, schimpfte über seine eigene Dummheit (er hatte beschlossen, sich heute mal früh schlafen zu legen) und ging zu Bett.

Freitag, 10. Juni

Eine E-Mail von Dr. Sarah Kant vom Rechtsmedizinischen Institut in Frankfurt erschien auf Hummels Computer.

Laut ihrem Bericht war der von Hannes Mager aufgefundene Paul Schöne durch eine Injektion in die Halsschlagader mit dem Gift Strychnin zu Tode gekommen.

Hummel eilte sofort zur Direktorin, um mit ihr die Angelegenheit zu besprechen.

»Ich habe die Mail bekommen, Herr Hummel. Hat den Einstich vor Ort niemand gesehen?« Sie winkte ab: »Okay, ich gebe zu, wenn der mit einer superdünnen Nadel gesetzt wurde, konnte man das auf den ersten Blick sicherlich nicht sehen.« Kopfschüttelnd stellte sie fest: »Jetzt haben wir einen neuen Fall. Das war Mord.«

»Ganz sicher!«, bestätigte Hummel ihre Meinung. »Wir brauchen eine Sonderkommission zusätzlich.«

»Auf jeden Fall!« Ehresmann reagierte schnell, rief verschiedene Polizeistationen im Umkreis an, um Kolleginnen und Kollegen für die beiden SoKos zu bekommen.

Hummel ging zu Sina, die auf der Tastatur ihres Computers herumhämmerte.

»Neuigkeiten, Gina ... Sina, ähh ... Strychnin!«

»Hä?« Sina malte ein Fragezeichen in die Luft. »Was meinen Sie?»

»Strychnin ist ein Giftstoff, der auf die Atmung, die Nerven und den Kreislauf wirkt.«

»Und ab einer gewissen Menge tödlich ist. Das weiß ich.« Sie guckte Hummel mit großen Augen an. »Nur kann ich im Moment nichts damit anfangen. Worum geht's?«

»Ach so, ja.« Hummel rieb sich die Stirn. »Also, der Paul Schöne, der wurde umgebracht. Wir haben ja geglaubt, er sei möglicherweise an einem Herzinfarkt gestorben.

Weit gefehlt! Er ist mit einer Spritze vergiftet worden. Wie gesagt, Strychnin. So schreibt die Kant in ihrem Bericht.«

Sina schluckte. »Du meine Güte, das heißt …«

»Dass wir einen neuen Mordfall haben, ja, das heißt es«, unterbrach Hummel. »Jetzt wird's eng. Personalmäßig.«

»In der Tat. Jetzt wird's wirklich eng.« Sina presste die Lippen zusammen.

»Gerade jetzt fällt der Semmelmeier aus. Jetzt, da es grad gar nicht passt.« Hummel schüttelte den Kopf

»Passt es überhaupt irgendwann?«, fragte Sina.

»Nein, natürlich nicht. Es ist nur so: Wir brauchen zusätzlich jemanden für die Leitung der beiden SoKos. Verstehen Sie, Gina?«

»Sina!!! Ja, ich verstehe. Könnte jemand von Ihren Kollegen aus Erbach aushelfen?«

»Gute Idee. Hätte ich auch draufkommen können. Ich ruf den Kriminalrat an. Vielleicht geht was. Vorher muss ich wohl mit der Ehresmann sprechen.« Er ging erneut zur Direktorin, die rauchend gedankenversunken am Schreibtisch saß. Als Hummel an die angelehnte Tür klopfte, schaute sie auf, wedelte den durch den Raum wabernden Rauch mit der Hand weg, drückte die Zigarette in einem Aschenbecher aus. »Kommen Sie rein, Herr Hummel. Was kann ich für Sie tun?« Sie lächelte ihn an. »Oder wollen Sie nur ein wenig mit mir plaudern?«

»Nein, nein, Frau Ehresmann, ich wollte …«

»War ein kleiner Scherz, das mit dem Plaudern.« Ihr Ton wurde ernster: »Also, was gibt's?»

Hummel trug sein Anliegen vor, die Direktorin war einverstanden. »Sprechen Sie mit Kriminalrat Schlett, sagen Sie mir dann Bescheid.«

»Selbstverständlich« gab der Hauptkommissar zur

Antwort. »Ich ruf ihn gleich an.« Vorerst zufrieden ging er zurück in sein momentanes Büro, wo Sina auf ihn wartete. »Und?«, fragte sie gespannt.

»Sie ist einverstanden.« Nach kurzem Überlegen fiel ihm ein: »Könnte es sein, dass sie mit mir flirten wollte?«

»Die Ehresmann?« Sina war überrascht. Dann nickte sie. »Ja, warum eigentlich nicht? Sie lebt allein. Wie ich mal gehört habe, ist sie geschieden.« Sie drehte ihm den Rücken zu, kicherte belustigt. Die hat den angemacht! Mann, Hummel!

»Hm! Gequalmt hat sie auch, obwohl hier …« Hummel winkte ab, Sina kicherte. Er setzte sich, tippte die Durchwahl des Kriminalrats der Regionalen Kriminalinspektion Odenwald in Erbach.

»Bei uns ist zurzeit nicht viel los, kleine Einbrüche, noch kleinere Diebstähle«, antwortete Walter Schlett auf seine Anfrage. »Ich werde Ihnen wieder Kersten schicken. Das hat sich beim letzten Mal auch bewährt.«

»Kersten!« Hummel fasste sich an die Nase.

»Ja, Kersten. Nicht recht?«

»Mmmm, den Josef. Ausgerechnet den schon wieder!« Hummel war gar nicht begeistert. Er hatte eher an Simon Holzner, den jungen Oberkommissar gedacht.

»Ich denke, Sie brauchen eine Führungsperson.«

»Schon. Nicht schon wieder Kersten. Wir lieben uns nicht gerade.«

»Sie sollen zusammen ermitteln, Herr Hummel. Sie müssen sich nicht liebhaben. Josef Kersten kann am Montag bei euch in Darmstadt sein. Und grüßen Sie den alten Drach… ähhh, die Kollegin Ehresmann von mir.«

»Ja, gut. Danke.« Hummel legte auf. Amüsiert bemerkte er: »Alter Drachen! Schlett, Schlett, ganz unrecht haste nicht.«

Der alte Drachen! Sina lachte leise.

Jetzt maulte Hummel verärgert: »Der Kersten! Den

hätte ich nicht schon wieder gebraucht.«

Sina meinte: »Dann kommt also ihr Antifreund?«

»Genau der! Und darüber kann ich mich gar nicht freuen. Ich informiere gleich mal die Ehresmann.«

Als er wieder das Büro von Ilse Ehresmann betrat, kam es ihm vor, als sähe sie jetzt anders aus.

Hat sie ihr Haar nicht anders? Zu einem fransigen Pony frisiert? Nicht mehr so streng zurückgekämmt und im Nacken zu einem Knoten gebunden? Er schaute nochmal hin, stellte fest, dass der Knoten auch noch da war. Irritiert blieb er im Türrahmen stehen.

»Kommen Sie rein, Herr Hummel. Konnten Sie in Erbach etwas erreichen?«

»Mit dem Kollegen aus Erbach … das klappt.« Er räusperte sich. »Wollte ich sagen.«

»Ach so, wollten Sie …!« Sie nickte. »Prima. Wer ist es?«

»Josef Kersten. Am Montag kommt er.«

»Ach! Wieder der Hauptkommissar!»

»Ja. Ich denke, Kersten könnte den Fall mit dem Imker übernehmen.«

»Einverstanden. Die Einteilung der SoKos überlasse ich Ihnen beiden.«

»Gut. Schöne Grüße von Schlett soll ich Ihnen ausrichten«, brachte Hummel noch schnell hervor, dann ging er eilig aus ihrem Büro. Sie schaute ihm mit erhobenen Brauen hinterher.

»Alles klar, Herr Hummel?«, fragte Sina, als er wieder zurück war.

»Wie? Ja, alles klar. Fahren Sie nochmal zu Semmelmeier? Ich mache mir Sorgen.«

»Ja, morgen Nachmittag fahr ich zu ihm.« Leise sagte sie: »Der soll sich erst mal richtig ausschlafen.«

»Gut, ich suche auf dem Heimweg Kersten in Erbach auf.«

Er rief Josef Kersten an, teilte ihm mit, dass er am

Abend kurz in der Kriminalinspektion vorbeikommen wolle.

Hauptsächlich, weil er die Gelegenheit nutzen wollte, ihn mit der Aufklärung des Falles an den Bienenstöcken Buchingers in Otzberg zu betrauen, wollte er sich mit Kersten treffen.

Der Hauptkommissar war einverstanden. »Ja, ich weiß schon Bescheid, Hummel. Wann kommst du?«

»So gegen achtzehn Uhr, wenn es bei dir passt.«

»Passt.« Kersten legte auf, Hummel auch.

Soll der sich doch mit dem Toten ohne Leiche rumschlagen. Hummel grinste selbstgefällig bei dem Gedanken, Kersten mal zu sagen, was dieser zu tun habe. Bislang hatte immer Kersten bestimmt.

In der Regionalen Kriminalinspektion in Erbach begrüßte Hummel zuerst Kriminalrat Schlett, dann ging er zu Josef Kersten. Kersten empfing ihn mit süffisantem Grinsen, das deutlich seine Arroganz widerspiegelte. Hummel machte sich nichts daraus, er ignorierte es. Kurzerhand schilderte er die beiden Fälle, die anstanden. »Du wirst dich um den Fall Buchinger kümmern.«

Kersten runzelte unwillig die Stirn: »Der Tote ohne Leiche?«

»So ist es!« Kerstens erstaunter Gesichtsausdruck verschaffte Hummel Genugtuung, denn schließlich war er auch Hauptkommissar. Und diesmal war er der Chef. »Ich werde mit der anderen SoKo den Mord an Paul Schöne aufklären.«

»Das kannst du nicht entscheiden, Hummel«, meinte Kersten ungläubig und lehnte sich gelassen zurück.

»Es ist bereits entschieden, Josef«, betonte Felix Hummel. »Mach dir mal keine Gedanken. Darüber reden wir am Montag im Präsidium.«

Kersten antwortete nicht, es gefiel ihm ganz und gar nicht, dass er nur an zweiter Stelle stehen sollte.

Samstag, 11. Juni

Fabienne Bonnet war am Vormittag mit dem Porsche unterwegs. Sie wollte zum Einkaufen, besann sich dann jedoch anders, entschied sich, nach Groß-Umstadt zu fahren, da sie vermutete, dass Domenico und Melinda sich dort in dessen Haus aufhalten würden.

Und sie hatte recht.

»Mein untrüglicher siebter Sinn.«, schnarrte sie bösartig. Anfangs hatte es sie nicht gestört, ihn mit ihr zu teilen. Jetzt wollte sie dieses Dreiecksverhältnis nicht mehr, jetzt wollte sie den wohlhabenden Italiener nur noch für sich haben.

Ein gutes Stück vom Haus entfernt stellte sie den Cayman ab und ging den Rest des Weges zu Fuß.

Noch nicht einmal den Wagen hat er in die Garage gefahren, dachte sie, als sie seinen Maserati vorm Garagentor stehen sah.

Sie ging zum Haus, die Terrassentür stand offen, so konnte sie genau das sehen, was sie nicht sehen wollte.

Fabienne war voller Zorn, der sie auf mörderische Gedanken brachte, weil Rosetti an diesem Wochenende Melinda den Vorzug gegeben hatte.

»Das wird sich ändern«, schwor sie sich leise. »Ganz sicher!«

Sie fuhr zum Einkaufen in einen Verbrauchermarkt in Frankfurt, bevor sie zurück zu Rosettis Villa am Lerchesberg düste.

Noch einer war mächtig sauer auf den Italiener. Benedikt Semmelweiß hatte nicht vergessen, was Rosetti ihm angetan hatte. Auch auf Melinda war er sauer.

Sina rief am Abend Hummel an, berichtete ihm, dass sie am Nachmittag bei Semmelweiß gewesen war und er noch krank sei.

Montag, 13. Juni

Übers Wochenende hatte Direktorin Ilse Ehresmann mit großer Mühe zweiundzwanzig Kolleginnen und Kollegen von verschiedenen Polizeidienststellen zusammentrommeln können. Teilweise gab es lange Gesichter. Niemand reißt sich darum, bei einer SoKo mitzuarbeiten, weil sehr mühsam und anstrengend, lange Arbeitszeiten bzw. Überstunden.

Früh am Morgen stand Spürli ausgeschlafen und gutgelaunt auf, duschte und frühstückte. Dann googelte er die Adresse Svobodas, setzte sich ins Auto, fuhr nach Otzberg. Wahrscheinlich fährt der schon frühzeitig zur Arbeit, vermutete er.

Ungefähr hundert Meter vor dem Haus in Habitzheim, in dem der Tscheche wohnte, wartete er. Es dauerte nicht lange, da brauste Pavel Svoboda mit seinem Wagen an ihm vorbei.

Spürli fuhr in sicherem Abstand hinter ihm her bis nach Darmstadt-Kranichstein. Pavel parkte vor der Baustelle, wo er arbeitete, stieg aus, ging in den Bauwagen.

Es geschah nichts Aufregendes, somit auch nichts Erwähnenswertes.

Enttäuscht fuhr Spürli nach Hause, setzte sich an seinen Schreibtisch, fuhr den PC hoch. Er hatte noch andere Dinge zu erledigen, beispielsweise musste der Bericht von der Imkerversammlung in der Wilden Gans fürs Darmstädter Echo verfasst und abgeschickt werden.

Hauptkommissar Josef Kersten traf um 10.20 Uhr in Darmstadt ein. Er hatte vorher noch einen Termin gehabt. Nachdem er alle Kolleginnen und Kollegen begrüßt hatte, begleitete Sina ihn in sein derzeitiges Büro. Er setzte sich Hummel gegenüber an den für ihn bereitgestellten Schreibtisch. »Ich vermisse Semmelweiß. Kommt der immer später?«, fragte er mit strengem Blick. Sina Cohrs entgegnete: »Herr Semmelweiß ist krank. Ich war am Samstag bei ihm. Vielleicht ist er morgen wieder da.«

»Was fehlt ihm denn?«

»Ob ihm etwas fehlt, weiß ich nicht«, wich Sina aus. »Jedenfalls ist er krank.«

»Nun ja, so genau wollte ich es nicht wissen.« Kersten strich sich mokant übers schmale Oberlippenbärtchen. »Lasst uns anfangen.«

Felix Hummel klärte ihn detailliert auf, auch über den Fall mit Paul Schöne in den Aspen. »Nur damit du ausführlich informiert bist, Josef.«

Kersten nickte mit säuerlichem Grinsen. »Wo sind die Leute von der SoKo?«, fragte er unwirsch.

»Sie warten im Konferenzraum«, beantwortete Hummel seine Frage. »Wie ich schon andeutete, wirst du dich mit Kolleginnen und Kollegen der SoKo, die ich nach Info von der Direktorin bereits zusammengestellt habe, um den vermeintlichen Toten bei den Bienenstöcken in Otzberg kümmern. Ihr werdet dieses Delikt schnell aufklären, da bin ich sicher.« Hämisch setzte er hinzu. »Bei deinen Fähigkeiten!« Er wartete einen Moment, fuhr dann fort: »Du bekommst selbstverständlich alle Protokolle über den Fall.« Lächelnd meinte er: »Wenn du noch Fragen hast, dann melde dich einfach. Frau Korbs weiß auch Bescheid.« Hummel erhob sich. »Ich werde mich, wie gesagt, mit meinem Team um den Fall in den Aspen kümmern.«

Kersten starrte ihn mit offenem Mund an. Er hatte nicht erwartet, dass Hummel die Entscheidungen traf, obwohl der es ihm am Freitagabend gesagt hatte. Kersten hatte es nicht geglaubt. Entgeistert motzte er: »Du hast alles schon organisiert?« Er beugte sich nach vorne: »Ich glaub es nicht! Wie soll das laufen? Bist du jetzt mein Chef, oder was?«

»Wer weiß?« Hummel stand auf, ging voraus. Sina und Kersten folgten ihm. Letzterer eher unwillig.

Im Konferenzraum hatten sich alle Beamten der SoKo außer dem erkrankten Hauptkommissar Semmelweiß eingefunden. Auch die Direktorin des K10 war zugegen. Nach kurzer Einleitung sagte Ilse Ehresmann: »So, Herr Hummel, wir sollten zur Einteilung der beiden zu bildenden Sonderkommissionen übergehen. Sie werden die eine SoKo leiten, Herr Kersten die andere. Ich würde vorschlagen, die SoKo von dem Toten ... ich sag jetzt mal OHNE LEICHE, nennen wir SoKo BIENE, die andere nennen wir SoKo ASPEN. Ich überlasse es Ihnen, wie Sie die beiden Sonderkommissionen zusammenstellen.« (Dass Hummel dies gedanklich schon längst getan hatte, wusste sie natürlich nicht.) »Möglicherweise gibt es Gemeinsamkeiten. Dann müssen wir flexibel sein und beide SoKos müssen lückenlos zusammenarbeiten.« Sie wollte eine nicht vorhandene Haarlocke aus der Stirn streichen. Cohrs grinste. Schon wieder!

Kersten sagte keinen Ton. Er war empört. Diesmal stand er nicht im Mittelpunkt. Hummel hatte ihm den Rang abgelaufen. Zumindest bei den jetzt anstehenden Ermittlungen.

Nachdem Hauptkommissar Hummel die Beamten der Sonderkommissionen aufgeteilt hatte, sagte er: »Der heute fehlende Kollege Semmel ... weiß wird bei der SoKo Biene mitarbeiten.« Er schaute Kersten gefällig an: »Er hat in dem Fall schon ermittelt. Er kennt sich aus.«

Sina Cohrs hatte er seinem Team, der SoKo Aspen, zugeordnet.

»Ja und? Wer koordiniert das Ganze?« Kersten hatte noch die winzige Hoffnung, die Leitung beider Teams zu übernehmen. Semmelweiß könnte eventuell die SoKo Biene leiten, dachte er hintergründig.

»Wir beide, Josef, werden zunächst an Frau Ehresmann berichten«, antwortete Hummel. »Wenn Herr Dröger aus der Kur zurück ist, werden bei ihm die Fäden zusammenlaufen.«

Die Direktorin nickte zustimmend.

Mit zwei Sätzen hatte Hummel die Hoffnung seines Kollegen zunichtegemacht. Zerknirscht musste Kersten sich eingestehen, dass er wohl in den sauren Apfel beißen musste.

Nach der Besprechung schaute sich Josef Kersten alle Protokolle des Falles bei Buchingers Bienenstöcken an. »Hm! Nicht einfach!« Er wollte Sina Cohrs um Hilfe bitten, besann sich dann anders. Sein Stolz wollte es nicht zulassen. Eine Frau? Auf keinen Fall! Das krieg ich allein hin.

Cohrs' Bericht konnte er entnehmen, dass der ermordete Paul Schöne ihr mitgeteilt hatte, einen Mann auf dem Grundstück gesehen zu haben. Des Weiteren machte ihn die Auskunft des Landwirts Johannes Mager neugierig. »Mager hatte diesen Paul Schöne aufgefunden und dort einen ihm unangenehm aufgefallenen Motorradfahrer gesehen. Da hätten wir schon mal zwei«, dachte er laut. »Den Mager und den Motorradfahrer.« Den erwähnten Spaziergängern schenkte er keine Beachtung. Er entschloss sich, zunächst die Familie Buchinger aufzusuchen. »Vielleicht kennt jemand von ihnen die Männer.«

Sina kam zur Tür herein: »Gute Nachricht, Herr Kersten. Ich habe eben mit Semmelweiß gesprochen. Er kommt morgen wieder.«

»Okay! Semmelweiß war bei den Ermittlungen um den Toten ohne Leiche dabei, wie Hummel sagte.«

»Das ist richtig.«

»Ich wollte nachher zu den Buchingers fahren. Vielleicht sollte ich bis morgen warten. Semmelweiß sollte mitfahren.«

»Wäre sinnvoll, ja«, entgegnete Sina und verließ das Büro. Kersten studierte weiter die Berichte über die mysteriöse Leiche, die es angeblich gab, die jedoch verschwunden war. Oder gab es sie vielleicht doch nicht? Er zweifelte. »Da hat er mir was Schönes eingebrockt, der Hummel. Der weiß, dass er hier nicht weiterkommt. Und er weiß auch, dass ich den Fall lösen werde.« Seine Überheblichkeit gegenüber Hummel kam wieder zum Vorschein. Wie so oft.

Dienstag, 14. Juni

Um kurz vor acht erschien Hauptkommissar Benedikt Semmelweiß im Büro, setzte sich seiner Kollegin Sina Cohrs gegenüber. Als sei nichts Außergewöhnliches geschehen, grinste er ihr ins Gesicht: »Was liegt an, Cohrs?«

»Was für eine Frage, Semmelweiß. Der Tote ohne Leiche zwischen Wiebelsbach und Frau Nauses und der tote Mann in den Aspen. Das liegt an«, gab sie patzig zur Antwort.

»Warum so sauer?« Benedikt sah sie verwundert an.

»Kannst du dir das nicht denken? Es ist mir zu blöd, darauf zu antworten.«

»Komm schon, Cohrs. Ich weiß selbst, dass ich Mist gebaut habe. Klär mich auf. Bitte!«

»Du wirst in dem Fall mit dem Toten ohne Leiche ermitteln.«

»Und mit wem werde ich ermitteln?«

»Mit der SoKo Biene. Leiter der SoKo ist Hauptkommissar Josef Kersten.«

Semmelweiß runzelte die Stirn: »Kersten von den Erbachern! Ausgerechnet der schon wieder!« Er schaute sie an: »Und du?«

»Ich bin bei Hummel, SoKo Aspen.«

»Aha!«, erinnerte sich Benedikt. »Der Tote in den Aspen.«

»Richtig.«

»Und wann wurde das abgesprochen?«, wollte Benedikt wissen.

»Ja, mein Lieber, wärst du fit gewesen, dann hättest du alles mitbekommen. Doch du warst zugeknallt und hast flachgelegen. Du warst unzurechnungsfähig, wenn ich das mal so sagen darf.«

Semmelweiß wollte protestieren: »Ich …«

Sina redete einfach weiter. »Und das ist noch milde ausgedrückt. Mach dir mal Gedanken, was du alles anrichten kannst, wenn du so weitermachst. Ich habe es dir schon einmal gesagt. Lass die Finger vom Alkohol.« Sie hatte sich in Wut geredet, was sie eigentlich vermeiden wollte. Nachdem sie tief durchgeatmet hatte, fuhr sie, nun ruhiger, fort: »Gestern in der Besprechung ist die Vorgehensweise festgelegt worden. Es wurden zwei SoKos gebildet. So können alle gut strukturiert arbeiten.«

»Okay«, nickte Semmelweiß, »ich muss das wohl so hinnehmen.«

»In der Tat«, entgegnete Sina.

»Na, dann wünsche ich dir viel Spaß mit Hummel.«

Sina schmunzelte schelmisch: »Und ich wünsche dir viel Spaß mit dem Toten ohne Leiche … und mit Hauptkommissar Kersten, gelle …« Stirnrunzelnd sagte sie:

»Ich glaube, Semmelmeier, du solltest Kersten aufsuchen.« Der Name Semmelmeier gefiel ihr. Warum heißt der nicht so? Semmelmeier!

Hummel kam hinzu. Er räuspert sich: »Ach, Sina, geben Sie Kersten noch schnell von den Problemen Buchingers Bescheid. Sie wissen schon. Ich wollte es ihm sagen, irgendwie ist es untergegangen.«

»Mach ich, Herr Hummel.«

Die Beamten der SoKo Biene hatten sich im Konferenzraum versammelt. Auch Semmelweiß, der von Hauptkommissar Kersten besonders begrüßt wurde, war anwesend.

Sina ging zu Kersten und wollte ihn über den psychischen Zustand Buchingers informieren. »Herr Kersten …«

Dieser bellte sie unwirsch an: »Sie sehen doch, Cohrs, dass ich keine Zeit habe!«

»Es ist wichtig.« Sina ließ sich nicht abwimmeln und berichtete in knappen Sätzen, dass Buchinger psychisch angeschlagen sei. Kersten, der sich in den Einsatzplan vertieft hatte, hörte nur halb hin. Als sie eine Weile gewartet und Kersten sie einfach hatte stehen lassen, drehte sie sich um, mit einem »Sorry, ich habe auch zu tun«, verabschiedete sie sich von dem Erbacher Hauptkommissar, der keine Reaktion zeigte.

Er ist zwar ein arroganter Chauvi, doch er ist ein gutaussehender Mann, stellte sie fest. Sie war über sich selbst erstaunt. Männer interessierten sie nicht. Oder doch? Sie wusste es im Moment nicht so richtig.

Nachdem Kersten den Kolleginnen und Kollegen Anweisungen gegeben hatte, begannen diese sofort mit Befragungen und Ermittlungen. Er selbst wollte mit Semmelweiß die Familie Buchinger aufsuchen.

Als sie in Groß-Umstadt im Obst- und Gemüsege-schäft eintrafen, räumte Oliver frische Ware, die er im Großmarkt geholt hatte, aus dem Lieferwagen. Sein Vater stand hinter der Kasse und diskutierte lautstark mit einem Kunden. Es hatte den Anschein, als würden sie streiten. Toni sah die Kommissare durch die offenstehende Tür kommen, maulte leise: »Die schon wieder.« Er schaute auf, als Semmelweiß grüßte, sagte keinen Ton. Benedikt stellte Hauptkommissar Kersten vor. Buchinger ignorierte dessen ihm hingehaltene Hand, es gefiel ihm gar nicht, schon wieder die Polizei im Hause zu haben. Unfreundlich sagte er: »Was wollen Sie noch von mir? Ich habe alles erzählt, was geschehen ist, und zwar mehrfach. Keiner Ihrer Kollegen hat mir geglaubt. Also, was soll das? Bitte gehen Sie.« Er drehte sich seinem Kunden zu, sagte barsch: »Und mit dir bin ich noch lange nicht fertig.«

Der großgewachsene, schlanke, blonde Mann machte eine beschwichtigende Handbewegung, verabschiedete sich eilig. Die Äpfel, die er kaufen wollte, hatte er auf der Ladentheke liegen lassen.

Buchinger sagte laut zu den Beamten: »Gehen Sie! Ich habe zu tun!«

»Herr Buchinger, wir wollen dieses unsägliche Kuriosum aufklären, doch dazu müssen sie uns schon helfen«, versuchte Kersten, Toni zu überzeugen, wie wichtig er sei.

»Es reicht! Ich werde das nicht noch einmal erzählen.«

»Das ist auch nicht notwendig. Wir wollten Sie nur fragen, ob Sie einen Johannes Mager aus Hering kennen«, schob Benedikt schnell nach. Bevor der gar nichts mehr sagt!

Langsam drehte Buchinger sich wieder um, dachte angestrengt nach. »Nein! Einen Mager kenne ich nicht. Ich kenne nur ... Ist es der Bauer? Johannes Mager? Klar! Natürlich kenne ich Hannes.« Er war zugänglicher geworden. »Mir ist sein Nachname nicht gleich eingefallen. Außerdem sagt jeder nur Hannes zu ihm.« Nickend fügte er hinzu: »Der hat zwischen Wiebelsbach und Hering ein schönes Rapsfeld. Ideal für Bienen. Ich stell dort jedes Jahr von April bis Mai meine Stöcke auf. Ich habe nur fünf Völker. Mehr schaffe ich nicht. Schließlich habe ich den Laden. Der macht viel Arbeit.«

»Verstehe!« Kersten kräuselte desinteressiert die Stirn. »Kennen Sie ihn näher?«

»Wen?« fragte Toni und schob den Kopf vor.

»Herrn Mager aus Hering. Johannes Mager!« Kersten rollte die Augen.

»Ach so! Den Hannes!«, antwortete Buchinger. »Na ja, wie man sich so kennt. Er ist ein bisschen mürrisch oder stur oder so ...«

»Wo wohnt denn Herr Mager in Hering?«, wollte Kersten jetzt wissen. Buchinger erklärte es ihm, wurde sogleich wieder unfreundlich: »Ich habe jetzt keine Zeit mehr. Lassen Sie mich zufrieden. Bringt eh nichts!«

»Wo ist eigentlich ihre Frau, Herr Buchinger«, wollte Semmelweiß ihn erneut in ein Gespräch verwickeln.

»Weiß ich nicht. Spielt auch keine Rolle«, raunzte dieser ärgerlich. »Gehen Sie endlich!«

Kersten gab Semmelweiß ein Zeichen, die Ermittler verließen grußlos das Geschäft. Oliver sah ihnen hinterher. Erstaunt fragte er seinen Vater: »Wieso warst du so unfreundlich zu den Polizisten? Die wollen doch nur dein, ja, ich muss schon auch sagen, unglaubliches Erlebnis aufklären.«

»Die sollen mir meine Ruhe lassen«, erwiderte sein Vater. Leise sagte er: »Die glauben mir eh nicht.« Toni sah seinen Sohn mit jetzt saurer Miene an. »Und wo deine Mutter sich wieder rumtreibt, weiß ich auch nicht. Zuhause ist sie jedenfalls nicht. Ich habe vorhin angerufen.«

»Mutter ist wahrscheinlich zum Einkaufen gefahren.« Oliver schüttelte den Kopf. »Wo soll sie sonst schon sein?«

»Jaja.« Toni war verärgert.

Etwa eine viertel Stunde später betrat Claudia Vogt das Geschäft und fragte nach Danica.

»Ich weiß nicht, wo sie steckt. Oliver meint, sie sei einkaufen.« Toni zuckte die Schultern.

»Einkaufen!« Ein spöttisches Lächeln umspielte Claudias Mundwinkel. »Was sonst!« Sie stieg in ihren Wagen und fuhr weg.

Oliver sah ihr mit kritischem Blick nach: »Was wollte die denn hier?«

»Sie wollte zu deiner Mutter.«

»Ach so.« Oliver zog die Stirn kraus.

Claudia Vogt fuhr schnurstracks zu Tonis Grundstück. Sie hatte eine Vermutung. Diese Vermutung erzeugte eine ungeheure Eifersucht in ihr. Claudia konnte zur Teufelin werden, wenn es irgendetwas gab, das ihr nicht in den Kram passte.

Sie stellte den Opel Adam am Rande des Grundstücks ab, ging langsam zur Rückseite der Scheune. Ein blaues Fahrrad stand neben dem derben Holztor. Ein Mountainbike.

Josef Kersten und Benedikt Semmelweiß waren inzwischen in Hering auf Johannes Magers Bauernhof eingetroffen. Eine Frau kam ihnen über den kopfsteingepflasterten, holprigen Hof entgegen, in dessen Mitte ein großer Misthaufen lag, auf dem ein laut krähender Hahn stolz über die kreuz und quer herumlaufende, gackernde Hühnerschar wachte.

Käthe Mager war von kräftiger Statur. Sie trug ein buntes Kopftuch, unter dem rötliche, strähnige Haare hervorschauten, eine geblümte, fleckige Kittelschürze und schwarze Gummistiefel. Um den Hals hatte sie einen dunklen Wollschal gewickelt. Ihr rundes Gesicht war voller Sommersprossen. Skeptisch dreinblickend fragte sie: »Was wollen Sie?«

»Guten Tag«, grüßte Benedikt. »Frau Mager?«

»Wer sonst!«, gab sie mit finsterem Blick zurück. »Wer will das wissen?«

»Kripo Darmstadt.« Die Kommissare hielten ihr ihre Dienstausweise hin. Sie erschrak, zog die Augenbrauen zusammen: »Polizei?«

»Richtig« antwortete Benedikt. Käthe Mager holte ihre Lesebrille aus der Tasche der Kittelschürze, hielt sie vor die Augen, schaute sich die Ausweise an, meinte, jetzt freundlicher: »Sie müssen entschuldigen, es gibt heutzutage so viele Betrüger und Verbrecher. Ich bin da lieber vorsichtig. Und ... und misstrauig bin ich auch. Schon immer, ja. Neulich habe ich in der Zeitung gelesen, dass ...«

»Ja, Sie haben recht, Frau Mager«, unterbrach Kersten ungeduldig. «Wir möchten zu ihrem Mann. Ist er hier?« Er hob die Brauen. Misstraurig!

»Hat er was angestellt?«, fragte sie ängstlich, steckte die Brille weg.

»Nein, nein. Wir haben nur ein paar Fragen an ihn. Reine Routine«, sagte nun Semmelweiß.

»Routine? Was bedeutet das? Routine!« Sie schaute ihn fragend an.

»Ei ja, Routine eben!» Benedikt konnte es auf die Schnelle nicht erklären.

»Ach, Sie meinen ... jajaja ... ich erinnere mich. Sie meinen das mit dem toten Mann, den er tot aufgefunden hat, oder? Er hatte es mir erzählt, das mit dem Toten.«

»Das meinen wir«, bestätigte Benedikt.

»Ja, wissen Sie, er hat es mir sofort erzählt, als er

heimgekommen ist. Ich habe nicht gleich gewusst, was er will. Er war so richtig aufgeregt, wissen Sie, und er … er hat sehr schnell gesprochen. Ein paar Brocken von seinem unverständlichen Dialekt waren auch dabei. Deshalb habe ich es nicht gleich verstanden.« Stolz sagte sie: »Er hat ja nur wegen mir hochdeutsch gelernt. Ich komme aus Memmelsdorf in Franken, müssen Sie wissen. Das liegt in der Nähe von …«

»Bamberch!« ergänzte Benedikt, eher gelangweilt als interessiert, im fränkischen Dialekt, was sich etwas befremdlich anhörte. Aber … er kannte Memmelsdorf. Immerhin!

»Woher wissen Sie, wo ich herkomme?« Die Bäuerin zog die Nase kraus. »Ach so! Ja, und da habe ich Hannes kennengelernt, als er mit dem Bauernverband zwei Tage unterwegs gewesen war. Und ausgerechnet in Memmelsdorf haben die in dem Gasthof übernachtet, in dem ich als Kellnerin gearbeitet habe. Ausgerechnet! Da haben wir uns dann abends zum ersten Mal gesehen. Damals. Später ist er nochmal wiedergekommen und, ja und dann …«

»Das ist alles sehr interessant, aber wir möchten eigentlich ihren Mann sprechen«, unterbrach Kersten. Frau Mager schien es nicht gehört zu haben, schien aber auch vergessen zu haben, was sie gerade erzählen wollte. Sie holte ein flaches Döschen aus der Kittelschürze, nahm eine Tablette heraus, steckte sie in den Mund: »Habe mal wieder Probleme mit Angina.« Die Bäuerin hüstelte. »Das ist so wie Halsschmerzen, nur ganz anders, wissen Sie? Geht schon länger so. Mein Mann meint, ich …«

Kersten musste erneut unterbrechen: »Wo ist er denn nun, ihr Mann?«

»Warum?« Die Bäuerin schaute den Kommissar verwirrt an. »Stimmt ja! Sie wollen ihn ja sprechen. Jajaja.« Laut schrie sie über den Hof: »Hannes!!!«

Hannes antwortete nicht.

»Er hört ein bisschen schwer, müssen Sie wissen. Er tut immer so, als würde er gut hören. Ich weiß es besser. Wie oft habe ich ihm gesagt, er soll mal zum Arzt gehen. Wie oft! Er ... Haannneees!!!«

Der Landwirt kam aus dem Stall nebenan, trocknete seine nassen Hände, indem er mehrere Male über sein kariertes Hemd strich. »Warum schreist du so, Käthe, ich bin doch hier.«

»Du bist hier?« Sie drehte den Kopf zur Seite: »Ach so ... hier!« Zu Kersten gewandt sagte sie: »Er ist hier, Herr ... Herr Kommissar.« Sie deutete auf ihren Mann. »Hier!«

»Schon gut, schon gut!« Kersten verdrehte die Augen.

»Die Annabell bekommt bald ihr Kalb. Ich habe sie gerade eben untersucht.« Jetzt erst schaute Mager auf, sah die Männer neben seiner Frau stehen, fragte sie: »Wer sind denn die?«

»Die sind von der Polizei, Hannes. Die wollen etwas von dir wissen. Routine oder so ... wollen die wissen.« Sie blickte die Beamten augenzwinkernd an. »Ist so, gell?«

»Ja, ist so«, erwiderte Semmelweiß.

»So? Was denn? Was wollen Sie denn wissen?« Linkisch kramte Mager einen Tabakbeutel und eine zerkaute Pfeife aus der Tasche seiner schmutzigen Manchesterhose. Er stopfte die Pfeife, zündete sie an, stieß einige schwarze Wolken hervor. Nach ein paar Zügen war sie erloschen. Der Landwirt nahm die speckige Lederkappe ab, kratzte sich mit dem Mundstück der Pfeife am Hinterkopf, meinte: »Ich habe Ihrer Kollegin alles erzählt. Außerdem habe ich jetzt keine Zeit. Ich muss den Viehdoktor anrufen. Sie haben's gehört. Annabell kalbt bald.« Die kalt gewordene Pfeife wackelte in seinem Mundwinkel.

»Sie hatten meiner Kollegin von einem Motorradfahrer erzählt«, sagte Benedikt schnell. »Haben Sie den erkannt?«

»Nein. Er hatte eine lederne Motorradkappe auf und ...« Er schob die Unterlippe vor. »Das habe ich ihrer Kollegin auch erzählt.«

»Mhm!« Benedikt nickte. »Was war das für ein Motorrad?«, fragte er weiter.

»Ich verstehe ja nix von sowas. Es war ein uraltes Gerät. So ein Alt ... Old ... was weiß ich, wie das heißt.« Mager runzelte die Stirn.

»Oldtimer meinen Sie sicher«, klärte Benedikt ihn auf.

»Ja, vielleicht. Wenn Sie sagen, dass das so heißt. Old ...Old ... jedenfalls hat das Ding furchtbar laut geknattert.« Der Landwirt kratzte sich am Bart, wieder mit dem Mundstück der Pfeife, murmelte: »So, jetzt muss ich telefonieren und dann muss ich gleich wieder zur Annabell.« Er fuhr sich mit der Hand über die ergrauten Stoppelhaare, setzte die Kappe auf, steckte die Pfeife in den Mund und eilte ins Haus.

»Der und seine Viecher. Nichts ist ihm wichtiger als seine Kühe. Vielleicht die Schweine noch.« Käthe Mager grinste: »Riecht man, gell? Manchmal ist er ... naja, egal.« Sie ließ die Beamten stehen, stampfte mit großen Schritten hinüber zum Stall, vermutlich zu der trächtigen Annabell. »Das also ist Routine. Aha!«, brabbelte sie. »Wieder was gelernt.« Was sie jetzt gelernt hatte, wusste sie nicht so recht, doch sie machte sich auch keine Gedanken mehr darüber. Abgehakt! »Dem Hannes seine Kühe! Die sind auch Routine!« Unsicher runzelte sie die Stirn. »Oder nicht?«

»Kommen Sie, Semmelweiß, wir gehen.« Kersten hob die Schultern, meinte: »Komischer Typ, dieser Mager. Schon fast unheimlich. Diese eng beieinanderstehenden Augen und die dünnen Lippen, die irgendwie immer zu grinsen scheinen. Und die O-Beine. Die passen zu dem dürren Kerl.«

»Auch der hat sich nicht selbst gemacht«, bemerkte Semmelweiß.

Kersten winkte ab. »Hier werden wir nichts erfahren, was wir nicht schon wissen. Sind nicht die hellsten Kerzen am Kronleuchter, die beiden.«

»Nein, wirklich nicht.« Benedikt ärgerte sich. »Das war ja ein voller Erfolg. Mein lieber Scholli!«

»Kann man so sagen.« Kersten kniff verstimmt die Lippen zusammen. »Toller Tag heute. Bei Buchinger nichts, bei dem Landwirt in Hering auch nichts. Na, prima!«

»Langsam glaube ich auch nicht mehr an diesen Spuk. Der Buchinger behauptete nach wie vor, er habe diesen Toten gesehen. Er ist der einzige«, meinte Semmelweiß. »Vielleicht hat es etwas mit seinen psychischen Problemen zu tun.«

»Er hat *WAS*?« Kersten schaut Benedikt verwundert an.

»Ach, das wissen Sie nicht?«

Kersten zuckte die Schultern: »Nein. Was hat er denn für Probleme?«

»Deshalb war Frau Cohrs vorhin bei Ihnen«, entgegnete Benedikt.

Kersten schaute ihn erstaunt an. »Weshalb war sie bei mir?«

Semmelweiß erzählte ihm, was alle Kolleginnen und Kollegen von Toni Buchinger wussten. Kersten war erbost, weil es ihm vorenthalten wurde, wie er glaubte. »Wieso weiß ich davon nichts?«, beschwerte er sich eingeschnappt.

»Moment, Herr Kersten«, verteidigte Semmelweiß seine Kollegin, »Sina Cohrs hat es Ihnen, wie ich schon sagte, bei der Besprechung mitgeteilt. Sie waren nicht gerade freundlich zu ihr. Und Sie haben ihr nicht zugehört. Sonst wüssten Sie Bescheid.«

Kersten war gereizt. »So? Dann hat sie wohl zu leise gesprochen.«

Benedikt sagte dazu nichts.

Claudia Vogt riss mit einem Ruck die Tür der ihr wohlbekannten Scheune auf. Der Mann, der auf der Couch saß, schaute erstaunt hoch. Ihm war sofort klar, dass das nicht Danica war, die er erwartet hatte. Die öffnet immer leise die Tür.

Als er seine Brille aufgesetzt und die Frau erkannt hatte, die wütend auf ihn zukam, wäre ihm das Herz wahrscheinlich in die Hose gerutscht, wenn er denn eine angehabt hätte. Er war völlig nackt. Seine Kleider lagen ordentlich zusammengelegt auf einer der Bänke neben ihm.

»Es … es ist nicht so, … wie du denkst, Claudi«, versuchte er, sichtlich schockiert, zu erklären. Claudia ging nicht darauf ein: »Spar dir dein Gesabbel, du Drecksack«, schrie sie ihn aufgebracht an. »Endlich habe ich dich erwischt. Ich habe mir gedacht, dass du hier bist.« Wie eine Furie stand sie keifend vor ihm. »Wo ist sie denn, deine Gespielin?« fauchte sie.

Er wollte seine Hose ergreifen, Claudia war schneller, grapschte sie von der Bank und warf sie in hohem Bogen weg.

»Na, wo ist sie?«, fuhr sie ihn an.

»Wer? Wen meinst du?«, gab er betroffen zur Antwort, versuchte seine Blöße mit den Händen zu bedecken.

Claudia lachte laut auf. »Du bist so frech und fragst noch, wen ich meine? Glaubst du, ich wäre bescheuert?« Sie schrie: »Du bist so ein Schwein!« Dicke Tränen liefen ihr über die vor Zorn geröteten Wangen.

»Bitte … lass es dir erklären«, wollte er sie beschwichtigen.

»Leck mich, du Bastard!« schrie sie erneut. »Hier

gibt's nichts zu erklären.«

Er stand auf, zog sie an sich, hoffte, sie beruhigen zu können, was ihm ganz und gar nicht gelang. Sie wehrte sich und schlug auf ihn ein.

Und es kam noch schlimmer: In der offenstehenden Tür stand plötzlich Danica. Entsetzt sah sie, wie der nackte große Mann ihre Nachbarin Claudia umarmte. Obwohl diese wie irre tobte, weiter auf ihn einschlug und alle möglichen Schimpfwörter auf ihn ablud, glaubte Danica, sie würde nur so tun, um von der – für sie – eindeutigen Situation abzulenken. Sie hatte keinen Zweifel, dass die beiden sich nicht zufällig getroffen hatten. Laut brüllte sie: »Du bist ein Saukerl! Ein Saukerl, wie er im Buche steht. Du verabredest dich mit mir ... und was sehe ich? Weil ich mich verspätet habe, hast du geglaubt, ich würde nicht mehr kommen.« Sie deutete auf Claudia. »Vermutlich hast du dann diese Schnepfe angerufen.« Dann blaffte sie Claudia an: »Und was noch gemeiner ist, du bist auch noch hergefahren. Ganz sicher auf dem schnellsten Weg, wie ich dich kenne.«

»Moment, Danica«, wollte Claudia sich rechtfertigen. »Ich ...«

»*UMUKNI, BLUDNICA* – Halt die Klappe, du Schlampe.« Danica schnappte die Kleider des Mannes, hob sogar die auf dem Boden liegende Hose auf und warf ihm alles vor die Füße. »Zieh deine Klamotten an und verschwinde, du lausiger Mistkerl.« Mit grimmigem Gesicht fuhr sie Claudia an: »Und du verschwindest auch. Jetzt sofort! Lasst euch nie wieder bei mir blicken!«. Sie fügte gehässig hinzu: »Und wehe, ihr macht gegenüber anderen den Mund nur ein winziges bisschen auf und erzählt Geschichtchen, dann werde ich euch wegen Hausfriedensbruch und Verleumdung anzeigen.« Mit sich überschlagender Stimme schrie sie: »Haut endlich ab! Verschwindet aus meinem Leben. Alle beide!«

Mittwoch, 15. Juni

Da Toni Buchinger keinen Glauben fand – niemand nahm ihm ja ab, was er gesehen haben wollte (Ein Toter ohne Leiche!!! Na klar!!!) – sah sich sein Nachbar Ludwig Schultz nun in der Pflicht, endlich auszusagen, dass auch er den Toten bei den Bienenstöcken hatte liegen sehen. Er erzählte es seiner Frau, die bisher nichts davon gewusst hatte. »Wir wollten nicht darüber reden, der Fritz und ich. Wir hatten Angst, die Polizei würde uns verdächtigen, den Mann umgebracht zu haben«, sagte er beschämt. Margot schaute ihn entsetzt an. »Da habt ihr euch ja einen geleistet. Mein lieber Specht! Ein Eigentor par excellence! Das hätte der Kaiser nicht besser machen können. Da fehlen einem die Worte.« Fassungslos schüttelte sie den Kopf. »Wir Frauen hätten das anders geregelt.«

»Ich weiß, Margot«, beteuerte Ludwig, »ich weiß.« Verunsichert fragte er: »Wen meinst du mit Kaiser?«

»Von Fußball verstehst du also auch nichts. Ich meine den Kaiser Franz. Jetzt kapiert?«

»Ach so, den Österreicher.« Ludwig nickte. Margot hob kopfschüttelnd die Hände. »Nein! Den Bayer!«, sagte sie mit Nachdruck.

»So?« Ludwig hob gleichgültig die Achseln. »Auch gut.«

»Unglaublich!« Margot schüttelte erneut den Kopf.

Ludwig Schultz rief vormittags im Polizeipräsidium in Darmstadt an und erklärte Kommissarin Lore Michelmann in der Einsatzzentrale, dass er eine Aussage wegen des Toten an Tonis Bienenstöcken machen möchte. »Mein Freund Fritz Meier muss auch dabei sein. Ich sage ihm Bescheid.«

»Meine Kollegen kommen umgehend«, versicherte Michelmann. Sie informierte Hauptkommissar Kersten, der mit seinem Team zu dem Zeitpunkt noch keinen Schritt weitergekommen war. Kersten eilte zu Semmelweiß. Benedikt tippte gerade den gestrigen Bericht (der eh nichts aussagte, musste jedoch sein) in den PC.

»Semmelweiß, wir müssen nach Wiebelsbach. Augenblicklich!«

»Wie Sie befehlen!« Benedikt erhob sich von seinem Stuhl, verbeugte sich provozierend. Dödel!

Eine halbe Stunde später stiegen sie in Wiebelsbach aus Kerstens Wagen. Ludwig Schultz erwartete sie im Hof. Der Schroinemischels Fritz kam mit seinem unlängst erworbenen Motorrad um die Ecke gerattert. Er parkte neben Kerstens Audi, nahm Lederkappe und Motorradbrille ab, verstaute beides in der kürzlich angebrachten Seitentasche der Maschine. Nach kurzer Begrüßung gingen alle ins Haus, nahmen im Wohnzimmer Platz. Ludwigs Frau Margot bot Kaffee an, bedachte ihren Mann und den Schroinemischels Fritz noch schnell mit giftigem Blick und zog sich sogleich zurück in die Küche. Das sollen die schön selbst ausbaden, die zwei Hornochsen.

Kersten trank einen Schluck. Nachdem er die Tasse abgestellt hatte, sagte er: »So, Herr Schultz, nun lassen Sie mal hören.«

Ludwig räusperte sich und begann: »Es ist ja so, dass man Toni Buchinger die Geschichte mit dem Toten nicht glaubt.« Er rieb sich verlegen die Hände. »Ich kann bestätigen, dass sie stimmt. Den Toten gibt's wirklich.« Er schilderte, was er am 6. Juni gesehen hatte. »Ich habe mich auf meinen alten Hirsch gesetzt und bin zu Schroinemischels gefahren.«

Kersten, der gespannt zugehört hatte, sah auf. »Womit?«

»Mit meinem Fahrrad.«

»Ach so! Und zu wem?«

»Zu Schroinemischels.«

»Das ist unser Uzname«, schaltete sich Fritz ein.

»Aha!« Kersten nickte. »Weiter.«

»Ich habe an der Haustür geklingelt. Fritz hatte sogleich geöffnet, er hatte mich kommen sehen. Er fragte, ob etwas passierte wäre. Ich habe ihm alles erzählt.« Ludwig tupfte sich mit einem Taschentuch die schweißglänzende Stirn. »Als ich später nochmal zum Grundstück gefahren bin, war der Tote weg. Er war tatsächlich weg! Ich bin wieder zu Schroinemischels gefahren und habe Fritz Bescheid gesagt. Wir haben vereinbart, dass wir nichts sagen wollen. Zu niemandem.«

»Warum denn das? Sie können doch nicht … Sie machen sich strafbar, wenn Sie so etwas Wichtiges der Polizei vorenthalten.« Kersten war aufgebracht.

»Wir wollten da nicht hineingezogen werden«, gab Ludwig schuldbewusst zu.

»So isses«, bestätigte Fritz leise. »Außerdem war der Tote ja nicht mehr da.«

»Trotzdem hätten Sie uns informieren müssen. Es ist nicht zu fassen. Wie kann man so …« Semmelweiß unterbrach den Satz. »An Ihren Nachbarn Buchinger haben sie dabei nicht gedacht, Herr Schultz?« Benedikt schaute ihm in die Augen.

»Ich hatte geglaubt, dass sich alles von selbst erledigen würde«, entgegnete Ludwig betreten und senkte den Kopf. »War ein Fehler, ja!«

»Das kann man wohl sagen. Und was für einer!« Benedikt war sprachlos.

Plötzlich kam ihm ein Gedanke.

Der Bauer Mager hatte doch von einem alten Motorrad gesprochen. Und dass der Fahrer eine Motorradkappe … Aha!

»Eine Frage, Herr Meier«, sprach er den Schroinemischels Fritz an, nahm ihn beiseite. »Woher haben Sie das Motorrad?«

»Von meinem Nachbarn«, antwortete Fritz stolz, »es hat eine halbe Ewigkeit bei Herbert Becker in der Scheune gestanden. Herbert wollte es endlich loswerden und hat mich gefragt, ob ich interessiert wäre. Wollen Sie sich die Maschine mal anschauen?«

»Ja, warum nicht?«

»Dann kommense mit.« Fritz ging voraus, Benedikt folgte ihm. Wenig später verabschiedete sich Kersten von Ludwigs Frau und ging ebenfalls hinaus, gefolgt von Ludwig, der froh war, aus der Reichweite seiner Ehe-Margot zu sein.

Vor der Zündapp standen Claudia und Karl Vogt und betrachteten sie mit großem Interesse. »Gratuliere, Fritz, klasse Motorrad. Das hast du super aufgemöbelt«, meinte Karl lächelnd.

»Ja, gell! Gefällt's dir auch, Claudia?«, fragte Fritz Karls Frau.

»Ja, es ist sehr schön.« Sie hakte ihren Mann unter, sagte: »Komm, Karl, wir wollen nicht stören.« Mit kurzen, koketten Schritten und aufreizend wiegenden Hüften tippelte sie neben ihm her.

Was für ein Knaller, diese ... diese ... Claudia ...! Und wie sie ... Benedikt seufzte leise, schaute ihr verträumt nach.

»Das war die Tochter vom Ludwig, mit ihrem Mann, dem Karl, Karl Vogt«, meinte Fritz, an Semmelweiß gewandt. »Die wissen von nichts. Wir haben denen nichts von dem ... von dem ... Sie wissen schon. Wir haben nichts erzählt.«

»Was?« Benedikt blinzelte verlegen. Momentan war er nicht bei der Sache.

»Wir haben denen nichts erzählt«, wiederholte Fritz.

»Ach so, ja. Da bin ich mir sicher. Sie haben niemandem davon erzählt, nicht wahr? Noch nicht einmal der Polizei!«

Fritz nickte reumütig: »Stimmt.«

»Sehen Sie!« Benedikt betrachtete die Maschine, während Kersten sich nicht interessiert zeigte und ungeduldig, an seinen Wagen gelehnt, wartete.

»Sind Sie damit oft unterwegs?« erkundigte er sich.

»Warum wollen Sie das wissen?«

»Nur so. Uns ist bekannt, dass Sie letzthin fast auf einen Traktor aufgefahren wären«, bluffte Benedikt.

»Ja«, antwortete Fritz. »Dem Hannes aus Hering. Es hatte gerade noch so gereicht.« Er ereiferte sich: »Der ist mitten auf dem Weg gefahren, der Volltrottel. Woher wissen Sie das?«

Treffer! Benedikt hob die Schultern, gab keine Antwort. »Das war auf einem Waldweg in den Aspen, richtig?«

»Ja, und? Das Motorrad ist ordnungsgemäß angemeldet.« Fritz verstand nicht. »Wo ist das Problem?«

Semmelweiß verzichtete auf den Hinweis, dass der Weg nur für land- und forstwirtschaftliche Fahrzeuge zugelassen war. Er fragte weiter: »Waren Sie mit dem Motorrad auch zwischen Wiebelsbach und Frau Nauses unterwegs? Sie wohnen in Frau Nauses.«

»Ich bin öfters in der ganzen Gegend rumgefahren. Auch dort, ja. Meistens auf dem Heimweg.«

»Und das alles ohne Helm!«

»Ja, ich muss mir noch einen kaufen.« Fritz runzelte die Stirn.

»Dann tun Sie das. Zu ihrer eigenen Sicherheit. Außerdem ist es Pflicht, auf dem Motorrad einen Helm zu tragen.«

Fritz nickte verlegen. »Ich weiß.«

»Waren Sie am 6. Juni auch unterwegs?«, wollte Benedikt wissen.

Jetzt dämmerte es dem Schroinemischels Fritz. »Ach, Sie glauben, ich hätte mit dem Toten an den Bienenstöcken etwas zu tun? Wirklich nicht!«

»Wenn Sie uns was zu sagen haben, dann tun Sie es jetzt, Herr Meier. Später wird es für Sie nicht einfacher. Also?«

»Was soll der Käse? Ich habe nichts verbrochen.« Fritz war aufgebracht. »Ich sag überhaupt nichts mehr.« Bevor er zurückging, drehte er sich noch einmal um und rief: »Fangt lieber die Verbrecher, die wirklich was verbrochen haben und lasst die ehrlichen Leute in Ruhe. Die haben nämlich nichts verbrochen.«

»Das ist richtig, die ehrlichen Leute haben nichts verbrochen«, sagte Kersten, der hinzugekommen war. Er betonte laut, indem er Fritz streng nachschaute: »Aber nur die ehrlichen!« Dann wandte er sich an Benedikt: »Semmelweiß, wir fahren.« Ungehalten gingen die Beamten zum Wagen und fuhren weg. Ludwig und Fritz sahen ihnen bedrückt nach. »Mist!«, fluchte Fritz.

»Du sagst es! Warum haben wir nicht eher …?« Ludwig schwitzte immer noch, wischte sich mit dem Taschentuch über die feuchte Stirn. »Menschenskind, Fritz!« Er kratzte sich am Hinterkopf. Fritz runzelte die Stirn. »Der Kommissar Semmelgeist, oder wie der heißt, hat mich gefragt, ob ich an dem Tag, an dem du den Toten gesehen hast, auch mit meinem Motorrad unterwegs gewesen wäre.« Er kniff die Lippen zusammen.

»Das kann nicht sein. Da hattest du es Herbert erst abgekauft. Es war noch nicht zugelassen.«

»Das stimmt. Ich war trotzdem unterwegs. Später.«

»Eieiei, Fritz!«

Beide fühlten sich gar nicht mehr wohl in ihrer Haut. Fritz schaute Ludwig betroffen an, sagte leise: »Wir werden langsam alt, Ludde. Wir machen Fehler.«

»Bei Gott, ja!« entgegnete Ludwig.

»Wir fahren zu Buchinger und sagen ihm, was wir eben gehört haben. Dann wird er wenigstens ein bisschen beruhigt sein«, meinte Kersten unterwegs.

»Ich glaube eher, dass er ordentlich geladen sein wird, wenn er erfährt, dass Schultz ihm vorenthalten hat, was er weiß«, vermutete Benedikt.

Er hatte recht. Als Toni erfuhr, was Ludwig Schultz ihm verschwiegen hatte, platzte er fast vor Zorn. »So ein Depp, so ein alter«, regte er sich auf. »Lässt der mich so im Regen stehen. Ich fass es nicht!«

»Beruhige dich, Tonči«, wollte seine Frau ihn beschwichtigen.

»Ich will mich nicht beruhigen«, schnauzte er sie an. »Lass mich in Frieden! Du hast mir gar nichts zu sagen! Mich wundert sowieso, dass du mal zuhause bist.« Mit bösartigem Blick wies er sie zurecht: »Ich hatte gestern angerufen. Du warst nicht da. Auf deinem Handy warst du auch nicht erreichbar. Wo warst du denn?« Er hob die Stimme. »Gestern!«

»Ich war einkaufen«, antwortete sie. »Mein Handy hatte ich zuhause vergessen.«

»Ach wirklich?« Abwinkend sagte er: »Ist ja auch egal«, worauf Danica missmutig aus dem Wohnzimmer ging. »Der wundert sich auch noch«, flüsterte sie unhörbar.

Die Kommissare sahen sich wortlos an. War das jetzt wieder einer seiner Aussetzer? fragte sich Benedikt.

Toni setzte sich in einen Sessel, bot mit einer Handbewegung den Beamten Platz an, sagte leise: »Ich habe gehört, es gäbe Spuren auf meinem Grundstück. Stimmt das?«

Semmelweiß sah ihn kritisch an. »Ja, es gibt Spuren. Es wurden ein rotes Schlüsseletui und eine blaue Mütze sichergestellt. Dass wir dieses Schlüsseletui gefunden haben, müssten Sie wissen. Sie waren dabei. Auch sind Sie informiert über die Tierspuren, die zu sehen waren.

Da waren Sie auch dabei.«

»Ach ja?« Toni überlegte, rieb sich die Stirn »Ach so!«

»Übrigens, gehört Ihnen eine blaue Mütze?«, wollte Semmelweiß wissen.

»Nein, warum? Ich trage keine Mützen. Danica auch nicht.« Er grinste: »Das wollen Sie doch sicher auch wissen, oder?«

»Ist in Ordnung, Herr Buchinger.« Benedikt glaubte ihm.

»Einen Moment noch!« Toni überlegte: Blaue Mütze! Kappe? Hatte nicht Kloos von einer neuen Jacke und einer neuen Kappe erzählt? Wer hatte die rote Mütze und die blaue ...? Svoboda? Oder war es eine blaue Mütze und ... Kloos? Ach, was weiß denn ich! »Rote oder blaue Mütze! Ich weiß es nicht mehr. Der Kloos hatte noch von einer neuen Jacke erzählt. Auch rot oder blau«, sagte er schulterzuckend zu den Beamten. »Könnte dem Tschechen gehören. Der hat eine neue ... oder dem Kloos ...« Er schaute die Kommissare verwirrt an: »Nein, dem Kloos nicht. Der hat es mir ja erzählt.« Er wirkte jetzt erschöpft, entschuldigte sich sogleich: »Kleine Gedächtnisschwäche. Ich hatte ein paar Äppler getrunken.«

»Klar! Da kann man schnell etwas verwechseln und noch schneller hat man jemanden verdächtigt, der mit alldem gar nichts zu tun hat«, erwiderte Benedikt ironisch.

Unsicher stammelte Buchinger: »Die Mütze gehört dem Svobo ... bo ... wahrscheinlich ... vielleicht ...«

»Svobobo! Aha! Komischer Name.« Kersten runzelte die Stirn: »Wo wohnt der Mann?«

»Habitzheim.«

»Straße?«

»Weiß nicht, wie die heißt.« Er wollte den Weg erklären, Kersten winkte ab. »Wir finden das schon.«

Er nickte ihm zu. »Haben Sie vielen Dank, Herr Buchinger.« Dann drehte er sich um. »Den suchen wir auf, den Svobobo.«

Hummel war mit Sina in die Rechtsmedizin der Goethe-Universität nach Frankfurt gefahren. Er versuchte, Dr. Sarah Kant nicht anzustarren, was ihm fast gelang. Nur fast, weil die drei oberen Knöpfe ihrer Bluse mal wieder offenstanden. Dr. Kant berichtete noch einmal ausführlich, was sie bei der Obduktion Paul Schönes festgestellt hatte. Die Beamten schauten sich den Toten an. Sina wurde es mulmig, sie hielt ein Taschentuch vor Mund und Nase, lehnte sich an die Wand. Die unterschiedlichen, teils sehr unangenehmen Gerüche, vermischt mit dem Geruch von Desinfektionsmittel, verursachten bei ihr Übelkeit.

Hummel sah sie an: »Ist Ihnen nicht gut?«

»Doch, doch. Geht schon.« Sie wischte sich über die Stirn, auf der sich kleine Schweißperlen gebildet hatten.

Kant erklärte: »Das Opfer lag auf dem Bauch, daher Hämatome auf Brustkorb und Knien, Abschürfungen an den Armen und im Gesicht. Doch das alles ist bedeutungslos.« Sie zeigte auf den dünnen Einstich in die Halsschlagader. »Das war die Ursache. Das hat ihn umgebracht. Ich hatte es Ihnen mitgeteilt.«

»Kleine Ursache, große Wirkung«, meinte Hummel, nahm die Brille ab, rieb sich die Nasenwurzel.

Dr. Kant hob die Schultern, nickte mehrere Male. »Tja.«

Hummel bedankte sich bei der Rechtsmedizinerin, die beide Beamten zur Tür begleitete.

»Darf ich Ihnen eine private Frage stellen, Frau Doktor?« Sina kratzte sich verlegen an der Nase.

»Nur zu. Fragen Sie.«

»Wie sind Sie darauf gekommen, so eine Arbeit ...?«

Sina stockte. »Die ist doch ... ich weiß nicht ... und immer dieser komische Geruch, den Sie den ganzen Tag ertragen müssen.«

»Sehen Sie, Sina, bevor ich studierte habe, habe ich viel über Rechtsmedizin gelesen. Es hat mich fasziniert, wie die Auflösungen von Kriminalfällen auf diese Art unterstützt werden. Deswegen habe ich mich für den Beruf als Rechtsmedizinerin entschieden. Auch gibt es hier keinen Stress, wie Sie ihn kennen. Die Toten haben viel Zeit«, antwortete Dr. Kant. »Und an den Geruch gewöhnt man sich.«

»Ja, das mag wohl alles stimmen«, entgegnete Sina nachdenklich. »So habe ich das noch gar nicht gesehen.« Sie nickte Dr. Kant zu: »Tschüss.«

»Tschüss. Bis zum nächsten Mal.« Sarah Kant lächelte Sina freundlich an.

Sie setzten sich in Hummels Wagen und verließen den Parkplatz der Uni über die Kennedyallee Richtung Autobahn. Nachdem der Oldie mehrmals gehustet hatte, war er langsam in die Gänge gekommen. Sie fuhren auf die A 5 Richtung Süden.

»Die Kant ist gar nicht so übel. Ich finde es nicht schön, dass immer über sie gelästert wird«, meinte Sina.

»Na ja, sind wir mal ehrlich. Sie ist schon manchmal sehr provozierend und arrogant. Meinen Sie nicht?«

»Weil bei ihr immer irgendwelche Knöpfe nicht zugeknöpft sind?«

»Och, das macht mir nicht aus«, schmunzelte Hummel.

»Im Gegenteil, gell, Herr Hummel?« Sina beobachtete ihn aus den Augenwinkeln. Hummel zeigte keine Reaktion, dachte: Stimmt!

»Sie ist manchmal recht überheblich«, erwiderte er.

»Wundert mich nicht. Bei ihrem Aussehen. Die schlanke Figur, die langen kastanienroten Haare. Sie hat ein unglaubliches Charisma«, schwärmte Sina. »Vielleicht hat es auch nur den Anschein, als wäre sie überheblich.«

»Mag sein. Trotzdem …«

»Heute war sie nett.«

»Heute mal.«

An der Ausfahrt Darmstadt-Griesheim fuhren sie von der A5 ab Richtung Stadtmitte Darmstadt.

Sina ließ das Seitenfenster runter, atmete tief den frischen Fahrtwind ein. »Der Besuch in der Rechtmedizin war interessant, finde ich.«

»Ja, war er, obwohl wir schon Bescheid wussten.« Hummel schaute zu ihr hinüber … da krachte es auch schon. Die Sicherheitsgurte verhinderten, dass beide gegen die Windschutzscheibe geschleudert wurden. Erschrocken griff Hummel nach Sinas Arm: »Alles gut?«

Sina nickte verdattert: »Ja, alles gut.« Sie schnappte nach Luft. »Die Rippen … sonst ist nichts passiert.«

»Mhm«, murmelte Hummel. Da verspürte er auch Schmerzen. Die Gurte haben ordentlich zugeschlagen, dachte er mit zusammengebissenen Zähnen. »Wieso fährt der auch so dicht vor uns her?«, maulte er. »So ein Penner!«

»Der ist doch nicht …«, sagte Sina, »der …«

Hummel winkte unwirsch ab. Dann erst fiel ihm ein, was er gerade für einen Unsinn geredet hatte. »Vergessen Sie's, Sina. Sorry!« Verlegen verzog er den Mund.

Hummel, Hummel! Sina sagte nichts.

Er öffnete die Tür, stieg vorsichtig aus. Der Fahrer des Lada, auf den er aufgefahren war, baute sich zornig vor ihm auf. »Können Sie nicht aufpassen?«, brüllte er mit osteuropäischem Akzent. »Mein schönes Auto! Haben Sie nicht gesehen, dass ich langsam auf die rote Ampel zugefahren bin. Mann, wo hatten sie bloß ihre Augen?«

»Das war das Problem«, gab Hummel trocken zurück. »Wo hatte ich bloß meine Augen?«

Der Mann starrte ihn fassungslos durch dunkle Brillengläser von oben herab an. »Ist das alles, was Ihnen dazu einfällt?«

Sina war mittlerweile auch ausgestiegen. »Zum Glück sind Sie nicht verletzt. Und nein, wir auch nicht. Danke der Nachfrage«, zischte sie spöttisch, drückte ihre Hand auf die schmerzenden Rippen. »Das Auto ist natürlich wichtiger.« Sie schaute sich den schon älteren Wagen an. »Die Heckklappe ist ein bisschen eingedrückt. Eine Lappalie«, stellte sie fachkundig fest.

»So einfach geht das nicht. Da muss ein Gutachten erstellt werden«, widersprach der Lada-Fahrer lautstark.

»Ja, natürlich!« Hummel sah sich nun auch den Wagen an, beruhigte den schmalen, großen Mann: »Ganz klar mein Fehler. Ich komme selbstverständlich für den Schaden auf. Die Polizei brauchen wir nicht rufen, wir sind die Polizei. Zwar nicht die Verkehrspolizei...« Er zeigte seinen Dienstausweis. »Und nun bitte Ihre Papiere.«

Der Mann schien unruhig zu werden. Hastig holte er seine Brieftasche aus der Jacke, nahm Führerschein, Personalausweis und Wagenpapiere heraus. Hummel zeigte ihm seine Versicherungskarte. »Lassen Sie ihren Wagen reparieren und schicken Sie mir die Rechnung.«

»Und vergessen Sie das Gutachten nicht.« Sina grinste den Mann an. Dieser lächelte gequält. Das Gutachten schien ihn nicht mehr zu interessieren, eilig notierte er die Daten von Hummels Versicherung und setzte seine Fahrt fort.

Hummel schaute sich noch einmal die Daten des Geschädigten an, die er mit dem Smartphone abfotografiert hatte. Er hieß Pavel Svoboda und stammte aus Pilsen in Tschechien.

»Bierstadt!«, grinste er. »Da kommt er her.«

»Bierstadt? Sie meinen Bürstadt.«

»Nein, Sina, ich meine Bierstadt. Ich meine Pilsen, die Bierstadt in Tschechien. Dort wird das berühmte Pilsner Urquell gebraut. Nie gehört?«

»Doch, doch! Natürlich!«, nickte sie heftig. »Ja, sein Akzent deutet auf Osteuropa hin, obwohl er sehr gut deutsch spricht.«

Hummel betrachtete seinen Wagen. Die Stoßstange hatte eine kleine Delle und ein paar Kratzer, sonst war nichts von einem Schaden zu sehen. Möglicherweise waren Delle und Kratzer schon vorher da gewesen.

»Okay, haken wir das ab.« Hummel zog die Augenbrauen zusammen: »Der Typ war sonderbar, oder?«

»Er war mit einem Mal ziemlich nervös.«

»Eben. Und er hatte es plötzlich sehr eilig«, entgegnete Hummel. »Wir behalten ihn mal im Auge. Seine Daten haben wir. Pavel Svoboda aus Otzberg.«

Sina nickte bestätigend, sagte: »Es gibt verschiedene Ortsteile.«

»Das weiß ich, Sina.«

Sina sprach weiter: »In welcher Straße wohnt Svoboda?«

Hummel schaute noch einmal auf die Daten. »Ostpreußenstraße.«

Cohrs googelte mit dem Smartphone. »Die ist in Habitzheim.«

»Ah ja!«

Zurück im Präsidium in Darmstadt wollte Sina sogleich in ihr Büro gehen, um den Bericht zu schreiben. Hummel hielt sie zurück: »Moment noch, Sina, wir schauen mal bei der SoKo Biene vorbei. Mich interessiert, was Kersten mit seinem Team bisher erreicht hat.« Er grinste hämisch: »Der Josef! Keine leichte Aufgabe.«

Sina schwieg. Der Antifreund!

Als sie den Konferenzraum betraten, saßen Kersten, Semmelweiß und fünf weitere Beamte von der SoKo Biene beisammen.

»Na, Josef«, meinte Hummel jovial, setzte sich neben Kersten, während Sina sich auf die Rückenlehne eines Stuhls stützte, »was habt ihr rausgefunden? Oder habt ihr den Fall gar schon gelöst?« Er schmunzelte süffisant.

»Nicht ganz, Hummel, nicht ganz«, grinste Kersten, »doch wir haben neue Hinweise.«

Er erzählte, was Ludwig Schultz und Fritz Meier, der Schroinemischels Fritz, berichtet hatten.

»Es ist unglaublich«, maulte Semmelweiß, immer noch sauer auf die beiden, »dass die alles, ohne etwas zu sagen mit sich herumgetragen haben. Ich hätte sie am liebsten in den Knast gesteckt.«

»Sie haben recht, Herr Kollege«, erwiderte Hummel, »doch es ist nun mal so. Schlussendlich sollten wir froh darüber sein, dass sie überhaupt etwas gesagt haben.« Hummel schob die vorgerutschte Nickelbrille mit dem Mittelfinger zurück. »Es gibt ihn also, den Toten ohne Leiche.«

»Ja, es gibt ihn«, warf Kersten ein. »Damit nicht genug. Wir haben Toni Buchinger aufgesucht. Der hat zufällig bei einer Mitgliederversammlung der Wiebelsbacher Imker erfahren, dass ein tschechischer Imkerfreund sich eine neue Mütze gekauft hat.«

Hummel zog die Mundwinkel nach unten: »Und?«

Sina hatte es verstanden. »Die Mütze, Herr Hummel! Der hat eine neue Mütze! Auf dem Grundstück Buchingers wurde eine blaue Mütze gefunden. Vielleicht war das seine alte und er hat sich eine neue gekauft.«

»Ja«, fiel es Hummel jetzt ein, »ein Schlüsseletui wurde auch gefunden.« Er sah gegen die Decke, grübelte, meinte dann: »Ein Tscheche, sagtest du, Josef?«

»Ja, ein Tscheche.«

»Aha!« Hummel hob die Schultern. »Kommen Sie, Sina.«

»Ja und? Wie war's bei euch, was habt ihr ...?« Kersten verstummte, Hummel war einfach gegangen, er hatte gar nicht mehr hingehört. Sina folgte ihm. Kersten reagierte giftig: »Dann halt nicht!«

Hummel und Cohrs erstatteten Direktorin Ehresmann Bericht, was erhebliche Zeit in Anspruch nahm, weil sie sich für das kleinste Detail interessierte. Als sie aus ihrem Büro endlich heraus waren, maulte der Hauptkommissar: »Ich weiß gar nicht, warum die alles wissen will. Die tut eh nichts.«

Sina lächelte in sich hinein. Der Hummel! Wenn er recht hat, hat er recht.

Er winkte ihr: »Kommen Sie mit.«

Als er hinterm Schreibtisch saß, sagte er: »Rufen Sie mal bei Buchinger an und fragen ihn nach dem Namen des Tschechen, der an dieser ... dieser Party teilgenommen hat.«

»Versammlung!«, korrigierte Sina. »Imkerversammlung!«

»Meinetwegen auch das.«

Oh, Hummel! Sina legte den Kopf in den Nacken. »Sie denken ...?«

»Ich denke, ja.« Hummel nickte. Sina tat, wie ihr geheißen. Nachdem sie das Gespräch beendet hatte, sagte Sie: »Sie haben an Pavel Svoboda gedacht, richtig?«

»Richtig!«

»Stimmt. Es ist Pavel Svoboda. Der Svoboda, dem ...«

»Ich draufgerauscht bin«, ergänzte der Hauptkommissar. Er stützte die Ellbogen auf den Schreibtisch, rieb sich am Kinn. »Lassen Sie uns mal überlegen.«

»Heute noch?«, fragte Sina zaghaft.

»Ja, klar! Oder haben Sie etwas vor?«

»Eigentlich schon. Ich wollte mal wieder mit Lola zum Essen gehen. Sie ist heute Nachmittag erst zurückgekommen. Sie war vier Wochen bei ihrer Schwester in Hamburg.«

»Ei Sina, warum sagen Sie das nicht gleich?« Er klappte den verzierten Deckel seiner silbernen Taschenuhr auf, die er an einer feingliedrigen Kette aus der Jackentasche zog. Als er auf das Zifferblatt mit den römischen Zahlen schaute, dachte er ein paar Sekunden lang an seine ehemalige Freundin Manuela. Sie hatte ihm einst die Uhr an Weihnachten geschenkt. Die Uhr war das Einzige, das er von ihr behalten hatte. Er schob den Gedanken beiseite, sagte zu Sina: »Es ist auch schon spät. Gehen Sie heim.«

»Okay, Herr Hummel«, freute sich Sina. »Wir sehen uns morgen.«

»Ja, tschüss.« Ihm fiel der Bernhardiner Paul Schönes im Tierheim ein, den er ja haben wollte. Er rief dort an, leider außerhalb der Öffnungszeiten, wie der Anrufbeantworter ihm mitteilte.

»Verflixt! Von vierzehn bis achtzehn Uhr«, brummte Hummel verärgert. Vielleicht morgen, hoffte er, nahm seine Aktentasche, ging aus dem Büro.
Sina ging am Abend mit ihrer Lebensgefährtin Lola Bruckner nach Reinheim in eine Pizzeria zum Essen. Nach der leckeren Pizza Diavola tranken sie noch einen süffigen Barolo, während Lola Sina unter dem Tisch sanft über die Oberschenkel streichelte. Sina verstand und rief den Kellner: »Giacomo, zahlen bitte.»

Sie konnten es kaum erwarten, nach Hause zu kommen, gingen gleich ins Bett, gaben sich ihren ersehnten Zärtlichkeiten hin. Atemlos hauchte Lola: »Vier Wochen sind eine lange Zeit.«

»Ja, viel zu lange«, flüsterte Sina und nahm sie erneut in die Arme.

Donnerstag, 16. Juni

Frühbesprechung im Polizeipräsidium Südhessen in Darmstadt. Die Hauptkommissare Hummel und Kersten berichteten über die Ergebnisse des Vortages.

Nachdem Kersten seinen Bericht abgeschlossen hatte, wies er noch einmal auf die neue Mütze des Tschechen hin. »Es ist ja wirklich nichts Außergewöhnliches, wenn sich jemand eine neue Mütze kauft, doch vielleicht ist es das in diesem Fall«, vermutete er.

»Ja, es könnte wirklich ein Indiz sein.« Hummel erzählte jetzt, dass er einen kleinen Unfall hatte. »Ich bin gestern auf dem Rückweg von Frankfurt in Darmstadt auf einen Wagen aufgefahren. Habe an der Ampel nicht aufgepasst, und rumms, da war's auch schon passiert.« Er hob die Brauen: »Jetzt kommt's! Wie sich herausstellte, heißt der Fahrer Pavel Svoboda und stammt aus Pilsen in Tschechien, er wohnt in Habitzheim in der Ostpreußenstraße.« Er rieb sich die spitze Nase. »Dieser Svoboda wird langsam interessant.«

»Ja«, entgegnete Sina, »mir kam er jedenfalls recht seltsam vor.«

»Mir auch. Er hatte sich schnell vom Acker gemacht.« Hummel nickte bestätigend.

»Kaum, dass er erfahren hatte, dass wir von der Polizei sind«, ergänzte Sina. Hummel meinte zu Kersten: »Euer Fall, Josef. Bei diesem Svoboda solltet ihr mal nachfassen.«

Kersten glaubte, so etwas wie Überheblichkeit bei Hummel herauszuhören. »Na klar, Hummel, wir werden nachfassen«, sagte er knurrig. Was bildet der sich eigentlich ein? Mir zu sagen, was ich zu tun habe!

Nachdem die Beamten der SoKo Biene ihre Aufgaben zugeteilt bekommen hatten und Direktorin Ehresmann die Besprechung beendete hatte, entschied sich Kersten dafür, mit Semmelweiß den Tschechen Pavel Svoboda aufzusuchen, während Hummel und Sina sich mit den Kollegen der SoKo Aspen im Büro Drögers zusammensetzten, um über die Vorgehensweise zu beraten. Sie hatten nicht einen einzigen Hinweis, mussten mit Nichts anfangen.

Das Telefon klingelte. Hummel nahm ab, Lore Michelmann von der Einsatzzentrale hatte Spürli in der Leitung.

Spürli berichtete, dass ihm bei der Imkerversammlung ein Tscheche namens Svoboda aufgefallen war. »Der war nervös geworden, als er vom Vorsitzenden des Wiebelsbacher Imkervereins gehört hatte, dass die Polizei Spuren auf Buchingers Grundstück gefunden haben soll. Das ist doch äußerst verdächtig, oder?«

»Ja, Spürli, schon. Halten Sie sich trotzdem aus den Ermittlungen raus. Sie wissen, wir möchten nicht, dass Sie ermitteln. Für Tipps sind wir immer dankbar. Mehr nicht.«

»Okay. Habe verstanden.« Mehr nicht!

»Und?«, fragte Sina gespannt.

Hummel informierte sie, meinte dann versonnen: »Dieser Svoboda wird immer interessanter. Wir warten mal ab, was Kersten und Semmelmeier bei ihm ausrichten. Sie wollen heute zu ihm fahren.«

Er rief Kersten an, teilte ihm mit, was der Journalist berichtet hatte.

Gegen 17.30 Uhr machte sich Spürli erneut auf den Weg nach Habitzheim. Der Tscheche schien zuhause zu sein, ein dunkelgrüner Lada stand auf dem Parkplatz. Spürli wartete geduldig im Wagen am Straßenrand ungefähr fünfzig Meter von Svobodas Wohnung entfernt.

Nach einer guten halben Stunde ging die Haustür auf, ein Mann mit einem braunen Koffer verließ das

Haus, schob den Koffer auf die Rückbank des Lada und fuhr weg.

»Na, siehste wohl.« Spürli startete den Motor, fuhr in sicherem Abstand hinterher. Wenn er jemanden auf dem Kieker hatte, dann ließ er nicht locker.

Svoboda fuhr bei Dieburg auf die B26 in Richtung Darmstadt. Auf dem nächsten Parkplatz hielt er an, stieg aus, nahm den Koffer von der Rückbank und warf ihn in einen der dort stehenden Abfallcontainer, stieg wieder in den Wagen und fuhr davon.

Was mach ich jetzt, rätselte Spürli. Ruf ich die Polizei an, oder sehe ich selbst nach, was sich in dem Koffer befindet?

Nach kurzem Überlegen entschied er sich dafür, im Präsidium in Darmstadt anzurufen. »Ich fass den Koffer mal lieber nicht an, muss ja nicht unbedingt irgendwelche Spuren darauf hinterlasen«, murmelte er. Er kannte die penible Genauigkeit des Erkennungsdienstes vom Polizeipräsidium Südhessen. Die finden immer was, da kannste noch so aufpassen.

Lore Michelmann nahm das Gespräch entgegen. »Ich gebe es weiter«, sagte sie, rief sofort Semmelweiß auf dem Smartphone an.

Spürli schimpfte: »Danke für die Information, Herr von Rheinfels! Von mir aus hätte sie auch Spürli sagen können, anstatt Herr von ...« Er ärgerte sich. »Hat die schon mal was von Anstand gehört?«

»Der Spürli hat angerufen?«, fragte Benedikt verwundert.

»Ja, gerade eben.«

»Das ist interessant, Lore, sehr interessant. Eigentlich soll er sich nicht einmischen. Doch jetzt könnte es mal wieder wichtig sein.« Außerdem hat er sich nicht in die Ermittlung eingemischt, sondern nur diesen Tipp gegeben. Das darf er.

»Eine Streife soll den Koffer holen. Die SpuSi soll ihn sich anschauen.«

Kelly O'Donegan hatte abermals mit Danica telefoniert, um sich wieder mit ihr zu treffen. Danica sagte erfreut zu, sie trafen sich wieder am Bahnhof in Wiebelsbach, Kelly folgte sogleich Danica zur Grillhütte im Hollergraben, einem kleinen Wäldchen bei Nieder-Klingen, wo sie sich Zugang verschafften. Danica kannte die Hütte von den jährlichen Grillfesten im Mai.

Nach intensivem Liebesspiel zeigte sich plötzlich Kellys wahres Gesicht. Ihre Leidenschaft war nur gespielt. Sie war eiskalt, wollte Danica wieder in den Sumpf von Prostitution und Drogen, in dem beide düstere Zeiten erlebt hatten, hineinziehen, um sie zum Dealen zu benutzen. »Wenn du nicht mit zurück nach Rovinj kommst, erzähle ich der Polizei dort, was du in Kroatien alles getrieben hast und weshalb du nach Deutschland abgehauen bist. Ich sage denen auch, wo du wohnst. Die Fahndung nach dir ist sicher noch nicht gelöscht. Auch nicht nach so langer Zeit. Die geben keine Ruhe! Du hattest leider das Pech, dass du von einer deiner Weiber verraten worden bist. Ich habe dir damals schon gesagt, dass du aufpassen sollst.« Sie schaute Danica schmutzig grinsend an: »Du hast die Wahl.«

»Und du glaubst im Ernst, ich will mit dir jetzt noch etwas zu tun haben?«, entgegnete Danica furchtlos mit noch glühenden Wangen. »Vergiss es! Das wird so nicht funktionieren.« Sie atmete tief durch. »Ich wollte dir schon vorschlagen, Toni zu verlassen, um mit dir zu gehen. Aber jetzt! Jetzt hast du es verspielt.«

Während sie sich anzogen, gerieten sie in einen ernsthaften Streit. Danica schrie: »Tu's doch! Geh zur Polizei! Aber wundere dich nicht, wenn ich dann auch über dich auspacke. Denn sauber waren deine Geschäfte alle nicht.«

Kelly stieß die Tür der Hütte auf, rannte wortlos zu ihrem Wagen, setzte sich hinein und brauste wutentbrannt den schmalen Weg durch den Hollergraben davon.

Danica verließ ebenfalls die Hütte, blieb noch eine Weile auf einer Bank an der Feuerstelle des Grillplatzes sitzen, bevor sie nachdenklich nach Hause fuhr. »TAKVA SVINJA – So ein Schwein!« Laut fluchte sie: »KVRAGU – Verdammt!«

Als Kersten abends um kurz nach sechs die Klingel, auf deren Messingschild die Buchstaben PaSvo eingestanzt waren, an der Wohnungstür in der Ostpreußenstraße in Habitzheim drückte, öffnete niemand. Auch Rufen und Klopfen nütze nichts, offenbar war niemand zuhause. Im Parterre ging ein Fenster auf, eine ältere Dame empörte sich: »Was soll der Krach?«

Benedikt schaute schnell auf die Klingel neben der Svobodas. Martha Silberstein stand darauf. »Entschuldigen Sie, wir möchten zu dem Herrn, der in der Wohnung neben Ihnen wohnt«, rief er ihr zu.

»Sie meinen den Mann aus Tschechien? Ein sehr netter Mensch, wirklich, und so höflich. Im Gegensatz zu Ihnen.«

»Wo ist er denn, der nette, höfliche Mensch?«, fragte nun Kersten.

»Das kann ich Ihnen nicht sagen. Ich habe vorhin gesehen, dass er, nachdem er kaum zuhause war, mit dem Wagen wieder weggefahren ist«, sagte die weißhaarige Frau.

»Was war das für ein Wagen?«

»Ein Grüner. Ja, ich glaube, er ist grün. Bin leider ein bisschen farbenblind«, entgegnete sie.

»Ich meine die Marke des Wagens. Welche Marke ist es?«

»Da kenn ich mich nicht aus«, erwiderte sie kopfschüttelnd. »Wenn ich ehrlich bin, es interessiert mich auch nicht. Es interessiert mich auch nicht, dass er weggefahren ist. Ich habe das nur zufällig gesehen. Der ist oft unterwegs.«

»Haben Sie noch etwas gesehen?«, fragte Benedikt. »Zufällig!«

»Das nicht, doch mir ist aufgefallen, dass er meistens spät nach Hause kommt.«

»Wie spät?«

Sie überlegte kurz. »Vielleicht nachts um zwölf, manchmal noch später.«

»Verheiratet ist er nicht?«

»Weiß ich nicht. Jedenfalls wohnt er hier allein.«

»Hatte er manchmal eine Dame dabei, wenn er nach Hause kam? Wissen Sie das auch?«, wollte Benedikt jetzt wissen.

»Nein, nein, ich bin ja nicht so neugierig. Ich sitze nicht den ganzen Tag und die halbe Nacht hinterm Fenster wie so manche Leute.«

»Meinen Sie bestimmte Leute?«, fragte Benedikt weiter. Sie schüttelte den Kopf.

»Danke und noch einen schönen Abend.« Benedikt nickte ihr zu.

»Warten Sie!« Frau Silberstein bedeutete ihm, näher zu kommen, tippte sich mit dem Zeigefinger auf die Lippen, sagte leise: »Eine Blondine war gestern bei ihm. Sie heißt Sybille. Ich habe den Namen durch Zufall gehört, als er im Treppenhaus mit ihr gesprochen hat.«

»Wie sieht diese Sybille aus?«, fragte Benedikt. Sie zuckte die Schultern, winkte ihn noch näher heran, flüsterte: »Und dann, etwas später! Na ja, das können Sie sich denken. Sein Fenster stand offen.«

»Ihres wohl auch«, bemerkte Benedikt ebenso leise. »Woher wissen Sie, dass es eine Blondine war? Sie haben doch nur ihren Namen gehört. Durch Zufall. Sie haben die Frau gesehen, oder?«

»Ich habe durch den Türspion ...« Martha Silberstein zog die Brauen zusammen. »Ist doch egal, es geht mich nichts an. Wie gesagt, ich kümmere mich nicht um solche Dinge.«

»Aha! Gibt es sonst noch etwas, das Ihnen aufgefallen war?«, fragte Benedikt weiter. »Durch Zufall?« Er bleckte die Zähne, Frau Silberstein wich erschrocken zurück. »Nicht, dass ich wüsste. Ich habe schon gesagt, dass mich das alles nicht interessiert.« Sie schloss das Fenster, murmelte: »Was gibt es doch für neugierige Leute. Unglaublich!«

Die Beamten befragten die Bewohner in den restlichen drei Wohnungen. Alle hatten nur die beste Meinung von Svoboda, doch niemand wusste, wo genau er herkam und wo er sich jetzt aufhalten könne.

Semmelweiß bemerkte trocken: »Sicher ist der informiert worden.«

»Vielleicht! Wenn er verschwunden ist, dann wäre es naheliegend, dass er nach Tschechien gefahren ist.« Kersten fiel ein, dass Hummel die Adresse Svobodas in Tschechien hatte, wo dieser geboren war. Er rief ihn an.

Felix Hummel war mit dem Wagen unterwegs, als sein Smartphone klingelte. »Oh, da habt ihr wirklich Pech gehabt, dass der weg ist. Wahrscheinlich gibt's eine undichte Stelle, oder, Josef?«, meinte er spöttisch. Er nannte ihm die in seinem Smartphone gespeicherte Adresse in der Teslova, einer bekannten Straße in Pilsen. Der Bernhardiner fiel ihm ein. Das Tierheim! Hastig rief er dort an, fragte nach dem Bernhardiner Rembrandt.

»Sie haben Glück, Herr Hummel, ich muss heute Abend noch Verschiedenes aufarbeiten. Normalerweise habe ich um achtzehn Uhr Feierabend. Sie können gerne vorbeikommen, ich warte auf Sie«, kam eine freundliche Frauenstimme aus dem Hörer. Hummel bedankte sich, fuhr ins Tierheim, holte Rembrandt, den

Bernhardiner des ermordeten Paul Schöne ab, nahm ihn mit nach Hause. Er war der Meinung, wenn er auf der Arbeit sei, habe sein Beo Victor Gesellschaft.

Anfangs sah es auch so aus. Rembrandt hatte sich schnell angepasst, auch wenn Hummels Wohnung in Erbach für einen so großen Hund viel zu klein war.

Tagsüber fehlte ihm zwar der Auslauf, doch er gewöhnte sich daran. Wenn Hummel von der Arbeit nach Hause kam, ging er ungefähr eine Stunde lang mit ihm entlang der Mümling spazieren. Somit war der Ausgleich geschaffen. Mehr oder weniger!

Victor, der Beo, unterhielt Rembrandt von Beginn an mit kernigen, manchmal zwielichtigen Sprüchen. Rembrandt stand dann schwanzwedelnd vor der Voliere und lauschte geduldig. Jedoch ging dem Hund nach einigen Tagen das ewige Geschwätz des Vogels dermaßen auf den Geist, dass er sich in die hinterste Ecke des Wohnzimmers verkroch und jaulend die Pfoten über die Ohren legte. Damit wollte er deutlich zeigen, dass er nichts mehr hören wolle. Victor störte das nicht im Geringsten. Um sich noch besser verständlich zu machen, schwätzte er umso lauter. Manchmal ließ er einen lauten Pfiff schrillen, was für Rembrandt noch unerträglicher war. Der Arme konnte nicht ausweichen, also musste er den Vogel ertragen, auch wenn der ihm furchtbar auf die Nerven ging.

Freitag, 17. Juni

Um 7.30 Uhr war Hauptkommissar Hummel im Präsidium in Darmstadt. Nacheinander trafen Kersten, Semmelweiß und Cohrs sowie die Kolleginnen und Kollegen der beiden Sonderkommissionen ein. Nach der üblichen Frühbesprechung begannen die Beamten mit ihren Ermittlungen.

»Wir fahren nachher zu Svoboda.« Semmelweiß schaute Kersten an. Dieser hob die Schultern. »Ich bin dafür, heute Abend hinzufahren. Der wird arbeiten. Aber okay. Meinetwegen fahren wir später zu ihm.«

Am Nachmittag fuhren Kersten und Semmelweiß erneut nach Habitzheim. »Vielleicht haben wir Glück und Svoboda ist zuhause«, meinte Semmelweiß.

»Ich glaube, eher nicht. Wir werden sehen«, entgegnete Kersten.

Während die Mitglieder der SoKos allerlei Befragungen durchführten, blieben Hummel und Cohrs im Büro. Hier gab es genug zu tun. Hummel wollte abwarten, was Kersten und Semmelweiß bei Svoboda erreichen würden.

Auf dem Parkplatz vor Svobodas Wohnung stand ein dunkelgrüner Lada, an dessen Heckklappe eine Delle zu sehen war. Semmelweiß deutete mit dem Kopf zum Wagen. Kersten nickte: »Da hat er mal wieder gepennt, der Hummel.«

Benedikt ignorierte den Satz. Als sie auf die Haustür zugingen, schloss sich gerade das Fenster, aus dem am Abend zuvor Frau Silberstein herausgeschaut hatte. Er klingelte, ein schlaksiger Mann öffnete. »Ja?«

»Herr Svoboda?«

Der Mann erstarrte für wenige Sekunden, sagte dann: »Der bin ich. Pavel Svoboda.« Er fragte: »Und wer sind Sie?«

Woher kenn ich den? dachte Semmelweiß spontan. Wo habe ich den schon mal gesehen?

»Kripo Darmstadt.« Er räusperte sich, hielt ihm seinen Dienstausweis unter die Nase, ebenso Kersten.

»Was kann … ach, Sie kommen wegen des kleinen Unfalls mit Ihrem Kollegen.« Svoboda überlegte: »Wie heißt er schnell wieder? So 'n kleiner Dicker.«

»Deshalb sind wir nicht hier«, meinte Benedikt.

»Aha! Weshalb sind Sie hier?«, fragte der Tscheche, vergrub die Hände in den Taschen seines Bademantels.

»Können wir hineinkommen? Es ist wichtig«, sagte nun Kersten.

»Wichtig!« Svoboda hob theatralisch die Arme: »Was kann bei mir schon wichtig sein? Von mir aus, kommen Sie herein. Sie haben Glück, dass ich zuhause bin. Normalerweise arbeite ich um diese Zeit. Ich wollte mich gerade umziehen, habe nachher einen dringenden Termin beim Zahnarzt.« Sie betraten den Flur. »Wo arbeiten Sie?«, fragte Kersten.

»Ich arbeite bei der Firma Baufix & Fertig in Aschaffenburg.«

»Wir werden Sie nicht lange aufhalten.«

Svoboda ging voraus ins Wohnzimmer. Er nahm seine Brille vom Tisch, setzte sie auf die Nase, nahm die verrutschte Decke von der Couch, hängte sie über einen Stuhl und bot den Beamten Platz an. Selbstsicher setzte er sich gegenüber in einen Sessel, legte die Beine übereinander, zündete sich einen Zigarillo an. Kersten hob den Kopf, er hatte Geräusche im Zimmer nebenan gehört. »Sind Sie allein?«, fragte er den Tschechen.

»Ist das wichtig?«, antwortete dieser mit einer Gegenfrage, blies gelangweilt den Rauch der Cohiba in kleinen Kringeln aus. In dem Moment glitt eine Tür ins Schloss. »Okay«, gestand Pavel, »eine Frau war bei mir.« Er zwinkerte mit den Augen. »Sie verstehen?«

»Wer war die Frau?« Kersten schaute ihn prüfend an.

»Eine Frau eben. Eine ... Mann!« Svoboda errötete verlegen.

Kersten nickte. »Verstehe.«

Semmelweiß, der zum Fenster gegangen war, sah, wie eine schwarzhaarige Frau in Sneakers zu einem roten Wagen ging, einstieg und wegfuhr. Sie trug eine hellrote Hose und eine gelbe Bluse. Da er sie nur von hinten sah, konnte er nicht mit Bestimmtheit sagen, wer sie war, doch er hatte irgendwas in Erinnerung. *Irgendwas! Aber was?*

»Werden Sie öfter von Frauen besucht?«

»Was erlauben Sie sich? Das geht Sie nichts an, verdammt!«, fluchte der Tscheche.

Kersten bedeutete Semmelweiß, das Thema nicht zu vertiefen.

Die Kollegen von der Streife hatten inzwischen den Koffer aus dem Container geholt und dem Erkennungsdienst übergeben. Lehmann benachrichtigte Kersten: »In dem Koffer befinden sich diverse Kleidungsstücke. Nichts Besonderes!«

Kersten fuhr fort: »Sie haben gestern einen Koffer auf einem Parkplatz an der B26 zwischen Groß-Zimmern und Darmstadt entsorgt.«

Der Tscheche fragte, sichtlich erstaunt: »Woher wissen Sie das?«

»Wir wissen es, das muss Ihnen genügen«, beantwortete Kersten kurz seine Frage

»Wieso interessiert es Sie?«

»Nur so«, wiegelte Kersten ab. »In dem Koffer befinden sich Kleidungsstücke«, meinte er so nebenbei.

»Ja! Und?« Der Tscheche grinste. »Ich habe alte Klamotten entsorgt. Was ist daran so ungewöhnlich?«

»Nichts.« Kersten hob die Achseln.

Dann fiel Svoboda etwas ein, das ihn für einen Augenblick entsetzlich erschreckte. Daran hatte er nicht mehr gedacht. Seine Hände wurden feucht. Verflucht! Jetzt bloß nicht die Nerven verlieren! Nach dem heftigen Schock brachte er sich schnell wieder unter Kontrolle.

Semmelweiß merkte, dass Svoboda erschrocken war, auch wenn dieser es nicht zeigen wollte. Irgendwas ist mit dem Koffer, dachte er.

Pavel wurde zusehends nervöser. Er wischte die feuchten Hände am Bademantel ab. So ein Mist!

»Toni Buchinger ist ein Imkerfreund von Ihnen?«, fragte Benedikt unvermittelt.

Svoboda war froh, dass der Koffer die Beamten offensichtlich nicht mehr interessierte. Zögerlich antwortete er: »Imker ja, Freund nicht. Nein! Wir sind beide Mitglieder des Wiebelsbacher Imkervereins, doch Freunde? Nein!« Er konnte nicht vermeiden, dass seine Stimme zitterte. »Ich besitze keine Bienen, bin nur inaktives Mitglied. Ich habe früher in Wiebelsbach gewohnt, In den Ettern. Es ist mir wichtig, diesen kleinen Verein zu unterstützen.

»Das ist sehr lobenswert, Herr Svoboda. Seine Frau Denise kennen Sie auch?«

»Wir vom Imkerverein kennen uns alle untereinander, auch die jeweiligen Partnerinnen kennen wir von Ausflügen oder Weihnachtsfeiern. Natürlich kenne ich Danica.«

»Ja, richtig. Danica! Kennen Sie sie schon länger?«

»Seitdem sie mit diesem komischen Buchinger verheiratet ist.«

»Vorher kannten Sie sie nicht?«, bohrte Semmelweiß weiter, schaute ihm zweifelnd direkt in die Augen. Das Gesicht des Tschechen lief rot an. »Doch«, gab er verlegen zu, »ich hatte mal eine Beziehung mit ihr.« Seine Stimme zitterte immer noch.

»Wann?«

»Bevor sie geheiratet hat. Sie hat sich dann für Buchinger entschieden.«

»Ach so! Deshalb Ihr Hass auf ihn.«

»Hass ist übertrieben ausgedrückt«, entgegnete Pavel, »ich kann mich nun mal nicht freuen, wenn ich den sehe.«

»Haben Sie sich mit Frau Buchinger auch getroffen,

als sie schon verheiratet war?«

Svoboda legte die gefalteten Hände in den Schoß. »Ja, manchmal«, antwortete er schulterzuckend. Er hatte wieder zu seiner Selbstsicherheit zurückgefunden, den Schock von vorhin hatte er scheinbar überwunden. Er stand auf, schob die Brille auf die Haare: »Sonst noch was?«

»Ja«, entgegnete Benedikt. »Sie haben eine neue Mütze, richtig?«

Pavel reagierte knatschig: »Was geht Sie das an?«

»Und Sie hatten ein rotes Schlüsseletui, richtig?«, fuhr Benedikt unbeirrt fort.

»Nein! Wie kommen Sie darauf?«

Benedikt gab keine Antwort. »Noch was, Herr Svoboda«, sagte er, »Sie haben doch von dem Toten auf Buchingers Grundstück gehört, oder?«

»Ja, bei der Imkerversammlung hat Toni davon erzählt. Ich hatte es auch schon vorher gehört.«

»Sie wurden auf dem Grundstück gesehen, und zwar unmittelbar, nachdem der Tote angeblich aufgefunden worden war. Was haben Sie dort gemacht?«

Svoboda schaute perplex auf: »Ich? Auf dem Grundstück Buchingers? Das ist unmöglich. Ich kenne das Grundstück garnicht.«

»Ich glaube Ihnen nicht. Sie kommen mit ins Präsidium nach Darmstadt.«

»Was soll ich dort?«, empörte sich der Tscheche. »Ich habe noch nie ein rotes Schlüsseletui besessen, und auf diesem Grundstück war ich noch nie. Ich habe Ihnen doch eben gesagt, dass ich es nicht einmal kenne.« Er mokierte sich: »Lächerlich!« Svoboda wirkte jetzt wieder sehr angespannt. »Nochmal! Ich habe nie ein rotes Etui besessen und das Grundstück kenne ich nicht.« Sein Ton war harsch geworden. Benedikt schaute ihn scharf an: »Und die Mütze? Hatten Sie eine blaue Mütze, bevor

Sie die neue gekauft haben?«

»Ja, hatte ich. Die habe ich verloren.«

»Wo?«

»Was weiß ich! Vielleicht habe ich sie auch irgendwo vergessen.« Er fluchte erneut: »Verdammt, ich weiß es nicht!«

Die Kommissare nahmen Pavel Svoboda, nachdem er sich umgezogen hatte, mit nach Darmstadt ins Präsidium.

Wo habe ich den schon gesehen, grübelte Benedikt. Es fiel ihm nicht ein, doch es ging ihm auch nicht aus dem Sinn ...

Hummel ging zum Fenster, öffnete es, um frische Luft hereinzulassen. Er sah, wie Kerstens Audi auf den Parkplatz einbog. Als die Kollegen ausgestiegen waren, sagte er: »Aha, gerade kommen Kersten und Semmelmeier. Und sie haben einen Mann im Schlepptau. Wer könnte das sein, Sina? Raten Sie mal«, schmunzelte er.

»Ist das ein Quiz, oder was?«, grinste Sina verschmitzt.

Hummel hob die Schultern, spitzte die Lippen.

»Gut, ich rate. Svobomeier?«

»Sina!« Hummel schaute die Kommissarin streng an, sagte dann nickend: »Stimmt! Es ist Pavel Svoboda.«

»Sag ich doch!«

Der Tscheche wurde zum Erkennungsdienst gebracht, wo ihm sogleich mit seiner Erlaubnis (»Ich habe nichts zu verbergen«) ein Abstrich in der Mundhöhle zwecks DNA-Analyse gemacht und Fingerabdrücke abgenommen wurden. Danach wurde er in den Vernehmungsraum gebracht.

Während sich Kersten Svoboda gegenübersetzte, ging Semmelweiß zu Hummel und berichtete ihm.

Hummel teilte Benedikt mit, dass Spürli ihn angerufen und gesagt habe, Svoboda sei ihm bei der Imkerversammlung aufgefallen. »Der Svoboda ist sichtlich nervös geworden, als er von Spuren auf dem Grundstück Buchingers gehört hat.«

»Ich weiß. Kersten hatte es mir gesagt. Das könnte wichtig sein, Herr Hummel«, meinte Benedikt.

»Denke ich auch.« Hummel erhob sich von Drögers Chefsessel: »So, nun wollen wir mal sehen, was Svoboda zu erzählen hat. Sina, kommen Sie mit?«

»Na klar.«

Sie gingen zum Vernehmungsraum, Semmelweiß ging hinein, setzte sich neben Kersten, Hummel und Cohrs gingen ins Zimmer nebenan, stellten sich vor den venezianischen Spiegel.

Benedikt rätselte immer noch, wer die Frau bei Svoboda gewesen sein könnte. Danica Buchinger? Oder Claudia Vogt? Oder war es diese unbekannte Sybille? Aber die ist blond. Gut, es gibt Perücken. Die waren zwar alle verheiratet, doch bei Svoboda weiß man nie. Vielleicht war es auch eine andere Dame!

Kersten fuhr unvermittelt den Tschechen an: »So, Herr Svoboda, ich will zunächst wissen, wer die Frau war, die aus dem Haus ging, als wir bei Ihnen waren. Und erzählen Sie mir nicht irgendeinen Schrott, den ich eh nicht glaube.« Er sah ihm mit stechendem Blick fest in die Augen. »Also, wer war sie?«

Svoboda fuhr sich mit der Hand nervös über die Stirn. Er zögerte. Nach einer langen Minute der Stille – Kersten schaute ihm immer noch unerbittlich in die Augen – gab er endlich zu: »Es ... es war Claudi Vogt.«

Jetzt fiel es Semmelweiß ein. Ihr aufreizender Gang! Erst bei Schultz in Wiebelsbach und jetzt bei Svoboda! Ganz klar!

Benedikt war ziemlich angeheizt, obwohl er wusste:

Das geht gar nicht, absolut nicht! Er seufzte.

»Vogt? Claudia Vogt? Das ist doch die Nachbarin Buchingers. Die Tochter von Ludwig Schultz«, sagte er.

Kersten fragte ihn leise: »Das Paar bei Schultz? Das Paar, das sich das Motorrad anschaute, als wir dort waren?«

»Richtig!«

Kersten wandte sich wieder an den Tschechen: »Also, was war los?«

Svoboda hob die Arme. »Ja, wir hatten …«

»Mehr will ich nicht wissen«, schnitt ihm Kersten das Wort ab. »Was wollte sie bei Ihnen?«

»Was schon? Sie wollen es doch nicht wissen.« Svoboda verzog zynisch den Mund.

Kersten holte Luft: »Ich frage mal anders. Was wollte sie außerdem noch bei Ihnen?«

»Nichts.« Der Tscheche hob kopfschüttelnd die Schultern.

»Frau Vogt kam doch nicht mir nichts, dir nichts einfach zu Ihnen, um mit Ihnen ins Bett zu steigen«, zweifelte der Hauptkommissar.

»Wenn ich es doch sage.« Svoboda blieb stur.

Benedikt rief beim Erkennungsdienst an. Svobodas Fingerabdrücke waren auf der blauen Mütze und auf dem roten Schlüsseletui nicht zu finden. Er flüsterte Kersten das Ergebnis ins Ohr.

»Tatsächlich?« Kersten schaute Semmelweiß ungläubig an.

»Ja, tatsächlich!«

Anschließend konnte Svoboda das Präsidium verlassen.

»Der verheimlicht uns was«, glaubte der Hauptkommissar. »Diese Claudia Vogt muss noch einen anderen Grund gehabt haben, sich mit ihm zu treffen. Der Koffer könnte eine Rolle spielen.«

»Vielleicht haben wir ihn zu früh gehen lassen«, meinte Benedikt stirnrunzelnd.

»Der läuft uns nicht davon.« Kersten schaute auf. »Lassen Sie Claudia Vogt bringen. DNA und Fingerabdrücke.«

»Gut!« Benedikt nickte, griff zum Telefon.

Felix Hummel und Sina Cohrs gingen zu den beiden Kollegen in den Vernehmungsraum, setzten sich. Hummel meinte nachdenklich: »Der Svoboda und die Vogt. Mein lieber Spitz!« Er grinste: »Einen schlechten Geschmack hat der nicht. Da muss noch mehr gelaufen sein.«

»Worauf willst du hinaus, Hummel? Und was geht dich das an?« kanzelte Kersten ihn ungehalten ab. Wieso mischt der sich ein?

Hummel blieb ruhig. »Naja, Josef, ich denke, dass da noch einige Fakten eine Rolle spielen. Weil, sooo schön ist dieser Tscheche nun auch wieder nicht, dass ihm eine so hübsche Frau nachläuft.«

Kersten strich sich nachdenklich übers Oberlippenbärtchen, meinte süffisant: »Vielleicht hast du ausnahmsweise mal recht, Hummel. Könnte immerhin sein.«

Scheinbar weiß der, dass er gut aussieht, weil er so arrogant ist. So ein Fatzke! Verwundert fragte sich Sina: War ich an dem wirklich mal interessiert?

»Mit Danica Buchinger hatte er, wie er gesagt hat, auch mal eine Beziehung!«, fiel es Kersten ein.

»Siehste, Josef«, grinste Hummel. »Da könnte doch …

»Wir hören uns mal an, was Claudia Vogt zu sagen hat«, unterbrach ihn Kersten.

»Macht das!«, entgegnete Hummel ungerührt.

Kerstens Blick verriet Kommissarin Cohrs, dass er noch immer nicht verwunden hatte, sich von Hummel sagen lassen zu müssen, was er zu tun oder zu lassen habe.

Er wird sich nie daran gewöhnen, dachte sie grinsend.

Claudia Vogt war mittlerweile von zwei Beamten abgeholt und zu Kersten und Semmelweiß ins Präsidium nach Darmstadt gebracht worden. Ihr Mann Karl war außer sich, als die Polizisten seine Frau aufforderten, mitzukommen.

Danica versuchte, Kelly zu erreichen. Sie kam trotz deren Drohungen nicht von ihr los und wollte sie unbedingt wieder treffen.

DIE GEWÄHLTE RUFNUMMER IST UNS NICHT BEKANNT kam es durch ihr Smartphone. Ihr wurde bewusst, das Kelly sich aus dem Staub gemacht hat. Sie war bitter enttäuscht, doch sie wusste auch, dass Kelly sehr unzuverlässig und flatterhaft war. »Genauso wie ich«, musste sie sich eingestehen.

Hummel und Cohrs schauten sich die Vernehmung auf dem Monitor in Drögers Büro an.

»Guten Tag, Frau Vogt. Nehmen Sie Platz.« Kersten schaltete das Mikrofon ein.

Claudia fragte verständnislos: »Warum bin ich hier?«

»Ja, warum sind Sie hier! Können Sie sich das nicht denken?« Der Hauptkommissar lehnte sich zurück, faltete die Hände. Er wartete auf eine Antwort. Die Antwort kam nicht. Wortlos starrte Claudia gegen die Wand hinter ihm.

»Wenn Sie nicht antworten, werde ich Sie immer wieder fragen.« Kersten schaute sie ruhig, jedoch mit durchdringendem Blick an. Erst jetzt hängte sie trotzig ihre Handtasche an die Rückenlehne des Stuhls, setzte sich, legte ihre Ballonmütze auf den Tisch, starrte den Hauptkommissar noch immer wortlos an.

Dieser ignorierte ihre Dreistigkeit, blieb höflich: »Frau Vogt, ich spreche mit Ihnen.« Er war einen Deut lauter geworden.

»Ja, und?«, entgegnete sie jetzt und schaute ihn an. »Sagen Sie mir endlich, was Sie von mir wollen.«

»Okay«, nickte Kersten. »Es dreht sich um den toten Mann, der bei den Bienenstöcken Toni Buchingers zwischen Wiebelsbach und Frau Nauses aufgefunden worden ist. Sie kennen doch die Geschichte. Sie sind schließlich Nachbarn.«

»Ich kenne die Geschichte, ja. Das hat bestimmt jeder in der Region mitbekommen. Was ist daran so spannend?«

Die sieht das sehr locker, dachte Kersten. »Och!« Er winkte ab, fragte plötzlich: »Sie haben eine Affäre mit einem Tschechen namens Pavel Svoboda?« Seine Stimme war jetzt schneidend geworden.

Verflucht! Claudia erschrak, fing sich sofort wieder. Mit gerunzelter Stirn fragte sie: »Wer hat Ihnen denn das eingeblasen?« Grimmig gab sie zurück: »Warum sollte ich? Sie wissen sicher, dass ich verheiratet bin. Sie haben mich doch mit meinem Mann zusammen gesehen, als Sie bei meinen Eltern waren.«

»Ach so, ja. Stimmt!« Kersten grinste anzüglich.

»Mein Vater hat mir später erzählt, warum Sie da waren.«

»Hat er das!«, antwortete Kersten interesselos. Er hob den Kopf, sagte direkt, immer noch mit scharfer Zunge: »Dann waren Sie heute Vormittag nicht bei Svoboda?«

»Nein!«

Mit ernster Stimme fuhr er fort: »Das Dumme ist, Frau Vogt, dass Herr Svoboda uns bereits gesagt hat, dass Sie bei ihm waren. Das ist sehr merkwürdig, doch wir glauben ihm, und nicht Ihnen. Also, warum waren Sie bei ihm? Ich betone noch einmal: Es geht um einen mutmaßlichen Mord!«

Claudia Vogt war schockiert. So ein Shit! Hätte ich es nur gelassen! »Ich sage keinen Ton mehr. Das wird mir jetzt zu bunt.« Sie ergriff die Flucht nach vorne, stand auf: »Ich möchte gehen.«

Benedikt schaltete sich ein: »Wo denken Sie hin, Frau Vogt? Wir brauchen Ihre Fingerabdrücke. Eine DNA-Probe werden Sie uns auch gestatten, oder?«

»Nur weil ich mit Pavel ...«

»Nein, das hat andere Gründe. Nochmal: Es geht um Mord! Jetzt verstanden?«

»Mutmaßlicher Mord, haben Sie vorhin gesagt. Was ja auch stimmt. Es ist doch noch nicht einmal sicher, ob es Mord war. Soviel ich gehört habe, waren da auch Bienen mit im Spiel.« Wütend rief sie: »Also, was soll das alles? Sagen Sie endlich, was Sie von mir wollen!«

»Zunächst wollen wir wissen, warum Sie bei Pavel Svoboda waren.«

Claudia reagierte entrüstet: »Das geht Sie nichts an!«

»Oh doch! Also, warum waren Sie bei ihm?«, wiederholte Benedikt.

Sie verzog ärgerlich das Gesicht: »Es war ein Seitensprung! Weiter nichts! Na und?«

»Nur wegen eines Seitensprungs waren Sie bei ihm? Frau Vogt! Warum glaube ich Ihnen das nicht?« Semmelweiß wackelte mit der Nase, was sie ein wenig verunsicherte. Was für ein Kolben!

»Glauben Sie, was Sie wollen und lassen Sie mich in Ruhe.«

Mit Bestimmtheit sagte sie: »Ich habe nichts Gesetzeswidriges getan. Soviel ich weiß, ist ein Seitensprung nicht gegen das Gesetz und somit nicht strafbar.« Sie wurde gehässig: »Sollten Sie irgendeinen Verdacht gegen mich haben, dann stecken Sie sich den sonst wo hin.«

»Na gut, Frau Vogt«, meinte Kersten gelassen, »wenn Sie uns im Moment nichts zu sagen haben, übernachten Sie heute in einem unserer komfortablen Zimmer. Vielleicht fällt Ihnen morgen mehr ein. Vorher noch die Fingerabdrücke und ein kleiner Abstrich im Mund. Sollten Sie den Abstrich für eine DNA-Analyse verweigern, werden wir eine richterliche Anordnung beantragen. Dann geht es sicher, dauert nur länger.«

»Ich will sofort meinen Anwalt sprechen«, forderte sie laut. »Jetzt gleich!«

»Das wird heute leider nichts mehr. Sie sind nicht sehr kooperativ, also werden Sie bis morgen warten müssen. Mindestens!« Kersten hob die Schultern: »Tut mir leid.«

Sie starrte ihn zorngeladen an, keine Silbe kam mehr über ihre Lippen.

Hummel blickte Cohrs an. Enttäuscht sagte er: »Jetzt wissen wir nicht mehr als vorher.«
Sina nickte. »Vielleicht haben wir morgen mehr Glück.«
»Hoffentlich.«

Nachdem ihr Fingerabdrücke und eine von ihr genehmigte DNA-Probe genommen worden waren, wurde Claudia Vogt in eine Gewahrsamszelle gebracht.

Wenig später rief Lehmann bei Kersten an: »Fingerabdrücke von Claudia Vogt auf dem Schlüsseletui. Klar und deutlich.«

»Alle Achtung, Lehmann, das ging ja flott.« Kersten nickte anerkennend.

»So sind wir halt, flott und präzise!«, antwortete der Chef des Erkennungsdienstes.

»Okay. Immerhin haben wir jetzt schon mal den Beweis, dass Claudia Vogt kürzlich auf diesem Grundstück war.«

Semmelweiß rief Karl Vogt an, teilte ihm mit, dass seine Frau vorerst in Gewahrsam genommen sei.

Karl regte sich furchtbar auf: »Das können Sie nicht

machen«, schrie er. »Was hat sie denn getan?«

»Ich kann Ihnen noch nichts sagen. Wir sprechen morgen nochmal mit ihr.« Er zerkaute krachend ein Pfefferminzbonbon.

»Warum muss sie bleiben? Ich dachte, es wäre nur eine Befragung«, maulte Vogt.

»Es sind laufende Ermittlungen, Herr Vogt. Ich kann noch nichts dazu sagen.«

Schließlich musste Karl Vogt es akzeptieren.

Samstag, 18. Juni

Gleich am Morgen ließen die Ermittler Claudia Vogt erneut zur Vernehmung bringen. Sie sah unausgeschlafen aus, die Nacht in der Zelle schien ihr stark zugesetzt zu haben. Auch würde sie später ihrem Karl erklären müssen, warum sie einsitzen musste, wenn vielleicht auch nur für zwei Tage. Unangenehmer Gedanke. Karl wird sich freuen, dachte sie mit Unbehagen.

Hummel und Cohrs saßen wieder vorm Monitor. Sina hatte mittlerweile akzeptiert, dass in bestimmten Fällen kurzfristig Samtags- oder auch Sonntagsarbeit angeordnet wurde. Oder beides.

Trotzdem war sie jetzt unzufrieden: »Schon wieder ein versautes Wochenende!«

Hummel hob den Zeigefinger: »Na na na!«

Obwohl Kersten und Semmelweiß nicht lockerließen und sie immer wieder mit Fragen attackierten, die zum Teil sehr unangenehm für sie waren, blieb Claudia Vogt bei ihrer Aussage. »Sie müssen mir glauben. Ich war bei Pavel, weil ich Sex mit ihm haben wollte. Mehr war da nicht«, beteuerte sie. »Es war einfach nur ein Seitensprung.«

»Nur mal ein Seitensprung, oder waren Sie öfter bei ihm?«, wollte Semmelweiß jetzt wissen.

Claudia war den Tränen nahe, sie flüsterte: »Nein, es war das erste Mal bei ihm zuhause.«

»Sie haben sich nur einmal mit ihm getroffen? Das kommt mir sehr seltsam vor.«

»Das habe ich nicht gesagt«, erwiderte sie leise. »Ich habe gesagt, dass ich zum ersten Mal bei ihm zuhause war.«

»Sie haben sich also woanders getroffen, wenn Sie ...« Benedikt lehnte sich zurück. »Wo?«

Claudia atmete durch. »Warum sollte ich es Ihnen nicht sagen? Sie bekommen es sowieso heraus.«

»Mit Sicherheit, Frau Vogt.«

»Wir haben uns ab und zu in Buchingers Scheune getroffen.« Sie betonte: »Früher!«

»Ach! Haben Sie sich dort auch mit anderen Männern getroffen, oder war es immer nur Svoboda?«

»Darauf muss ich nicht antworten«, entgegnete sie, jetzt pampig.

Kersten gab Benedikt einen Wink. Sie standen auf, gingen hinaus vor die Tür. »Was die Vogt privat macht, geht uns nichts an, Semmelweiß«, tadelte Kersten seinen Kollegen. »Hier geht es nur um den mutmaßlichen Mord. Sie darf nicht den Eindruck gewinnen, wir seien an ihrem Intimleben interessiert.«

»Sie war mit Pavel Svoboda zusammen. Auch, wie Sie eben gehört haben, in der Scheune! Und das nicht nur einmal«, antwortete Benedikt. »Svoboda ist mordverdächtig. Entsprechend müssen wir mit ihr reden. Vielleicht kann sie dazu beitragen, diesen mutmaßlichen Mord aufzuklären. Vielleicht steckt sie sogar mit drin. Wer weiß?« Seine große Nase wackelte wieder. »Außerdem ist es doch möglich, dass sie auch mit anderen Männern in der Scheune war. Man kann nie wissen, was hinter den Kulissen läuft.«

»Ja, das kann schon sein«, räumte Kersten ein. »Trotzdem geht es uns nichts an, mit wem sie sich trifft oder getroffen hat.« Er sah Benedikt an. *Der hat echt einen riesigen Zinken!*

»Vielleicht hat es miteinander zu tun. Ich meine ... ihr Privatleben mit dem ...« Benedikt zögerte. »Oder so ...«

Kersten hob die Schultern, sie gingen wieder hinein, setzten sich Claudia Vogt gegenüber, die zusammengesunken auf ihrem Stuhl saß. »Nun, Frau Vogt?« Benedikt blickte sie auffordernd an. Sie hob den Kopf, sagte schwermütig: »Ich habe nichts Verbotenes getan. Es war nur ein Seitensprung. Glauben Sie mir.«

»Einer?« Benedikt winkte ab. »Kommen wir zu etwas anderem«, meinte er. »Die Kollegen von der Spurensicherung haben auf dem Grundstück Buchingers ein rotes Schlüsseletui gefunden. Darauf wurden Ihre Fingerabdrücke festgestellt.«

Claudia erschrak. Sie gab sofort zu: »Ja, ich habe so ein Etui gehabt. Ich hatte es für Kleingeld benutzt, Parkgroschen und so. Ich habe es schon vermisst.«

»Wie kommt das Etui auf das Grundstück Buchingers?«, fragte Benedikt weiter.

Sie sah ihn mit feuchten Augen an, fuhr bedrückt fort: »Ich habe vorhin schon gesagt, dass ich mich mit Pavel manchmal in der Scheune auf Buchingers Grundstück getroffen hatte. Das ist lange her. Irgendwann muss ich das Etui dort verloren haben.«

Benedikt schob die Unterlippe vor. »Wie sind Sie darauf gekommen, sich dort mit Svoboda zu treffen?«

»Mein Mann und ich sind, oder besser gesagt, wir waren mit den Buchingers gut befreundet und haben dort hin und wieder gefeiert. Die Hochzeit von Danica und Toni, später Geburtstage. Ich habe auch gewusst, wo der Schlüssel versteckt war.«

»Wussten Toni Buchinger und seine Frau von den

Treffen?«

»Sie haben nie etwas gesagt.«

»Sie haben gesagt, Sie wären mit den Buchingers befreundet gewesen.« Kersten fragte: »Sind Sie es denn nicht mehr?«

»Ich zumindest nicht mehr. Ich weiß nicht, ob Karl und Toni noch Freunde sind.«

»Warum sind Sie es nicht mehr?« Kersten beugte sich nach vorne, faltete die Hände auf dem Tisch.

»Danica hatte eine Affäre mit Pavel. Ich habe davon gewusst, doch wir haben nie darüber gesprochen. Wahrscheinlich hatte sie geglaubt, es würde niemandem auffallen.«

»Ja, und? Ist es das? Niemandem aufgefallen?« Kersten hob die Brauen.

»Zumindest war es mir aufgefallen.«

»Worauf wollen Sie hinaus, Frau Vogt?

»Ich hatte die beiden knutschend hinter der Scheune gesehen, als ich mit meinem Mann nach Frau Nauses spazieren ging. Karl hatte es nicht gesehen. Jedenfalls hat er es nie erwähnt.« Sie räusperte sich, fuhr fort: »So wie es aussah, hatte die Buchinger wieder was mit Svoboda. Als ich sie darauf ansprach, wurde sie aggressiv und schrie mich an, ich solle mich aus ihrem Leben raushalten und sie wolle mich nie wieder um sich herumhaben.« Sie fügte hinzu: »Ich will gar nicht wiedergeben, was die für Ausdrücke gebraucht hat. Das war die Bestätigung für meine Vermutung. Es stimmte, sie hatte wieder was mit Pavel.«

Kersten schürzte die Lippen. »Und Pavel gleichzeitig mit Ihnen.«

»Nein, nicht zur gleichen Zeit. Ich habe vorhin schon gesagt, dass meine Affäre mit Pavel lange her ist.«

»Mhm! Interessant!« Kersten runzelte die Stirn. »Es ist noch nicht lange her, dass sie bei ihm waren.«

»Ich war eifersüchtig, weil er mit Danica wieder was

angefangen hatte. Deshalb war ich zu ihm nach Habitzheim gefahren. Das war eine einmalige Sache. So!« Bitter setzte sie hinzu: »Ich hätte es wissen müssen. Dem war es wurscht, ob die Buchinger oder ich, oder egal wer. Der wollte nur seinen Spaß.«

Und die blonde Sybille! Der Svoboda, der hat's drauf! Mein lieber Herr Gesangverein! Benedikt grinste in sich hinein. Oder Imkerverein?

»Okay, Frau Vogt. Wenn Sie uns noch etwas zu sagen haben, dann tun Sie es jetzt. Sollte noch etwas sein, und glauben Sie mir, wir würden es herausfinden, dann wird es für Sie weitaus unangenehmer.« Kersten schaute sie mit ernstem Gesichtsausdruck an.

Claudia konnte seinem stechenden Blick nicht standhalten, sie zögerte. Nach kurzer Pause gestand sie, dass Toni Buchinger an dem Tag, als er behauptete, einen Toten aufgefunden zu haben, bei ihr zuhause war und es erzählt hatte. Auch, dass sie mit ihm abends zum Grundstück gefahren war, jedoch die angebliche Leiche verschwunden war.

»Warum haben Sie uns das nicht eher gesagt?«, fragte Kersten ruhig.

»Ja, warum wohl?« Sie zuckte die Schultern: »Wir wollten nicht in Verdacht geraten, damit etwas zu tun zu haben.«

»Nochmal!« Kersten ließ nicht locker: »Haben Sie oder ihr Mann in irgendeiner Form damit zu tun?«

»Nein! Ich nicht und Karl auch nicht. Er hat genug Probleme mit seiner Gicht.« Schnippisch fragte sie: »Kann ich jetzt gehen?«

»Nein, leider nicht. Sie sind mordverdächtig. Das Schlüsseletui könnte ein Beweis sein«, antwortete Kersten.

»Was ist denn das für ein Schwachsinn?« empörte sie sich. »Ich will nach Hause. Sofort!«

»Wann waren Sie mit Svoboda das letzte Mal in der

Scheune?«, fragte Kersten unbeirrt weiter.

»Das kann ich nicht genau sagen. Vielleicht vor vier Monaten«, gab sie unwirsch zur Antwort.

»Und wann waren Sie zuletzt auf dem Grundstück Buchingers?« Lauernd legte er die Stirn in Falten.

»Das habe ich eben gesagt. Vor vier Monaten. Danach nicht mehr.«

»Sie lügen, Frau Vogt. Soeben haben Sie noch gesagt, dass Sie mit Herrn Buchinger auf dem Grundstück waren. Und das war am Abend, nachdem er den Toten aufgefunden hatte. Richtig?«

Sie nickte stumm.

»Wenn Sie das Etui vor vier Monaten verloren hätten, wären die Fingerabdrücke ganz sicher nicht mehr so gut auszumachen gewesen«, warf Semmelweiß ein. »Laut Spurensicherung waren die klar und deutlich.«

Zögerlich gab sie jetzt zu: »Ich war am vergangenen Dienstag in der Scheune. Ich hatte vermutet, dass die Buchinger mit Pavel dort war. Ich bin hineingegangen. Danica war noch nicht da. Pavel hat auf der Couch gesessen und auf sie gewartet. Es hat nicht lange gedauert, da stand sie plötzlich in der Tür. Sie können sich denken, was da los war.« Nach kurzer Pause fuhr sie fort: »Da habe ich dann wahrscheinlich mein Schlüsseletui verloren.« Claudia war jetzt wütend. »Ich will meinen Anwalt sprechen.«

»Nicht nötig.« Kersten blickte Semmelweiß an. Benedikt nickte zustimmend.

»Sie können gehen, Frau Vogt«, sagte Kersten ruhig.

Claudia Vogt war überrascht.

Nachdem Claudia Vogt gegangen war, meinte Kersten: »Das mit dem Schlüsseletui ist zu dürftig. Wir haben sonst nichts. Die Staatsanwältin lacht uns aus. Das können wir jetzt nicht brauchen.«

»Das sehe ich auch so«, bestätigte Semmelweiß. Er gab jedoch zu bedenken, dass Claudia Vogt mit Svoboda verbandelt war oder es vielleicht sogar noch sei. »Wir müssen dranbleiben, wir müssen Beweise finden. So schnell wie möglich! Was ist, wenn die Vogt mit dem Svoboda verschwindet? Wie wollen wir es rechtfertigen, wenn sie oder er gemordet hat und wir nichts getan haben?

»Die läuft uns nicht weg«, war sich Kersten sicher. »Und Svoboda auch nicht.«

Semmelweiß blies die Backen auf. »Ihr Wort in Gottes Gehörgang.«

Die Kommissare saßen noch eine Weile beisammen. »Die Buchinger muss her«, Kersten kniff die Augenlider zusammen. »Wenn die mit diesem Svoboda auch rumgemacht hat, kann man der nicht trauen. Überall wo der Name Svoboda erscheint, ist etwas geschehen. Wahrscheinlich Mord bei den Bienenstöcken! Zur selben Zeit sein Verhältnis mit Danica Buchinger!«

»Und vorher mit Claudia Vogt«, ergänzte Semmelweiß. »Und später wieder. Und wahrscheinlich zwischendurch oder gar gleichzeitig mit dieser Sybille. Und wer weiß, mit wem noch! Mann, Mann, Mann!«

»Ja«, entgegnete Kersten. »Wir können ihm nichts unterstellen, doch irgendwie hat der ein Talent, aufzutauchen oder zumindest seinen Namen ins Spiel zu bringen, wo Ungemach droht oder wo bereits etwas passiert ist.« Er schaute Benedikt mit zusammengezogenen Brauen an, bestimmte lautstark: »Also, Semmelweiß, lassen Sie Danica Buchinger am Montag früh auf dem schnellsten Weg hierherbringen.«

»Eines muss ich Ihnen mal sagen, Herr Kollege. Ihr Ton ist nicht freundlicher geworden. Ich sage das nur, damit Sie es wissen. Vielleicht merken Sie es gar nicht, wenn Sie andere Menschen verärgern.« Benedikt war sauer.

»Sorry«, war Kerstens kurzer Kommentar.

»Geben Sie sich keine Mühe. Es wird sich eh nichts ändern«, antwortete Benedikt.

»Ui, der Semmelmann! Jetzt hat er es ihm aber gegeben. Er war ganz schön resonant, oder?« Hummel nickte erfreut, sah Sina an. Die schmunzelte: »Respekt, Benedikt!« Sie runzelte lächelnd die Stirn: »Sie meinen resolut, Herr Hummel, oder?«

»Mein Gott, sind Sie heute wieder pingeling!«

»Wenn schon, dann *PINGELIG*!«, korrigierte Sina ihn, wieder lächelnd.

Er winkte ab, fuhr fort: »Bleiben wir bei der Sache. Der Svoboda! Der hat Dreck am Stecken.«

»Gut möglich.«

Claudia war froh, diese unschöne Angelegenheit hinter sich gebracht zu haben. Auch war ihr klar, dass ihr Mann wissen wollte, weshalb sie einsitzen musste.

Als sie wieder zuhause war, erzählte sie ihm alles, bevor er Fragen stellte.

Karl Vogt tobte. Er brüllte verbittert: »Von mir aus kannst du sofort abzischen. Was du mir die ganze Zeit über angetan hast, werde ich dir niemals verzeihen.« Er blickte sie zornig an, haute mit der Faust fest auf den Tisch. »Niemals!!!«

Sie blieb.

Fabienne Bonnet hatte Domenico Rosetti mit Liebesentzug gedroht, wenn er diesmal nicht mit ihr das Wochenende in Groß-Umstadt verbringen würde. Der Lust gehorchend ging Rosetti darauf ein. Seiner Freundin hatte er erzählt, er müsse auf Geschäftsreise nach Italien. Melinda vermutete zwar, dass Domenico mit Fabienne schlief, doch es war für sie unbedeutend. Solange der mir ein so bequemes Leben bietet, kann er machen, was er will, schmunzelte sie.

Domenico und Fabienne waren in Groß-Umstadt in einem Restaurant am Marktplatz zum Essen. Es war ein sternenklarer, milder Abend, man konnte gemütlich bei einem Glas Wein im Freien sitzen. Sie waren bester Laune. Ganz besonders Fabienne, denn sie glaubte, Domenico habe sich nun für sie entschieden.

Später genossen sie den Rest des Abends auf der Terrasse seines Hauses, tranken Rotwein und Grappa.

Dann tat Fabienne etwas, das sie besser gelassen hätte. Nach einigen Gläsern warf sie Domenico vor, dass er immer noch mit Melinda zusammen sei. Rosetti reagierte äußerst unwirsch. »Das geht dich nichts an! Das ist meine Sache!«, sagte er mit erhobenem Ton.

»Und doch geht es mich was an!«, gab sie trotzig zurück. »Wer macht dir den Haushalt und kümmert sich sonst um alles? Melinda?«

Er sagte nichts, schaute sie nur böse an.

»Nur um mit dir ins Bett zu gehen, bin ich mir zu schade«, maulte sie. »Lass in Zukunft die Finger von dieser Bitch.«

Nun wurde er laut. »Bitch? Fragt sich, wer die Bitch ist. Du hast doch alles, was du brauchst. Was willst du denn noch? Du hast doch den Himmel auf Erden bei mir!«

Fabienne sprang von ihrem Stuhl auf, fuhr ihn an: »Du bist ein furchtbarer Egoist, du denkst immer nur an dich. Trampelst immer nur auf meinen Gefühlen herum.« Mit einem Wisch fegte sie Flaschen und Gläser vom Tisch, so dass diese auf den hellbraunen Fliesen in tausend Scherben zersprangen. Ihre dunklen Augen funkelten bedrohlich. »Du ekelst mich an«, schrie sie mit sich überschlagender Stimme, schlug ihm mit der flachen Hand ins Gesicht.

»Du glaubst, du kannst dir kaufen, was du willst, ohne Rücksicht auf andere zu nehmen.«

»So, jetzt reicht's!« Wütend packt er sie an den Hüften, drehte sie zur Terrassentreppe, herrschte sie an: »Du verschwindest auf der Stelle!« Grob fügte er hinzu: »Und wage nicht, bei mir noch einmal aufzutauchen. Ich will dich nie wiedersehen. Gib mir sofort die Hausschlüssel und die Autoschlüssel.«

Zornig warf sie den Schlüsselbund auf den Tisch. »Du blöder Idiot!«, schrie sie. »Erstick an deinem Geld!«

»Verschwinde, du dumme Tusse!« Er stieß sie brutal die Treppe hinunter, ging zurück ins Haus, schloss die Tür.

Fabienne verließ das Grundstück, voller Wut sagte sie leise: »Das hast du nicht umsonst getan, du Scheusal. Das wird dir noch leidtun.« Mit vernichtendem Blick schaute sie hoch zum Haus. Das gedämpfte Licht auf der Terrasse brannte noch, als sie mit zitternder Stimme über Smartphone ein Taxi rief.

Eine gute Stunde später war sie in Frankfurt, wo sie mit einem Zweitschlüssel, den sie hatte anfertigen lassen, in Rosettis Haus ging, ihre Sachen packte und mit dem wartenden Taxi verschwand. Unterwegs war sie zu einem Entschluss gekommen. Leise sagte sie vor sich hin: »Das war noch nicht alles, Rosetti. Ganz sicher nicht!«

Danica hatte mehrfach versucht, Kelly auf dem Smartphone zu erreichen. Keine Verbindung!

»Verdammt! Was ist los mit der?«

Sie zündete sich eine Zigarette an, beruhigte sich langsam, dachte: Vielleicht ist es besser so.

Sie hatte nie wieder etwas von Kelly gehört. Kelly O'Donegan war abgetaucht. Wahrscheinlich aus Angst, Danica könne über sie *AUSPACKEN*.

Montag, 20. Juni

Zwei Streifenpolizisten brachten Danica Buchinger ins Polizeipräsidium. Kersten und Semmelweiß erwarteten sie. Felix Hummel und Sina Cohrs hatten wieder ihre Plätze am Monitor eingenommen.

Frech und laut betrat Danica den Vernehmungsraum: »Was soll ich hier?«, maulte sie.

»Mäßigen Sie sich, Frau Buchinger, nehmen Sie Platz.« Benedikt machte eine einladende Handbewegung zum Stuhl.

Unwillig setzte sie sich, fuhr sogleich die Ermittler an: »Was wollen Sie? Ich habe zu tun. Schließlich haben wir ein Geschäft. Mein Mann schafft das nicht allein.«

Kersten wollte ihr den Schneid abkaufen. »Moment, Frau Buchinger. Ihr Sohn wird ihm helfen. Es ist gut möglich, dass Sie hier übernachten werden.«

»Niemals!« Sie war keineswegs ruhiger geworden. »Niemals werde ich mich von Ihnen einsperren lassen.« Sie haute auf den Tisch, bekräftigte lautstark: »NIKAD U ŽIVOTU! – Nie im Leben!«

Kersten schob das Mikrofon näher zu ihr hin. »Sie können mit normaler Lautstärke sprechen, Frau Buchinger. Sie müssen nicht schreien. Und auf den Tisch hauen müssen Sie auch nicht. Beides mögen wir nicht.« Er verschärfte seine Stimme: »Haben wir uns verstanden?«

Danica blickte ihn entgeistert an. Er nickte, erwiderte ihren Blick mit zusammengepressten Lippen. Sie sah jetzt gegen die Decke, zeigte sich völlig gleichgültig.

»Sie hatten ein Verhältnis mit Pavel Svoboda?«, schoss Kersten die erste Frage ab.

»Was?« Danica fuhr von ihrem Stuhl hoch. »Was behaupten Sie da? Das ist ja wohl die Höhe!«, zeterte sie.

»Nicht so laut!« Kersten deutete erst aufs Mikrofon,

dann auf ihren Stuhl: »Setzen Sie sich wieder.« Nach kurzer Pause setzte er die Befragung fort: »Sie hatten also nichts mit Pavel Svoboda?«

Die Kroatin lief puterrot an, fuhr sich unsicher durch die langen Haare. »Nein!«, presste sie hervor. Sie wurde zunehmend nervöser.

»Kennen Sie Svoboda?«, fragte nun Semmelweiß. Angespannt rieb sie sich die Stirn. »Ja, ich kenne ihn von Veranstaltungen und Ausflügen mit dem Imkerverein.« Erregt zischte sie: »Ist ja wohl nicht zu vermeiden, wenn mein Mann im gleichen Verein ist wie er.«

»Hatten Sie nie irgendwelchen persönlichen Kontakt mit Svoboda? Auch nicht bei Ausflügen oder ... sonst wie?«

»Was meinen Sie? Glauben Sie etwa, ich sei meinem Mann wegen dieses Tschechen untreu gewesen?«

Benedikt hob die Schultern leicht an: »Das weiß ich nicht. Deswegen frage ich Sie. Wir haben erfahren, dass Sie zumindest mal etwas mit ihm hatten. Ein Verhältnis, oder wie Sie es nennen mögen.«

»Das kann nur von dieser Schlampe kommen. Von wem sonst?« Sie war wieder laut geworden, Kersten ermahnte sie wiederholt: »Leiser!«

Benedikt nahm den Faden wieder auf. »Von welcher Schlampe sprechen Sie?«

Sie starrte stumm auf den Tisch.

»Na, Frau Buchinger, wer ist die Schlampe?«

Danica hatte ihre Dreistigkeit verloren, stützte schluchzend den Kopf in beide Hände, Tränen liefen ihr übers Gesicht. Benedikt reichte ihr ein Taschentuch. Schniefend schnäuzte sie die Nase und wischte sich die Tränen ab. Fast tat sie ihm leid. Dennoch fragte er unerbittlich weiter: »Ist es Claudia Vogt?«

Deprimiert hob Danica den Kopf: »Wenn Sie es schon wissen.«

»Ich möchte es von Ihnen hören.«

»Ja, es ist Claudia. Wir waren mal Freundinnen, das hat sich zerschlagen«, gab sie leise zu.

»Warum wurde diese Freundschaft zerstört? Was war passiert?« Benedikt stützte die Ellbogen auf die Lehnen des Bürosessels, faltete die Hände. »Es ging um Svoboda, richtig?«

»Ja.« Sie nickte mehrere Male.

Nun erzählte sie, sie habe vor wenigen Tagen Claudia Vogt und Svoboda in der Scheune erwischt. »Ich habe daraufhin beide rausgeschmissen.« Sie zögerte: »Und ich habe ihnen gesagt, dass ich nichts mehr mit ihnen zu tun haben will.«

Die Kommissare hatten gespannt zugehört. Kersten sagte: »Nochmal! Sie hatten mal ein Verhältnis mit Svoboda?«

»Ja.« Danica senkte den Kopf. Der Hauptkommissar schürzte die Lippen, meinte: »Und später hatten Sie wieder eine Affäre mit ihm?«

Sie überlegte krampfhaft, wollte Zeit gewinnen. »Ja! Pavel hatte mir mal einen Gefallen getan und ... na ja, ich habe ihm angeboten, dass er manchmal zu mir kommen könne und wir ... Sie wissen schon. Für mich war es nicht mehr wichtig, doch ich hatte es ihm versprochen.«

»Wegen des Gefallens. Soweit klar.« Kersten nickte. »Ein großmütiges Versprechen.«

»Vielleicht. Seit dem Vorfall in der Scheune ist diese Affäre vorbei. Ich war mit ihm verabredet, hatte mich verspätet. Als ich dann hinkam, hielt er Claudia im Arm.«

»Verstehe!« Kersten fragte geradeheraus: »Was war das für ein Gefallen, den Svoboda Ihnen getan hatte?«

Plötzlich erkannte Danica, dass sie auf dem besten Weg war, sich selbst zu verraten. »Das ist doch egal«, antwortete sie schnell mit immer röter werdendem Gesicht.

»Auch wenn es für Sie egal ist, möchte ich es gerne

wissen. Also, was war das für ein Gefallen?«

Sie rutschte unruhig auf ihrem Stuhl hin und her. Was, zum Teufel erzähl ich dem jetzt?

Hauptkommissar Kersten blickte ihr in die Augen. Was für ein herrliches Blau. Mit sonorer Stimme fragte er erneut: »Frau Buchinger, welchen Gefallen hat Herr Svoboda Ihnen getan, weil Sie ihm etwas angeboten haben, das Sie eigentlich gar nicht wollten?« Er korrigierte sich: »Pardon, ich muss mich verbessern. Sie sagten, für Sie sei es nicht wichtig gewesen.«

»Das ist ein Unterschied«, eiferte sich Danica.

»So?« Kersten lächelte süffisant. »Na gut, erzählen Sie«, forderte er sie auf.

Danica begann zu schwitzen, unter ihren Achseln bildeten sich dunkle Schweißflecken. Sie wischte sich aufgeregt über die Stirn, holte eine Packung Marlboro aus der Handtasche. Kersten deutete auf die Packung: »Rauchverbot!«

Die Augen verdrehend steckte sie die Zigaretten wieder weg, trocknete die feuchten Hände an ihrer Jeans ab, indem sie sich mehrfach nervös über die Oberschenkel strich.

Dieser Arsch von Kommissar! dachte sie zornig. TAKVO SRANJE! –So ein Scheiß! Die Wut stand ihr buchstäblich ins Gesicht geschrieben.

Kersten schaute ihr noch immer in die Augen. Sie wandte sich ab.

»Frau Buchinger«, schaltete sich Semmelweiß ein, »ich würde Ihnen empfehlen, reinen Tisch zu machen. So kommen wir nicht weiter, und Sie auch nicht. Wir werden Sie hierbehalten, wenn Sie nicht endlich sagen, was das für ein Gefallen war, den Ihnen Svoboda getan hatte.« Er ließ ihr Zeit, sie kratzte sich angespannt an der Wange, sagte zunächst nichts. Plötzlich rief sie: »Ich will mit meinem Anwalt telefonieren.«

»Ja, selbstverständlich«, antwortete Benedikt geduldig. »Später!«

»Jetzt!«, schrie Danica.

Benedikt ließ sich nicht darauf ein. Mit schneidender Stimme schnarrte er: »Später! Sagte ich eben. Später! Sie haben mich doch verstanden! Und ihre Lautstärke sollten Sie um einiges runterfahren.«

»Ist ja gut!«, gab sie unwillig zur Antwort. Sie spürte wohl, dass es so nicht ging. »Ich sage nix! Gar nix! Und ohne meinen Anwalt schon dreimal gar nix! Verstehn?« Bestimmend sagte sie: »Ich will nach Hause. Sie haben nichts gegen mich in der Hand, also kann ich gehen.« Entschlossen stand sie auf.

»Moment, Frau Buchinger, so einfach ist das nicht. Wir werden sie vorerst hierbehalten«, bemerkte Semmelweiß freundlich.

»Das können Sie gar nicht«, behauptete Danica überlegen grinsend.

»Oh doch! Und ob wir das können.« Benedikt nickte.

»Das glaube ich nicht«, schrie sie zornig. »Sie bluffen!«

»Wie Sie meinen.« Semmelweiß winkte dem uniformierten Kollegen an der Tür. Dieser brachte die laut reklamierende Kroatin zur Spurensicherung, wo sie erkennungsdienstlich behandelt wurde – die üblichen Fingerabdrücke und Bestimmung der DNA. Anschließend brachte er sie in eine Gewahrsamszelle.

Semmelweiß rief bei Buchinger an, informierte ihn, dass dessen Frau zunächst in Gewahrsam genommen würde.

»Das ist nicht möglich!«, rief Toni empört in den Hörer. »Sie hat nichts getan. Das wüsste ich!«

»Sie wird morgen nochmal vernommen. Momentan kann ich Ihnen noch nichts sagen.«

Toni schnaufte hörbar durch, legte enttäuscht das Telefon auf die Station.

»So«, entschied Kersten, »jetzt lassen wir Svoboda noch einmal bringen. Mit dem stimmt was nicht. Schicken Sie eine Streife los, Semmelweiß.«

Benedikt schaute auf seine Armbanduhr. »Ich wollte heute mal früher weg!«, meinte er widerwillig. »Ich habe ein paar Dinge zu erledigen.«

»Machen Sie das ein andermal«, schnauzte Kersten ihn an. »Lassen Sie den Tschechen antanzen!«

Dieser erneute Befehlston gefiel Benedikt überhaupt nicht. »Geht's auch mit normalem Ton, Herr Kersten?«

»Hätten Sie die Güte, Herrn Svoboda bringen zu lassen?« Kersten grinste perfide: »Besser so?«

Benedikt gab keine Antwort. Er hatte sich auf die rüde Art Kerstens eingestellt.

Dieser fragte: »Wo arbeitet der nochmal? Er hatte es doch gesagt, als wir bei ihm zuhause waren.«

»Ja, das hat er.«

»Wissen Sie auch noch, was er gesagt hatte?«

»Ja. Sie nicht?«

Kersten spürte den Widerstand Benedikts. »Nein. Ich nicht, Semmelweiß«, musste er stirnrunzelnd zugeben. »Also, wo arbeitet er?«

»Baufix, Aschaffenburg. Das ist sein Arbeitgeber. So viele Baufixe wird es in Aschaffenburg wohl nicht geben.«

»Baufix & Fertig!«, fiel es Kersten ein. »So hatte er gesagt.«

»Stimmt«, entgegnete Benedikt, suchte im Internet die Telefonnummer der Baufirma raus. Er rief dort an, fragte nach, wo Svoboda zurzeit zu finden sei.

Pavel Svoboda arbeitete derzeit in Darmstadt-Kranichstein, wo Fundamente für einen Wohnblock betoniert wurden.

Benedikt wies eine Funkstreife an, ihn auf der Baustelle aufzusuchen und sofort ins Präsidium zu bringen. Svoboda war nicht erfreut über diesen Besuch, leistete jedoch keinen Widerstand. Die müssen mich eh wieder freilassen.

Pavel Svoboda war absolut davon überzeugt, dass ihm nichts nachgewiesen werden könne.

Mit spöttischem Grinsen stieg er in den Streifenwagen ein.

Josef Kersten hatte sich einiges von der Vernehmung des Tschechen versprochen. Er wurde bitter enttäuscht. Was er auch für Fragen stellte, Svoboda blieb stumm wie ein Fisch, spielte mit seinen Fingern und schaute ihn freundlich an.

Der Hauptkommissar tobte innerlich, konnte sich dennoch beherrschen. Er versuchte, auf die sanfte Art von dem Tschechen Informationen zu bekommen, was ihm in dieser Phase sehr schwer fiel. Dieser sagte noch immer nichts, ließ Kersten einfach reden, blieb eiskalt. Es schien ihn alles nicht sonderlich zu berühren. Er verlangte noch nicht einmal nach einem Anwalt. Svoboda war sich seiner Sache sicher. Hundertprozentig sicher!

»Vergessen Sie die blaue Kappe nicht«, äußerte Kersten und schaute ihn lauernd an. »Die gehört Ihnen, nicht wahr?«

»Das glaube ich nicht«, antwortete Svoboda gleichgültig. »Ich hatte mal eine blaue Kappe, das stimmt. Es war 'ne Schiebermütze. Wie ich Ihnen schon einmal gesagt habe, weiß ich nicht, wo die abgeblieben ist.«

»Soso, das wissen Sie nicht? Es war keine von diesen ...« Kersten musste kurz überlegen, »von diesen Base-Caps?«

»Schiebermütze! Habe ich doch gesagt!« Der Tscheche grinste überheblich: »Batschkapp! Vielleicht verstehen

Sie das besser, Herr Kommissar.« Seine Stimme triefte vor Ironie, er genoss den Moment. Die können mir garnix!

»Ich habe mir eine neue Mütze gekauft. Diesmal tatsächlich eine Base-Cap, auch in blau, passend zu meiner neuen Jacke.« Pavel lächelte selbstsicher. »Nur für den Fall, dass Sie das auch interessiert.«

»Ihre neue Jacke ist mir egal!«, knarzte Kersten verdrossen. Batschkapp! Mist! Wenn das so weitergeht, werde ich Zweiter, dachte er wütend. Er verfluchte Hummel. Zum einen, weil dieser bestimmte, was er zu tun hatte, zum anderen, weil er ihm diesen absolut katastrophalen Fall angedreht hat. »Sie werden hier übernachten, Herr Svoboda. Vielleicht fällt Ihnen ja noch etwas ein.« Kersten ließ den Tschechen in eine Gewahrsamszelle bringen.

Die können mir garnix, dachte Svoboda erneut, als sich die Zellentür geschlossen hatte. Und von wegen, mir fällt noch etwas ein! Er streckte den Mittelfinger hoch. Nicht mit mir! Morgen bin ich draußen.

Semmelweiß ging nach nebenan, telefonierte mit Lehmann. Er wollte das Ergebnis der DNA-Analyse von Svoboda wissen.

»Ich wollte gerade bei euch anrufen. Die blaue Kappe weist keine Spuren von Pavel Svoboda auf. Keine Fingerabdrücke, keine DNA-Spuren. Also nichts!«

»Das ist sicher, Hennes?«, fragte Benedikt ungläubig. Seine wulstigen Lippen bebten.

»Todsicher!«

»Okay. Die DNA-Analyse von Danica Buchinger ist noch nicht durch?«

»Nein, das dauert mindestens noch bis morgen. Ich melde mich.«

»Danke, Hennes.«

»Nicht dafür.«

Semmelweiß ging zurück in den Vernehmungsraum, erzählte Kersten, was er soeben von Lehmann erfahren hatte.

»Verflucht!«, entfuhr es Kersten. »Wir müssen Svoboda schon wieder freilassen.«

»Richtig! Wir haben nicht einen einzigen klaren Beweis.«

»Ich traue ihm trotz allem nicht über den Weg.«

»Ich auch nicht.«

»Vielleicht sagt er morgen früh etwas, das uns weiterbringen kann«, hoffte er.

Semmelweiß zuckte die Schultern.

Sina ließ zwei Tassen Espresso aus der Maschine laufen, setzte sich mit Hummel an den runden Tisch in Drögers Büro.

»Der Svoboda!«, schnaubte Hummel. »Der Svoboda, der Svoboda!« Er rieb sich mit den Fingerspitzen die Stirn, schaute versonnen zum Fenster hinaus. »Wenn wir den schon mal hier zu Gast haben.«

»Ja, und?« Sina wurde ungeduldig. Wieder mal einer seiner rätselhaften Sätze, dachte sie und runzelte die Stirn.

»Es könnte doch sein, dass Svoboda dieser Typ war, den Paul Schöne auf dem Grundstück Buchmüllers gesehen hat, oder?«

»Buchinger!!!« Sina nickte. »Ja, klar«, antwortete sie. »Wenn Svoboda diese Scheune kennt, dann wäre das möglich.«

»Und dann ... dann könnte es doch sein, dass Svoboda Paul Schöne auch gesehen hat«, spann Hummel seine Idee fort.

»Theoretisch ja. Könnte sein.« Sina nickte leicht mit dem Kopf.

Hummel stand auf, ging in den Vernehmungsraum

zu Kersten und Semmelweiß. »Ihr dürft den Svoboda noch nicht gehen lassen. Mir ist noch etwas eingefallen.«

»Ach ja? Was ist dir eingefallen, Hummel?« Kersten schaut ihn ironisch an.

»Möglicherweise hat der etwas mit dem Giftmord an Paul Schöne zu tun. Vielleicht ist er sogar der Mörder.«

»Wenn du meinst, Hummel.« Kersten zuckte gleichgültig die Schultern.

»Ja, Josef, ich meine!«, antwortete Hummel energisch, ging zurück, sagte zu Sina: »Wir werden uns morgen Svoboda vornehmen.«

»Morgen erst?« Sina schaute ihn fragend an.

»Mhm!«, nickte Hummel. »So!«, sagte er plötzlich, »wir machen Feierabend. Rembrandt wartet.« Felix Hummel nahm seine Tasche und ging.

»Heute Abend habe ich nichts vor.« Sina war ungehalten. »Wir hätten den Svoboda noch vernehmen können. Aber nein, der Herr Hauptkommissar hat ja neuerdings einen Hund, um den er sich kümmern muss«, murrte sie. »Ich darf dann mal wieder samstags oder sonntags ran, *WENN* ich etwas vorhabe. Und dann ist wieder schönes Wetter ... und dann ... ach, es ist doch alles Mist!«

Dienstag, 21. Juni

Um 8.00 Uhr erwarteten Josef Kersten und Benedikt Semmelweiß Danica Buchinger im Vernehmungsraum. Sie hatten beschlossen, Svoboda noch eine Weile schmoren zulassen.

Wenige Minuten später wurde Danica von einem Beamten gebracht, sichtlich gezeichnet von einer unruhigen Nacht. Unter ihren Augen lagen dunkle Schatten, das hübsche Gesicht zeigte deutlich, dass sie kaum geschlafen hatte. Die langen schwarzen Haare hatte sie zu einem Pferdeschwanz gebunden. Wortlos nahm sie den Hauptkommissaren gegenüber Platz, legte erschöpft den Kopf in den Nacken, starrte emotionslos gegen die Decke. Die Ermittler spürten, dass sie eine Menge ihrer gestrigen Energie verloren hatte.

»So, Frau Buchinger«, begann Kersten, »was haben Sie uns zu sagen?« Er lehnte sich gelassen zurück, spielte mit einem Kugelschreiber.

Wie die Moderatorin von dieser Talkshow, dachte Benedikt. Ihm fiel weder ihr Name noch der Name der Talkshow ein. Er wusste nur, dass er die Moderatorin mit ihrem Kugelschreiber und die Sendung nicht mochte.

Danica starrte immer noch gegen die Decke, sie war sich nicht mehr sicher, ob sie schweigen sollte oder nicht. *Haben die mit Pavel gesprochen? Wenn ja, was hat er ihnen erzählt?* Leise murmelte sie: «JEBEŠ IGRU!«

»Sprechen Sie deutlicher und vor allem Deutsch. Mein Kroatisch ist nicht so gut.« Kersten war übelgelaunt. Auch er hatte offensichtlich schlecht geschlafen.

Danica wurde lauter. »Scheißspiel!« Sie schaute ihn verächtlich an: »Gut?«

»So, Frau Buchinger!«, polterte Kersten los, »dieses Hin und Her geht mir sowas von auf die Nerven. Wir sind hier nicht auf irgendeinem Frühschoppen. Hier geht es wahrscheinlich um Mord! Haben Sie mich gut verstanden? Um Mord! Ihr Mann hat einen Toten bei seinen Bienenstöcken liegen sehen. Und wie Ihnen bekannt sein dürfte, war er nicht der Einzige, der ihn dort gesehen hat. Das war nicht irgendein Gegenstand, das war ein toter Mensch, kapiert? Und dieser tote Mensch ist verschwunden.« Er stand auf, stellte sich neben sie, beugte sich zu ihr hinunter, starrte ihr aggressiv ins Gesicht: »Nur damit Sie es wissen: Sie gehören zum Kreis der Mordverdächtigen!«

»JEBEŠ IGRU!« Sie rollte die Augen. »ALI STVARNO! – Aber echt!«

Danica Buchinger blieb stur, ließ nichts verlauten, das den Ermittlern hätte weiterhelfen können.

Trotz wiederholten lauten Protestierens wurde sie zurück in die Gewahrsamszelle gebracht. Mit schriller Stimme schrie sie: »Ich will meinen Anwalt sprechen! ODMAH! –Sofort!«

Die Kommissare gaben keine Antwort.

Svoboda war inzwischen zu Hummel und Cohrs gebracht worden. Selbstsicher grinsend saß er den Ermittlern in Drögers Büro gegenüber. »Sie wollen sicher über den Schaden sprechen, den Sie an meinem Auto angerichtet haben, Herr Hummel. Ich habe leider noch keinen Termin in der Werkstatt. Nach der Reparatur lasse ich Ihnen die Rechnung zukommen.«

»Das können Sie gerne tun, doch das ist nicht der Grund, weshalb ich mit Ihnen sprechen möchte. Es gibt noch etwas, und zwar etwas Wichtigeres als die kleine Delle an Ihrem Lada.«

»Was soll es noch geben?« Svoboda schüttelte den Kopf.

»Och, da kommt schon noch was zusammen.« Hummel spitzte die Lippen.

»Was wollen Sie noch von mir? Es ist doch alles gesagt«, meinte Pavel, legte lässig die Beine übereinander.

»Das denken Sie, Herr Svoboda. Ich denke, es ist noch lange nicht alles gesagt.« Hummel lehnte sich zurück, verschränkte die Arme.

Seine Kollegin war wieder mal nicht so geduldig wie er. Wie aus der Pistole geschossen behauptete Sina: »Sie haben Paul Schöne vergiftet.« Sie beobachtete Svobodas Reaktion.

Der Tscheche nahm ihre Behauptung gelassen hin, er fragte: »Wer bitte ist Paul Schöne?«

»Sie wissen genau, wer er ist. Sie wissen auch genau, wovon ich spreche.«

»Tut mir leid, ich weiß es eben nicht.« An Hummel gewandt fragte er gelangweilt: »Was meint sie denn?«

»Sie ist der Meinung, ich übrigens auch, dass Sie Herrn Schöne mit einer Giftinjektion getötet haben.« Hummel blickte ihn eisig an. »Haben Sie das getan?«

»Wo denken Sie hin, Herr Kommissar? Ich kenne keinen Herrn Schöne«, erwiderte Svoboda. »So wie es aussieht, haben Sie keinerlei Beweise für Ihre Hypothese.« Er hob die Schultern: »Also, was soll dieser Schwachsinn?«

»Es wird sich zeigen, ob es Schwachsinn ist.« Hummel ließ Svoboda zurück in die Gewahrsamszelle bringen, was dieser mit einem dreckigen Grinsen quittierte.

»Der wird nichts zugeben, Sina«, meinte der Hauptkommissar.

»Ist doch klar, Herr Hummel. Der weiß ganz genau, dass wir nichts gegen ihn in der Hand haben.«

»Ja, so ist es leider. Der hat zumindest mit dieser Mordgeschichte zu tun. Wie auch immer. Das behaupte ich einfach mal. Wir können ihm nichts nachweisen. Noch nicht. Ich werde nicht eher lockerlassen, bis wir Gewissheit haben. Die haben wir nämlich nicht. Absolut nicht.« Verdrossen setzte er hinzu.: »Wir wissen nichts, garnichts!«

»Was machen wir jetzt?«

»Wir werden Svoboda gehen lassen müssen.« Er ballte die Fäuste: »Menschenskind, Sina, das passt mir überhaupt nicht!«

»Irgendwann macht er einen Fehler. Dann kriegen wir ihn«, sagte Sina zuversichtlich. Hummel schaute sie zweifelnd an.

»Doch, Herr Hummel. Wir kriegen ihn.«

»Ich hoffe, Sie haben recht.«

Er rief Kersten an, teilte ihm seine Vernehmung mit dem Tschechen mit. »An Svoboda ist nicht ranzukommen. Es gibt keinerlei Beweise gegen ihn. Wir müssen ihn freilassen.«

»Das ist mir klar«, gab Kersten kurz zur Antwort. Boshaft schob er nach: »Es gibt Leute, die können zwei Sachen gleichzeitig machen. Du kannst noch nicht mal eine Sache gleichzeitig machen. Wir lassen ihn nochmal zu uns bringen. Ich werde schon noch einiges aus ihm herauskitzeln.«

Hummel ärgerte sich nicht, er legte einfach auf.

Kersten grinste verächtlich, Semmelweiß anblickend: »Das habe ich mir gedacht. Der kriegt nichts auf die Reihe, der Hummel.«

Semmelweiß drehte sich weg. Idiot! Er mochte diesen arroganten Kommissar nicht.

Wenig später wurde Pavel Svoboda in den Vernehmungsraum zu Kersten und Semmelweiß gebracht.

Hennes Lehmann war zur gleichen Zeit nochmal zu Buchingers Grundstück gefahren. Die ganze Angelegenheit hatte ihm keine Ruhe gelassen. Was genau er suchte, wusste er nicht, jedoch hatte sich ein merkwürdiges Gefühl bei ihm eingestellt. Ein Gefühl, das erfahrene Polizisten manchmal verspüren … oder auch nicht. Bei ihm jedenfalls hatte sich jetzt ein seltsames Gefühl entwickelt.

Er versuchte, seine Gedanken zu ordnen. Es wurde zwar offiziell keine Leiche gefunden, doch es gibt zumindest mal Hinweise, dass dieser Tote existiert! dachte er.

Er stellte den Dienstwagen vor dem Grundstück ab. Während er über den asphaltierten Weg lief, ging er geistig hoch konzentriert noch einmal alles durch. Das rote Schlüsseletui war klar. Das gehörte Claudia Vogt. Und die blaue Mütze? Die gehörte niemandem von den Verdächtigen ... angeblich! Er kam auf keinen Nenner ... bis er an den Birnbaum kam, vor dem der Tote gelegen haben sollte. An einem Zweig des Baumes flatterte ein rotes Etwas, das, als sie das Gelände durchsucht hatten, nicht zu sehen gewesen war. Nun hing dieses rote Etwas so hoch, dass er nicht umhinkam, den Baum hochzuklettern. Das fiel ihm bei seinem Gewicht nicht gerade leicht, was eigentlich auch nicht verwunderte. *ER ISST JA AUCH EIN BISSCHEN MEHR ALS EIN EICHHÖRNCHEN* (O-Ton seiner Frau Laura.)

Lehmann gelang es, dieses rote Teil – es war ein Stofffetzen – von dem Ast abzunehmen. Langsam kletterte er ächzend vom Baum. Er rieb den bordeauxroten Fetzen zwischen den Fingern. Seide! erkannte er. Nachdem er das Gelände nochmals gründlich abgesucht und außer einem roten Einwegfeuerzeug nichts gefunden hatte, fuhr er zu Toni Buchinger ins Geschäft nach Groß-Umstadt. Kaum war er durch die offenstehende Tür hineingegangen, hatte gegrüßt und sich vorgestellt, fuhr Buchinger ihn schroff an: »Wieso ist meine Frau noch nicht von euch zurück?«

»Ich wünsche auch einen Guten Morgen«, sagte Lehmann zum zweiten Mal, freundlich lächelnd.

»Sie haben meine Frage nicht beantwortet.« Toni sah ihn an.

»Und Sie haben nicht gegrüßt!« Lehmann schaute ihn lächelnd an: »Ist eine Frage der Höflichkeit.«

»Was ist mit meiner Frau? Warum ist sie immer noch bei euch?«, widerholte Toni barsch seine Frage.

»Ihre Frau war wohl nicht sehr kooperativ, Herr Buchinger. Sie wird heute noch mal vernommen.«

»Vernommen! Vernommen! Sie hat nichts getan!«

»Das müssen wir abwarten.« Lehmann gab Buchinger

nicht die Gelegenheit, weiter zu fragen, indem er so-gleich sagte: »Ich bin aus einem anderen Grund hier.«

Buchinger schaute ihn fragend an: »Und warum sind Sie hier?«

»Reden wir nicht lang drum rum, kommen wir gleich zur Sache«, meinte Lehmann.

Toni fragte missgelaunt: »Was für eine Sache?« Er starrte den Hauptkommissar mit offenem Mund an.

Lehmann zeigte ihm das rote Feuerzeug, dass er auf dem Grundstück gefunden hatte. »Gehört das Ihnen?«

Toni schüttelte den Kopf. »Nein, ich rauche nicht.«

»Gehört es Ihrer Frau?«

»Weiß ich nicht.«

»Besitzt Ihre Frau ein rotes Kleid?« Lehmann zog die Stirn in Falten.

»Ihre Fragerei nervt. Was wollen Sie?«

»Besitzt sie ein rotes Kleid oder nicht?«

»Ja«, antwortete Toni gereizt. »Nicht nur eins.« Er zählte an den Fingern ab. »Eins, zwei, drei, oder vier oder gar fünf. Bin mir nicht sicher. Das letzte, ein, ein«, er zauderte, »ein karminrotes habe ich ihr vor einiger Zeit gekauft«, sagte er stolz. »Sie liebt rote Kleider, ganz besonders leichte Sommerkleider. Sie liebt überhaupt alles, was rot ist.« Verlegen fügte er hinzu: »Und ich mag diese feinen, dünnen Kleidchen auch.« Mit verklärtem Blick schwärmte er: »Wenn Sie eines dieser herrlichen Kleider trägt, dann ...« Er brach ab.

»Was?« Lehmann schaute ihn an.

»Was?«

»Na ja, das mit den herrlichen ...«

»Ach so, das! Das wird Sie nicht interessieren.« Toni kratzte sich hinterm Ohr: »Wo waren wir steh ...? Was haben wir gerade ...?« Er schaute den Hauptkommissar ratlos an.

Lehmann merkte, dass Buchinger durcheinander

war. »Sie sprachen über die roten Kleider ihrer Frau.« Er ergänzte: »Die ganz besonders leichten Sommerkleider.«

»Ach so.« Toni wurde zusehends freundlicher, er schien seinen Groll vergessen zu haben, schien vergessen zu haben, dass seine Frau noch immer bei der Polizei Fragen zu beantworten hatte.

»Wissen Sie was, Herr Lehmann?«, meinte er, jetzt gutgelaunt, »es ist im Moment nichts los im Geschäft. Also habe ich alle Zeit der Welt. Wir trinken mal ein kühles Bier, dabei können wir uns in aller Ruhe unterhalten.«

»Danke, nein, Herr Buchinger, ich bin im Dienst.«

»Ach ja, der Dienst. Stimmt! Entschuldigen Sie, ich habe es gut gemeint.« Er sah Lehmann, der sich auf einen Stuhl gesetzt hatte, verwirrt an. »Warum sind Sie eigentlich hier?«, wollte er wissen.

Oha! dachte Lehmann. Leutselig bat er Buchinger: »Würden Sie mir die tollen roten Kleider ihrer Frau mal zeigen?«

Toni reagierte unerwartet ruppig. »Was haben Sie die Kleider meiner Frau zu interessieren?«, fuhr er den Hauptkommissar an. »Das ist ja wohl eine ganz unverschämte Unverschämtheit!« Laut brüllte er: »So eine Unverschämtheit, so eine unverschämte!«

Ein alter Herr, der langsam mit seinem Rollator am Geschäft vorbei zuckelte, blieb stehen, nuschelte: »Der hat wohl ein Rad ab.« Kopfschüttelnd setzte er seinen Weg gemächlich fort.

Buchinger schloss die Augen. Ein paar Sekunden später schaute er Lehmann befremdet an. »Was ist?«

Lehmann schwieg, runzelte nur die Stirn. Nach wenigen Augenblicken hatte Buchinger sich wieder gefangen: »Ach so! Ja! Also gut, kommen Sie mit! Ich sag's Ihnen gleich, ich habe nicht viel Zeit.«

Vorhin hatte er noch alle Zeit der Welt, wunderte sich der Hauptkommissar.

Toni hängte noch eilig ein handgeschriebenes Schild an die Ladentür. BIN IN EINER STUNDE ZURÜCK.

Gut zu verstehen, dachte Lehmann, ganz besonders, weil jeder weiß, wann er das Geschäft verlassen hat ...

Schnellen Schrittes eilte Buchinger voraus, stieg in seinen Wagen und fegte nach Wiebelsbach. Lehmann hechelte hinterher.

»Mein lieber Mann, legt der ein Tempo vor.« Der Hauptkommissar hatte große Mühe, ihm zu folgen.

Buchinger hastete ins Haus, direkt ins Schlafzimmer, gefolgt von Lehmann. Er zeigte dem außer Atem geratenen Beamten den Kleiderschrank seiner Frau.

Es war ein großer Schrank mit vier verspiegelten Flügeltüren, der neben einem Doppelbett die komplette Wand einnahm. Toni zeigte auf den einfacheren, zweiflügeligen Schrank auf der anderen Seite des Bettes. »Das ist meiner.«

Aha! dachte Lehmann. »Reicht völlig aus. Für einen Mann.«, meinte er und grinste.

»Ich brauch nicht viel. Meistens sind es eh nur Arbeitsklamotten.« Tonis Gesicht erhellte sich: »Jetzt zeig ich Ihnen die hübschen Kleider meiner Frau. Einverstanden?«

»Selbstverständlich. Das war meine Bitte«, entgegnete Lehmann.

»Tatsächlich?« Buchinger nickte. »Na gut.« Er öffnete die Türen, breitete die Arme aus: »Bitte sehr! Schauen Sie sich um.«

Mit schon fast peinlicher Ordung hingen die Kleider Danicas im Schrank, exakt nach Farben getrennt. Sommerkleider belegten den ersten Teil des Schrankes.

»Schön, Herr Buchinger«, meinte Lehmann, nachdem er sich die roten Sommerkleider angesehen hatte. »Es hängen jedoch nur drei rote Kleider im Schrank. Sie sprachen von vier, oder gar fünf?

»Vier, oder gar fünf! Habe ich gesagt, ja. Vielleicht sind es auch nur drei. Ich weiß es nicht so genau.« Er schaute Lehmann blinzelnd an: »Kann passieren, oder?«

»Ja, kann passieren, klar.«

»Jedenfalls hat sie schon lange keines der Kleider mehr getragen«, fuhr Toni fort. Er hob die Schultern. »Wann auch? Im Geschäft trägt sie Jeans und Pullis oder Blusen, oder Shirts.«

»Und wenn sie einkaufen geht? Oder sonst irgendwohin?«

»Deshalb zieht sich Danica nicht anders an.«

»Auch nicht, wenn Sie mit ihr ausgehen?«

»Wir waren schon lange nicht mehr zusammen aus.« Er seufzte: »Schade eigentlich. Doch das ist etwas anderes.« Toni versuchte, abzulenken, als sei ihm dieses *ANDERE* peinlich: »Was trägt sie bei euch im Präsidium?« Garstig ergänzte er: »Wo sie ja immer noch ist!«

Lehmann überhörte den letzten Satz. »Jeans«, antwortete er, »abgewaschene, oder wie es auf neudeutsch heißt, stone washed. Und eine rote Bluse.«

»Sehen Sie«, grinste Toni überlegen, seine Verärgerung schien er vergessen zu haben. »Jeans und Bluse! Wie ich gesagt habe.«

»Trotzdem würde ein rotes Kleid fehlen ... oder zwei, wenn es vier oder gar fünf Stück insgesamt sind.« Lehmann schaute Buchinger ernst an. »Wo ist das vierte und das vielleicht fünfte Kleid?«, fragte er vorsichtig.

»Ich weiß es nicht,« raunzte Toni, jetzt wieder garstig. Er schnaubte: »Ich habe wirklich ganz andere Sorgen. Glauben Sie mir!«

Lehmann glaubte ihm und verabschiedete sich.

Zurück im Präsidium ging er schnurstracks zum Vernehmungsraum, wo Kersten und Semmelweiß immer noch versuchten, Svoboda zum Reden zu bringen. Immer noch ohne Erfolg. Lehmann winkte den beiden Kollegen zu: »Kommt ihr mal?«

Auf dem Flur erzählte er, dass er Toni Buchinger aufgesucht und was er in Erfahrung gebracht hatte. Die Ermittler hörten gespannt zu. Er zeigte ihnen die Spurenbeutel mit dem Stofffetzen und dem Feuerzeug, meinte: »Ich bin mir fast sicher, dass dieses Stück Stoff zu einem Kleid der Buchinger gehört. Das Feuerzeug gehört ihr wahrscheinlich auch. Ich muss alles noch überprüfen.«

Kersten bemerkte: »Das wäre ein weiterer, riesiger Schritt nach vorne, Lehmann. Wann, sagten Sie, ist die DNA-Analyse von ihr durch?«

»Die Schnellanalyse vielleicht noch heute«, erwiderte Lehmann. »Dann wissen wir mehr.« Er ging in sein Büro, setzte sich an den PC.

Am Nachmittag wurde Pavel Svoboda erneut wegen Mangels an Beweisen freigelassen.

Kaum war er weg, schlug Semmelweiß sich an die Stirn, schnaufte durch. »Man könnte meinen, man wär bekloppt!«

Kersten blickte ihn verständnislos an. »Schon! Aber warum?«

»Der Koffer von Svoboda!«

»Was ist mit dem?« Kersten verstand nicht. »Es sind Kleidungsstücke drin. Laut SpuSi gibt's da nichts Besonderes«, meinte er lapidar.

Benedikt sinnierte, trommelte mit den Fingern auf seinen wulstigen Lippen. »Kleidungsstücke! Ich denke an das rote Stück Stoff. Das dazugehörende Kleid könnte da drin sein. Immerhin hatte Svoboda mal was mit Danica Buchinger. Das ist zwar schon lange her, wie er sagte. Ich traue ihm nicht. Claudia Vogt sagte auch, dass die wieder was miteinander haben. Die Buchinger kam in die Scheune, als die Vogt mit Svoboda dort war und ...«

»Ob das alles stimmt, was sie uns erzählt hat?«, unterbrach Kersten.

Benedikt hob die Achseln, rief Lehmann an. Der eilte in die Asservatenkammer. Der Koffer stand neben einem Regal auf dem Boden. Er öffnete ihn, es befanden sich Hemden und Pullover darin. Ein bordeauxrotes Kleid, wie er es erhofft hatte, war nicht dabei. Er schaute sich alles genau an ... und fand ein gelbes Hemd, das einen roten Fleck aufwies. Der Hauptkommissar wurde wütend: »Das darf ja wohl nicht wahr sein.« Er schnappte das Hemd und hastete ins Büro seiner Mitarbeiter. Kaum zur Tür drinnen, donnerte er: »Wer hat den Koffer in der Asservatenkammer abgestellt?«

Oberkommissar Gössler starrte ihn fragend an: »Was für einen Koffer?«

»Was für einen Koffer! Mensch, Oskar!«

»Ach, du meinst den braunen Koffer, den die Streife gebracht hatte. Das war ich. Warum regst du dich so auf?«

»Ich reg mich nicht auf!«, schrie Lehmann. »Du müsstest mich mal erleben, *WENN* ich mich aufrege. Warum wurde der Koffer nicht durchsucht?«

»Nun mal langsam, Hennes. Ich habe diesen Koffer wohl durchsucht. Es sind lauter abgetragene Klamotten drin. Sonst nichts«, rechtfertigte sich Gössler. »Das habe ich dir doch gesagt.«

»Sonst nichts?« Lehmann hielt ihm das gelbe Hemd hin. »Und das hier? Hast du das nicht gesehen?«

Gössler lief rot an, als er sich das Hemd anschaute. »Das könnte Blut sein«, stelle er zerknirscht fest. »Das habe ich übersehen. Vielleicht lag es ganz unten und ich habe ... ist jetzt egal.« Er hob die Brauen, sagte schuldbewusst: »Tut mir leid.«

»Es tut dir leid! Oskar, Oskar, wie kann man so etwas übersehen?« Verärgert fuhr Lehmann fort: »Außerdem, warum hast du die Klamotten im Koffer gelassen?« Er wartete die Antwort nicht ab, grummelte: »Ach, lass gut sein!«

Lehmann analysierte den Fleck. Es war Blut. Weiterhin stellte er fest, dass das Blut mit den von ihm zwischen dem Verbundpflaster auf Buchingers Grundstück gefundenen Blutspuren übereinstimmte.

Er rief Kersten an, teilte ihm das Ergebnis seiner filigranen Untersuchungen mit.

»Das wird uns weiterhelfen.« Kersten sagte Semmelweiß Bescheid. »Den Svoboda haben wir zu früh gehen lassen,« meinte er, verärgert über sich selbst. »Wir brauchen ihn nochmal, Semmelweiß«, bestimmte er.

»Der kommt sich verarscht vor, wenn wir ihn schon wieder vernehmen wollen«, meinte Benedikt.

»Ob der sich verarscht vorkommt oder nicht, ist mir ziemlich egal.« Kersten haute bekräftigend auf den Tisch. »Der muss her, und zwar schnell.« Er setzte hinzu: »Eine Streife soll ihn auftreiben. Es ist mir wurscht, wo er sich gerade aufhält. Der muss her! Unbedingt!«

Semmelweiß schickte einen Streifenwagen zur Baustelle nach Kranichstein.

Das Telefon klingelte, Semmelweiß nahm ab, schaltete den Lautsprecher ein. »So, Leute«, verkündete Lehmann, nicht ohne Stolz, »die DNA-Analyse von Danica Buchinger liegt vor. Ich habe sie mit den Spuren auf dem roten Stofffetzen verglichen und siehe da ... Treffer! Das bordeauxrote Kleid ist zwar nicht mehr auffindbar, aber es gehörte ganz sicher, wie ich gleich vermutet habe, Danica Buchinger. Dazu das rote Einwegfeuerzeug! Darauf gibt es allerdings mehrere Fingerabdrücke, nicht nur die der Buchinger. Trotzdem ... wenn das nichts ist!«

»Ich wusste es! Die Buchinger!«, triumphierte Kersten. »Ich habe es gleich gewusst!«

Du hast es gleich gewusst! Wahrscheinlich schon, bevor du die Buchinger gekannt hast, du Depp, dachte Benedikt und lächelte Kersten gönnerhaft an. Dieser nickte ihm überheblich zu: »Na? Gute Arbeit oder gute Arbeit?«

»Ja! Sicher!«, gab Benedikt zur Antwort. »Lehmann hat wieder hervorragend gearbeitet, was mich überhaupt nicht wundert. Von ihm ist man das gewohnt. Und noch was: Spürli hatte mal wieder den richtigen Riecher.« Er nickte Kersten zu.

»Na ja, wenn Sie meinen, Semmelweiß.« Kersten war angefressen. Schroff wies er einen Uniformierten an, erneut Danica Buchinger zu bringen.

Hoffentlich ist der bald wieder von hier verschwunden, der Kotzbrocken, dachte der Beamte beim Weggehen.

»Was ist jetzt mit Svoboda? Der wird bald hier sein«, bemerkte Benedikt.

»Svoboda, Svoboda!« polterte Kersten mürrisch. »Der soll warten. Veranlassen Sie das.«

»Bitte!«

»Wie?«

Benedikt betonte: »Bitte!«

»Ja! Bitte!«

»Geht doch!« Semmelweiß grinste.

Eine knappe Stunde später brachten die Polizisten den verärgerten Tschechen auf Geheiß Benedikts in den Konferenzraum, wo ein uniformierter Kollege neben der Tür Stellung bezog und den laut schimpfenden und meckernden Svoboda laut schimpfen und meckern ließ.

Nicht anders ging es im Vernehmungsraum bei Kersten und Semmelweiß zu, als Danica Buchinger hineingebracht wurde. »Lasst mich endlich gehen, *VI GLUPI PO-LICAJCI,* – ihr blöden Bullen!«, zeterte sie. Ihr ungeschminktes, dennoch schönes Gesicht hatte sich in eine hässliche Fratze verwandelt.

»Nehmen Sie bitte Platz«, sagte Benedikt kühl.

Sie stemmte die Hände in die Hüften. »Was gibt's?«

»Das werden Sie gleich erfahren.« Er wiederholte, jetzt bestimmend: »Nehmen Sie Platz!« Mit gerunzelter Stirn fügte er hinzu: »Und den Ausdruck *VI GLUPI POLICAJCI* habe ich überhört. Sollten Sie sich noch einmal so oder ähnlich ausdrücken, sehe ich das als Beamtenbeleidigung.«

Kersten schaute ihn verblüfft an. Danica ebenfalls. Dann warf sie Benedikt einen boshaften Blick zu, setzte sich widerwillig auf den ihr angebotenen Stuhl am Tisch gegenüber den Kommissaren. Die sahen ihr eine Weile ruhig ins Gesicht, das sich verändert hatte. Die Fratze war verschwunden, Danica schien nunmehr verzweifelt und ratlos zu sein, starrte auf den Fußboden, dachte angstvoll: Was wissen die? Was haben die herausbekommen? Und von wem?

»Es gibt Neuigkeiten, Frau Buchinger«, begann Semmelweiß.

Danica schluckte: »Was für Neuigkeiten?« Sie fummelte nervös in ihrer Handtasche rum, holte eine Packung Zigaretten und ein rotes Einwegfeuerzeug hervor. Bendikt deutete auf die Zigarettenpackung und schüttelte den Kopf. Sie steckte die Packung wieder weg: »*DUBRE!* – Mist!«

Benedikt nickte: »Genau! *DUBRE!*« Er fuhr fort: »Sie mögen wohl die Farbe Rot.«

»Ja«, entgegnete sie einsilbig. »Und?«

Kersten, dem ohnehin nicht passte, dass Semmelweiß ihm vorgegriffen hatte, ergriff nun resolut das

Wort. »Dementsprechend mögen Sie auch rote Kleider.«

»Ja.« Danica blieb einsilbig. Schnell wurde ihr bewusst, was hier geschah. Was haben die gefunden?, dachte sie schockiert. Sie ließ sich ihre Furcht nicht anmerken, blickte den Hauptkommissar bockig an, der entsprechend reagierte: »Es dreht sich um ein rotes Kleid, wie ich eben schon angedeutet habe.«

»Ich habe mehrere rote Kleider«, gab sie frostig zur Antwort.

»Es geht um ein bestimmtes Kleid, nämlich um ein bordeauxrotes. Besitzen Sie ein solches?«

»Nein, ich hatte mal eines, ich habe es in die Altkleidersammlung gegeben.«

»Waren etwa Blutflecken drauf?« Kersten hob leicht den Kopf an.

Sie sagte nichts, starrte wieder auf den Fußboden.

»Machen wir es kurz, Frau Buchinger.« Kersten legte den roten Seidefetzen auf den Tisch. »Gehört das zu einem ihrer Kleider?«

»Nein«, anwortete sie, wieder einsilbig, ihre hübsch geschwungenen, vollen Lippen bebten.

»Hören Sie auf, uns anzulügen. Das Teil gehört zu ihrem bordeauxroten Seidenkleid. Geben Sie es zu.«

»Nein!!!«, schrie sie. »Das ist eine Unterstellung!« Sie lehnte sich zurück, ballte die Hände zu Fäusten, kniff zynisch die Augenlider zusammen. »Haben Sie einen Beweis?«, fragte sie den Hauptkommissar, auf einmal sehr selbstsicher. Jetzt funkelte sie Kersten an: »Ja, Herr Kommissar! Haben Sie den? Sollten Sie das, was Sie behaupten, momentan nicht beweisen können, werde ich hier ohne meinen Anwalt kein Sterbenswörtchen mehr sagen, verstehn?«

Kersten entgegnete: »Selbstverständlich verstehe ich das. Ich habe dazu nicht viel zu sagen, nur so viel: Wir können Ihnen das beweisen. Gleich hier und jetzt.«

Danica wurde wieder unsicher. »Wie denn?«, fragte sie, gar nicht mehr offensiv.

»Ihre DNA ist inzwischen analysiert worden.« Kersten legte eine kurze Pause ein, wollte seine Worte wirken lassen.

»Ja und? Was bedeutet das?« Danica wirkte nach außen hin ruhig, jedoch in ihrem Inneren verspürte sie plötzlich eine furchtbare Angst. Sie wunderte sich über sich selbst, dass sie dieses schlimme Angstgefühl verbergen konnte.

»Das bedeutet«, sagte Kersten mit ernstem Gesicht, »dass auf diesem roten, besser gesagt, bordeauxroten Stofffetzen, der hier vor Ihnen auf dem Tisch liegt, Ihre DNA festgestellt worden ist. Demzufolge besitzen Sie, sorry, besaßen Sie ein bordeauxrotes Sommerkleid aus Seide.«

Danica schnellte hoch: »Ich habe nichts anderes behauptet. Ich habe gesagt, dass ich ein rotes Kleid entsorgt habe.« Ihre Augen sprühten Feuer. Kersten war ehrlich beeindruckt von ihrer Kühnheit. »Ja, das haben Sie. Ist bei einer Auseinandersetzung dieser Fetzen aus dem bewussten Kleid herausgerissen worden, oder was ist passiert?«

Sie gab keine Antwort, starrte erneut auf den Boden. Kersten hielt ihr den Beutel mit dem roten Einwegfeuerzeug vors Gesicht. »Und das gehört auch Ihnen.«

»Nein!«

»Wir haben Ihre Fingerabdrücke darauf gefunden.«

»*NE ZANIMA ME*!«, antwortete sie störrisch.

Semmelweiß beugte sich nach vorne. »Egal wird es Ihnen ganz bestimmt nicht sein.«, sagte er. Kersten blickte ihn erneut verblüfft an. Danica schaute auf, Benedikt fuhr ungerührt fort: »Sie haben den Mann ermordet, dessen Leichnam wir bisher nicht finden konnten. Irgendwann werden wir ihn finden. Dann werden wir ganz sicher Spuren von Ihnen bei ihm feststellen. Wann auch immer das ist. Es ist über Jahre nachvollziehbar.« Er fügte hinzu: »Mord verjährt nicht. Nie!« Entspannt lehnte er sich zurück, deutete zum Telefon: »Sie können jetzt ihren Anwalt anrufen.«

»Ihr könnt mich mal!«, war ihre Antwort, wobei sie den Mittelfinger hochstreckte. Die Beamten grinsten. Danica Buchinger wurde zurück in ihre Zelle gebracht.

»Das wird nicht für einen Haftbefehl reichen«, befürchtete Benedikt.

»Ich weiß es nicht«, antwortete Kersten. »Warten wir ab, was Svoboda uns erzählt. Den werden wir uns jetzt nochmal vorknöpfen.« Verwundert fragte er: »Wo haben Sie Kroatisch gelernt, Semmelweiß? Die war ganz schön baff, weil Sie verstanden haben, was sie gesagt hat. Und ich auch.«

»Ich kann nicht Kroatisch«, antwortete Benedikt schmunzelnd.

»Ach!« Kersten hob den Kopf, zog irritiert die Augenbrauen zusammen.

Wenig später wurde Pavel Svoboda zu den Beamten in den Vernehmungsraum gebracht.

Felix Hummel und Sina Cohrs setzten sich wieder an den Monitor, um die Vernehmung Svobodas zu verfolgen. »Vielleicht sagt der etwas, das uns wegen des Mordes an Paul Schöne interessieren könnte«, hoffte Hummel. Sina wackelte mit dem Kopf: »Höchstens aus Versehen.«

»Da wäre ich mir nicht so sicher, Sina. Ich kenne den Josef. Der mag manchmal ein unbequemer und zynischer Mensch sein, doch er ist ein hervorragender Polizist. Wenn er jemanden in der Mangel hat, gibt er nicht nach.«

Svoboda hatte sich beruhigt. Sein ironisches Grinsen zeigte, dass er sich wieder sehr sicher war und damit rechnete, dass er in wenigen Minuten das Präsidium problemlos verlassen würde. Ohne Aufforderung setzte er sich den Beamten gegenüber, schlug wieder lässig die Beine übereinander.

»Nehmen Sie ruhig Platz, Herr Svoboda.« Semmelweiß ließ sich nicht von dessen Überheblichkeit beeindrucken. »So wie es aussieht, geht es Ihnen gut.«

»Absolut, Herr Kommissar. Wenn Sie mir jetzt noch sagen, was Sie von mir wollen, geht es mir wahrscheinlich noch besser, denn ich habe nichts Unrechtes getan.« Er lehnte sich gemütlich zurück, verschränkte die Arme: »Ich bin bereit.«

»Schön, dass Sie uns schon wieder aufsuchen. Aufsuchen *müssen* sollte ich sagen, denn Sie sind ja von unseren Kollegen persönlich abgeholt worden.«

Svoboda grinste immer noch, gab keine Antwort, schaute gelangweilt auf seine groben Arbeitsschuhe.

Semmelweiß blickte ihn ernst an. »Vorab möchte ich Ihnen raten, einen Anwalt hinzuzuziehen. Sollten Sie keinen haben, kann Ihnen ein Pflichtverteidiger zur Verfügung gestellt werden.«

»Ich brauche keinen Verteidiger«, verkündete Svoboda großspurig. »Das bisschen, das es zu verteidigen gibt, mache ich selbst. Ich habe mir nichts vorzuwerfen.«

»Gut. Sie sind der Meinung, Sie hätten sich nichts vorzuwerfen?« Benedikt schob die Unterlippe vor. »Es mag stimmen, dass Sie der Meinung sind. Wir sehen das anders.«

»So? Was sehen Sie anders?« Svoboda schaute auf, er hatte noch immer das Grinsen im Gesicht.

Kersten holte das gelbe Hemd hervor, legte es vor ihn auf den Tisch, deutete wortlos auf den Blutfleck.

Der Tscheche erstarrte, das Grinsen verschwand, sein Gesicht wurde leichenblass. Er hatte den Blutfleck zwar gesehen, als er das Hemd in den Koffer gelegt hatte, hatte dem jedoch keine Bedeutung beigemessen. Er hatte es längst vergessen. Als Kersten bei der Befragung bei ihm zuhause erwähnte, dass sich Kleidungsstücke im Koffer befinden, war es ihm wieder eingefallen.

Der verfluchte Koffer, schoss es ihm durch den Kopf. *Hätte ich bloß den ganzen Kram verbrannt!*, warf er sich erbittert vor. Er war sich wieder mal zu sicher gewesen. Diese Überheblichkeit drohte ihm nun zum Verhängnis zu werden.

»Nun, Herr Svoboda, ist das ihr Hemd?«, fragte Kersten und schaute ihm mit eisiger Miene in die Augen.

»Was wollen Sie von mir?«, kreischte Pavel und sprang auf.

»Nehmen Sie wieder Platz«, sagte der Hauptkommissar gelassen. Dann wurde sein Ton strenger: »Ich frage Sie noch einmal. Gehört das Hemd Ihnen?«

Svoboda senkte den Blick, flüsterte heiser: »Ja, es ist mein Hemd.«

»Was ist da abgelaufen? Haben Sie den Mann umgebracht, den Buchinger tot aufgefunden hat?«

»Nein, das habe ich nicht getan. Ich bin kein Mörder.« Svoboda schüttelte energisch den Kopf.

»Wer war es dann? Wie kommt das Blut, das laut DNA-Analyse mit dem Blut des Toten identisch ist, auf ihr Hemd?«

Svoboda starrte auf den Tisch. Seine Hände begannen zu zittern. Die Aufregung war ihm anzusehen. Er schien unschlüssig. Die Ermittler warteten ab. Kersten nickte Semmelweiß unmerklich zu. Er war sich sicher, dass Svoboda reden würde. Benedikt schürzte die Lippen, nickte ebenfalls leicht.

Wenn ich denen jetzt nicht die Wahrheit sage, bin ich in ihren Augen der Mörder, dachte Pavel Svoboda verzweifelt. Er wollte kein Verräter sein … allerdings auch kein Mörder. Doch es gab nur eine Konsequenz. Langsam hob er den Kopf, sagte leise: »Okay, ich werde Ihnen alles erzählen.«

Kersten runzelte die Stirn: »Sprechen Sie«, forderte er Svoboda auf. »Wer hat den Mord begangen?«

Svoboda starrte eine Weile auf den Boden, zwei Elemente in seinem Körper kämpften gegeneinander. Eines dieser Elemente musste nachgeben. Unwiderruflich! Entmutigt flüsterte er: »Es war Danica Buchinger.« Er fügte hinzu: »Oder die Bienen.«

»Bienen!« Kersten wiegte den Kopf. »Was für ein Kleid trug Frau Buchinger an diesem Tag?«, wollte er wissen.

Pavel überlegte kurz, sagte leise: »Ein dunkelrotes.«

»Bordeauxrot? Seide?«

»Vielleicht bordeauxrot. Ich kann mit Farben nicht viel anfangen. Ob es aus Seide war, weiß ich nicht. Danica war, als ich in die Scheune kam ... »

»Nackt?«

»Fast nackt!« Svoboda schloss kraftlos die Augen. »Ich habe erst später das Kleid an ihr gesehen. Und, glauben Sie mir, das Kleid hatte mich am allerwenigsten interessiert.«

Kersten fragte weiter: »Was haben Sie für eine Rolle gespielt? Der Blutfleck auf Ihrem Hemd! Irgendwie ist der ja da draufgekommen.«

Der Tscheche zögerte, gestand dann, dass sie bei dem Date in der Scheune von einem dicken Mann, der ihn zusammenschlug, gestört wurden, »Mehr habe ich nicht mitbekommen, ich war bewusstlos geworden. Als ich wieder bei Sinnen war, hat mir Danica alles erzählt.«

»Was hat sie Ihnen erzählt?«

Pavel legte eine kurze Pause ein, sagte dann leise: »Ich habe nicht alles verstanden. Ich war ja noch gar nicht richtig wach. Sie hat etwas von einem Ast und einem Gürtel gestammelt. Bienen kamen auch vor. Fragen Sie sie selbst.« Er schnaufte durch. »Danica hat mich gebeten, den Toten wegzubringen und mir versprochen, sich dafür wieder öfter mit mir zu treffen. Dann ist sie eilig weggefahren. Erst dann war mir bewusstgeworden, dass ich den Toten ohne Hilfe niemals in mein Auto würde heben können. Ich habe sie auf dem Handy angerufen. Sie hat nicht abgenommen.« Er holte tief Luft. »Mir ist dann spontan nur eine Person eingefallen, der ich vertrauen konnte: Milena Horáková. Ich habe sie angerufen, ihr erzählt, was geschehen ist und sie gebeten, mir zu helfen.«

»Claudia Vogt haben Sie nicht versucht zu erreichen?«

Svoboda hob die Schultern. »Warum hätte ich Claudi anrufen sollen?«

»Haben Sie sie angerufen oder nicht?« Kersten blickt ihn scharf an. »Es würde doch naheliegen, dass Sie Frau Vogt um Hilfe gebeten haben. Sie war ja vor kurzer Zeit noch bei Ihnen.«

Zögerlich gab er zu: »Ja, ich habe Sie angerufen. Sie hat gesagt, ich solle mich zum Teufel scheren. Mir wurde dann auch klar, dass sie sehr verärgert war, weil ich wieder mit Danica ...«

»Okay. Wer ist diese Milena Horáková?«

»Milena ist meine Cousine. Sie wohnt in Groß-Umstadt in der Hackersiedlung. Wir haben uns an der Scheune verabredet. Da ich mit dem Fahrrad da war, habe ich erst mein Auto holen müssen. Als ich zurück war, war Milena noch nicht da, ich habe sie erneut angerufen. Sie kam, wir schafften den Toten ins Auto und ich habe ihn weggebracht. Dabei muss wohl das Blut auf mein Hemd getropft sein. Den Ast und den Gürtel habe ich auch mitgenommen.«

»Nur kurz zwischendurch«, bemerkte Semmelweiß. »Ich habe ja schon einmal erwähnt, dass Sie damals gesehen worden sind. Der Mann, der sie gesehen hatte, hat nicht davon gesprochen, dass Sie jemanden transportiert hätten.«

»Das kann schon sein«, erwiderte Svoboda, »ich hatte meinen Autoschlüssel verloren. Deshalb war ich nochmal zurückgelaufen.«

»Verstehe.«

»Wie ist die genaue Adresse ihrer Cousine in Groß-Umstadt?«, fragte Kersten.

»Gustav-Hacker-Siedlung, Glockenwiesenstraße.«

»Hausnummer?«

Der Tscheche nannte die Hausnummer.

»Sie arbeiten bei einem Bauunternehmen und betonieren zur Zeit Fundamente für ein mehrstöckiges Gebäude in Darmstadt-Kranichstein. Haben Sie den Toten dort einbetoniert?«

»Nein, das wäre wohl zu einfach gewesen«, antwortete Svoboda.

»Ich glaube Ihnen nicht. Wir werden alle Fundamente dort, wo Sie derzeit arbeiten, herausreißen lassen.«

»Diesen Aufwand können Sie sich sparen. Ich sage Ihnen, wo ich ihn hingebracht habe.«

»Ich bin gespannt.«

»Ich habe ihn mit Steinen beschwert und bei Koblenz in den Rhein geworfen. Ebenso den Ast und den Gürtel.«

»Hm! Ein nasses Grab«, äußerte Kersten und zog die Brauen hoch.

»Wieso sind Sie so weit gefahren?«, fragte er. »Gernsheim oder Oppenheim beispielsweise ist doch viel näher. Wenn es schon der Rhein sein musste.«

»Ich wollte, dass die Leiche so schnell wie möglich verschwindet. Ein Binnenschiffer aus Mainz hatte mir mal gesagt, dass bei Koblenz die Strömung sehr stark sei«, antwortete der Tscheche.

»Mhm! Und wo genau haben Sie den Mann in den Rhein geworfen?«, wollte Kersten jetzt wissen.

»An der Pfaffendorfer Brücke. Sie glauben nicht wirklich, dass Sie den noch finden.«

»Zerbrechen Sie sich mal nicht unseren Kopf, Herr Svoboda. War Frau Horáková dabei?«

»Nein, sie hat mir nur geholfen, den Toten ins Auto zu hieven. Sie weiß nicht, wo ich ihn hingebracht habe.«

»Sie haben ihn alleine aus dem Wagen heben können?«

»Ich habe ihn herausgezerrt und ins Wasser gerollt.«

»Verstehe.« Kersten spitzte die Lippen. Semmelweiß zog nickend die Mundwinkel nach unten.

Der Kersten mag sein, wie er will, doch er ist echt 'ne coole Socke, dachte Benedikt respektvoll.

»So, Sina, jetzt sind wir dran. Svoboda hat sich nicht verplaudert, was die Ermordung Paul Schönes betrifft. Ich bin mir trotzdem sicher, dass er zumindest etwas damit zu tun hat. Wer sonst hätte Interesse an dessen Tod haben sollen?« Hummel rief Kersten an, sagte ihm, dass er nochmal Svoboda vernehmen wolle. Kersten fragte sich zwar, warum, doch er war einverstanden, ließ Svoboda zu ihm bringen.

»Man müsste Svoboda bewundern, so wie er das alles gemeistert hat.« Benedikt wackelte mit seiner großen Nase.

»Und? Was hat's ihm gebracht?«, entgegnete Kersten unwirsch. Benedikt kam es vor, als sei Kersten neidisch auf Svoboda. Wegen der Frauen. Trottel! Nur weil's bei dir nicht läuft, dachte er. Ihm fiel ein, dass es bei ihm zurzeit auch gar nicht lief. Das mit den Frauen ... und überhaupt ...

»Ich hätte auf Claudia Vogt als seine Helferin getippt,« meinte er.

»Ich auch,« erwiderte Kersten. »Weil sie ihn besucht hatte, war ich mir sicher, dass Claudia Vogt es war, die ihm geholfen hat. Aber so geht's manchmal. Wir stellen Vermutungen und was weiß ich noch alles an ... dann kommt eine Person ins Spiel, von der wir noch nie etwas gehört haben. Wie zum Beispiel diese Frau Horáková.«

Er stand auf, bestimmte: »So, Semmelweiß, jetzt werden wir uns nochmal die Buchinger zur Brust nehmen. Die wird alles zusammenschreien, doch das kann uns egal sein.«

»Und sie wird hocherfreut sein, wenn sie erfährt, wer sie verraten hat.«

»Das denke ich auch.« Kersten nickte. »Trotz allem glaube ich, dass Svoboda uns etwas verschwiegen hat. Ich hatte den Eindruck, dass er mehr weiß. Er hat mit der Buchinger genau über die Angelegenheit gesprochen. Da bin ich mir ganz sicher.«

»Wahrscheinlich. Der ist doch nicht einfach mal so losgefahren, um die Leiche zu beseitigen. Das kann ich mir nicht vorstellen.«

»Sei's drum. Wir sprechen, wie gesagt, nochmal mit der Buchinger«, entgegnete Kersten. »Lassen Sie schon mal Svobodas Cousine, diese Milena Horáková vorladen.«

Mit bleichem Gesicht und gar nicht mehr selbstsicher setzte sich Svoboda den Ermittlern gegenüber. Seine Anwältin Frederike Beate Anhäuser-Sturm, eine schmale, große, elegant gekleidete Frau Mitte dreißig mit modischer blonder Kurzhaarfrisur, die er inzwischen angerufen und mit der er sich besprochen hatte, nahm neben ihm Platz.

Hummel und Sina blickten ihm ruhig ins Gesicht.

»Was gibt es denn immer noch?«, fragte Svoboda erschöpft. »Ich habe jetzt doch wirklich alles gesagt.«

»So? Wirklich alles?« Hummel schaute den Tschechen scharf an. »Was ist mit Paul Schöne?«

»Ich kenne keinen Paul Schöne«, antwortet Svoboda matt. »Das habe ich Ihnen doch auch schon gesagt.« Er schüttelte den Kopf. »Woher sollte ich den kennen?«

»Ich werde Ihnen helfen«, erwiderte Hummel. »Sie haben ihn gesehen, als er Sie gesehen hat.«

Verwirrt sagte der Tscheche leise: »Das verstehe ich

jetzt nicht.«

»Moment«, unterbrach die Anwältin. Sie bat um eine kurze Auszeit.

»Zehn Minuten«, nickte Hummel.

Anhäuser-Sturm stand auf, nahm ihren Mandanten beiseite, fragte leise: »Wer ist Paul Schöne?«

»Mlha – Mist!«, raunte Svoboda.

»Mann, wie soll ich dir helfen, wenn du mir nicht alles sagst?«, flüsterte die Anwältin.

»Es ist eh sinnlos«, flüsterte der Tscheche zurück. »Du kannst mir nicht helfen, Fred. Die wissen alles! Ich versuche es selbst nochmal.«

Sie setzten sich wieder. Svoboda behauptete immer noch: »Ich kenne keinen Paul Schöne.«

Sina wurde das zu bunt. Laut und deutlich sagte sie: »Herr Svoboda, wollen Sie uns verarschen? Schöne hat Sie gesehen, als Sie auf dem Grundstück Buchingers waren. Nachdem Sie bereits erzählt haben, dass Sie auf Danica Buchingers Drängen den Toten weggebracht haben, gehen wir davon aus, dass Sie Paul Schöne gesehen haben, als er Sie dabei beobachtet hat. Aus Angst, Schöne könne etwas unternehmen, das Ihnen garnicht in den Kram passt, haben Sie ihm später aufgelauert und ihn vergiftet. Und zwar mit einer Injektion Strychnin exakt in die Halsschlagader.«

Der Tscheche schüttelte energisch den Kopf, stöhnte: nein, nein, nein! Das stimmt nicht. Ihre Theorie hat einen Haken.«

»Ach! Und welchen Haken hat meine Theorie?«

»Ich war's nicht. Ich habe Ihnen schon einmal gesagt, dass ich kein Mörder bin.«

»Wer war es dann?«, polterte nun Hummel los.

»Woher soll ich das wissen? Kriegen Sie es heraus. Sie sind doch die Polizei!«, entgegnete Svoboda dreist.

»Bringen Sie ihn in eine Zelle«, rief Hummel verärgert

dem Beamten an der Tür zu.

»Ich bin es echt leid, immer nur belogen zu werden.« Er nahm die Brille ab, putzte sie mit seiner Krawatte. »Wenn wir nicht mehr von dem erfahren, haben wir keinen Grund, ihn festzuhalten.«

»Nicht den geringsten!«, stimmte Sina ihm zu. Zornig maulte sie: »Der war's! Wer sonst?«

»Wer sonst, Sina? Wer sonst?« Felix Hummel wurde nachdenklich. »Wer sonst! Einer war's … oder eine.«

»Wie Semmelweiß!«, fiel es Sina gerade ein.

»Wieso?« Hummel verstand nicht.

»Ei ja, bei dem heißt es auch immer *EINER ODER EINE*«, versuchte Sina, es ihm zu erklären. Hummel verstand wieder nicht, schaute sie verwundert an. Sina winkte ab: »Ist ja auch egal.«

»Ach so!« Er hatte es noch immer nicht kapiert. *Was will die?* Zumindest verlief dieser unfassbar geistreiche Dialog mal im Sand.

Danica Buchinger hatte inzwischen mit Ihrem Anwalt gesprochen. Henning Krone bestätigte ihr, dass sie sich vorerst keine Sorgen machen müsse. »Die Beweise sind sehr vage. Das Feuerzeug mit Ihren Fingerabdrücken ist kein dichter Beweis. Es sind verschiedene Abdrücke darauf gefunden worden«, konstatierte er. »Okay, die DNA auf dem Stofffetzen. Das wäre ein Beweis, doch es gab ja auch noch die Bienen. Die könnten ihm tödliche Stiche verpasst haben. Außerdem haben Sie in Notwehr gehandelt.« Er blickte sie mit klarem Blick an. »Also, erstmal ruhig bleiben. Mit ein bisschen Glück kommen Sie mit einem blauen Auge davon. Hoffen wir, dass die Leiche nie auftaucht. Und noch etwas: Überlassen Sie bei der Vernehmung das Reden mir.«

Danica wurde im Beisein ihres Verteidigers erneut in den Vernehmungsraum gebracht. Im Gegensatz zur Vermutung Kerstens war sie erstaunlich entspannt. Henning Krone setzte sich den Kommissaren gegenüber, Danica nahm neben ihm Platz. Sie sagte nur: »Lassen Sie mich frei. Sie haben keine stichfesten Beweise.«

Krone schaute sie an, schüttelte den Kopf. »Lassen Sie mich reden.«

»Glauben Sie das wirklich, Frau Buchinger?« sagte Kersten ohne den Anwalt zu beachten. »Machen wir es kurz. Herr Svoboda hat von einem Ast und einem Gürtel gesprochen. Er hat gesagt, er wäre noch sehr benommen gewesen und hätte nicht alles mitgekriegt, was ich ihm nicht glaube. Er muss ja wissen, was passiert ist, denn er war mit Ihnen in der Scheune zusammen und hat den Toten später abtransportiert.«

»Was?«, schrie sie Kersten entsetzt an. Mit einem Mal war sie gar nicht mehr entspannt. Sie fühlte sich plötzlich hundsmiserabel. Krone schaute sie erneut an. Jetzt hatte sie verstanden, sie war still.

Kersten sprach ungerührt weiter: »Wir vermuten, dass Sie den Mann an den Bienenstöcken mit seinem Gürtel stranguliert und mit einem Ast auf ihn eingeschlagen haben. Womöglich ist er dadurch zu Tode gekommen.«

»Das ist ja wohl ...« Danicas Gesicht lief puterrot an. » Das ist ...«

Ihr Verteidiger unterbrach sie, sagte mit ruhiger Stimme: »Frau Buchinger hat ihn stranguliert und mit einem Ast auf ihn eingeschlagen. Das stimmt. Ob er dadurch zu Tode gekommen ist, wäre von Ihnen zu beweisen.« Er fügte hinzu: »Was mit Sicherheit ein Problem sein wird, denn der Tote ist nicht aufzufinden. Dass Bienen auf den Mann eingestochen haben, hat Herr Svoboda nicht gesagt?«

»Bienen hat er auch erwähnt«, gab Kersten zu.

»Dann könnten ihn doch Bienen getötet haben. Er soll unter anderem auch in den Hals und auf die Zunge gestochen worden sein, die dadurch stark angeschwollen war. Möglicherweise ist er erstickt.« Krone räusperte sich, setzte seine Rede fort: »Zudem war es Notwehr. Der Mann hat Frau Buchinger und Herrn Svoboda schließlich angegriffen.«

Kersten beugte sich nach vorne: »Das schließt nicht aus, dass es Totschlag war.«

Totschlag! Das Wort erschütterte Danica Buchinger dermaßen, dass sie völlig außer Fassung geriet. Sie fingerte ein Taschentuch aus ihrer Hosentasche, wischte sich die Tränen aus den Augen. Totschlag! Regungslos saß sie auf dem Stuhl. Semmelweiß stellte ihr ein Glas Wasser hin, dass sie langsam austrank.

Kersten wartete einen Augenblick. »Wer war der Mann, den Sie, möglicherweise, umgebracht haben?«, setzte er die Vernehmung fort.

Danica schluckte, schaute fragend ihren Verteidiger an. Krone nickte. Leise sagte sie: »Er heißt Stanko Miladinović und kommt, wie ich, aus Rovinj in Istrien. Er hatte mir schon vor Jahren in meiner Heimat nachgestellt. Vermutlich hat er irgendwann erfahren, wo ich mittlerweile in Deutschland lebe, und ist mir nachgereist.« Sie wischte sich erneut die Tränen ab, die an ihren Wangen herunterliefen. »Er hatte immer wieder versucht, mit mir Kontakt aufzunehmen, hatte mich ständig angerufen oder mich angesprochen, wenn er mich gesehen hat, zum Beispiel beim Einkaufen.« Sie schniefte, schnäuzte die Nase. »Ich habe ihm jedes Mal gesagt, er soll mich endlich in Ruhe lassen, was ihn überhaupt nicht interessiert hat. Es ging immer weiter. Mit Sicherheit hatte er mich beobachtet, als ich in die

Scheune ging. Auch Herrn Svoboda hatte er wohl abgepasst.«

Semmelweiß schmunzelte. Herr Svoboda!

»Was ist dann passiert?« Kersten schaute sie mit ernstem Blick an.

Danica rang verzweifelt die Hände. Schluchzend erzählte sie, immer wieder ihre Tränen abwischend, was an diesem Tag geschehen war. Ein erneuter Weinkrampf schüttelte sie.

»Sie haben zumindest versucht, Stanko Miladinović zu ermorden«, stellte Kersten nüchtern fest.

Danica schüttelte verzweifelt den Kopf. »Nein! Ich wollte das nicht!«, flüsterte sie heiser. »Ich habe mich doch nur gewehrt. Der wollte mich umbringen, der Stanko.«

»Okay.« Kersten ließ Danica Buchinger wieder zurück in die Gewahrsamszelle bringen. Ihr Verteidiger begleitete sie, verabschiedete sich anschließend.

Durch Bienen könnte er auch zu Tode gekommen sein.« Kersten wiegte unsicher den Kopf. »Er könnte tatsächlich erstickt sein. Eine Obduktion würde Klarheit schaffen. Doch dazu müssen wir die Leiche haben.«

»Tja«, bestätigte Semmelweiß. »Es wird nicht einfacher, zumal es sich möglicherweise auch um Notwehr handelte.«

Hauptkommissar Josef Kersten beantragte bei Staatsanwältin Ramona Augustin einen Haftbefehl für die mordverdächtige Danica Buchinger.

Die Kroatin wurde dem Untersuchungsrichter vorgeführt und nach Prüfung der Vernehmungsprotokolle in Haft genommen. Im Frauengefängnis Frankfurt-Preungesheim wartete sie auf ihren Prozess.

Jetzt kam auf Danica Buchinger das nächste Problem zu. Wie sollte sie ihrem Mann erklären, warum sie verhaftet wurde? Sie durfte ihn anrufen, entschloss sich für den schnellen Weg ... ohne Wenn und Aber.

Sofort gestand sie ihre Fehltritte und alles, was geschehen war. Kelly erwähnte sie allerdings nicht.

Toni reagierte entsprechend. »Du Flittchen!«, schrie er. »Ich habe mir schon gedacht, dass mit dir etwas nicht stimmt. Ich will, dass du von hier verschwindest, wenn du irgendwann wieder frei bist. Noch lieber wäre es mir, wenn du niemals freikommen würdest.«

Benedikt teilte Hummel und Cohrs mit, dass eine Frau namens Milena Horáková nachher zur Befragung käme. »Könnte auch interessant für euch sein. Sie ist Svobodas Cousine.«

»Wann kommt sie?«, fragte Hummel.

»Noch heute, denke ich. Ich melde mich, wenn sie da ist.«

Hummel grübelte. »Eine Cousine von Svoboda. Sina«, entschied er, »die hören wir uns dann mal an.«

Die Cousine kam heute nicht mehr. Sie hatte gebeten, den Termin zu verschieben. »Morgen komme ich ganz bestimmt. Morgen früh.«

Kelly O'Donegan erzählte der kroatischen Polizei nichts von Danicas Vergangenheit. Sie wusste, dass Danica sich das nicht gefallen lassen würde. Danica kannte fast alle Geschäfte, für die Kelly verantwortlich war. Und die waren echt übel. Es begann mit kleinen Drogendeals über Schüler, die ihren Mitschülern Haschisch verkauften und setzte sich später über äußerst dubiose Gestalten fort. Allerdings wurden die Drogen dann stetig härter. Vom Heroin bis zum alles vernichtenden Cristal Meth, welches oft mit nicht ganz sauberen Zutaten in irgendwelchen Küchen in Osteuropa hergestellt wurde.

Hinzu kam, dass Kelly mit jungen Frauen Kontakte

knüpfte, die sich in Bars und in zweifelhaften Etablissements rumtrieben. Da sie sehr charmant sein konnte, fiel ihr das nicht schwer. Sie vermietete diese Frauen für viel Geld meistens an ältere, wohlhabende Herren. So nannte sie es: *VERMIETEN!*

Kelly war sich sicher: Danica wird die Geschäfte, die sie von mir kennt, der Polizei zuspielen, wenn ich sie verrate, obwohl sie bei manchen Aktionen selbst dabei war. Diese Aktionen könnte sie natürlich abstreiten, was sie mit Sicherheit tun würde. Beweise gegen sie liegen darüber nicht vor. Was also hätte sie zu verlieren?

Sie verriet nichts und verschwand.

Mittwoch, 22. Juni

Milena Horáková, eine schwarzhaarige, große, kräftige Frau mit wogendem Busen, grell rotgeschminkten Lippen und dick aufgetragenem Make-up, was ihrem Gesicht einen etwas maskenhaften Ausdruck verlieh, erschien vormittags im Polizeipräsidium Südhessen in Darmstadt. Sie trug eine rot-blau karierte Hose, eine blaue Bluse, die bis oben zugeknöpft war und eine weiße Strickjacke. Ein rundes, blaues Hütchen saß auf ihrem Kopf. Auf dem Rücken trug sie einen grünen Rucksack mit der Reklame einer Biermarke.

Kersten und Semmelweiß erwarteten sie bereits, Semmelweiß bot ihr einen Stuhl an, sie nahm den Rucksack ab, stellte ihn neben sich und setzte sich.

Hummel und Cohrs hatten wieder ihren Platz am Monitor eingenommen, der die Befragung aus dem Vernehmungsraum übertrug.

»So, Frau Horáková, wir haben einige Fragen an Sie«, begann Kersten.

»Das hat man mir schon am Telefon gesagt. Ich weiß

nur nicht, was genau Sie von mir wollen«, gab sie zur Antwort.

»Es geht um Ihren Cousin Pavel Svoboda. Sie haben ihm letzthin geholfen, einen toten Mann in seinen Wagen zu heben. Können Sie uns das näher erklären?« Kersten schaute sie durchdringend an.

Milena wirkte etwas verunsichert, runzelte die Stirn. Dann sagte sie: »Ach so, Sie meinen … ja.« Nun plapperte sie munter darauf los: »Der Pavel, der hat am Schmarttelefon zu mir gesagt, ich müsste ihm helfen. Ich habe ihn gefragt, *WIE* ich ihm helfen soll. Er hat gesagt, er sagt nix. *SPÄTER*, hat er dann gesagt. Wenn du nix sagst, helfe ich dir nicht, habe ich gesagt. Dann hat er mir die ganze Geschichte erzählt, was mich heftig erschreckt hatte und ich ihm nicht helfen wollte.« Sie hielt inne, überlegte mit zusammengepressten Lippen.

»Worum ging's? wollte Kersten wissen.

»Die ging so, die Geschichte.« Sie erzählte, was Svoboda ihr gesagt hatte, meinte dann: »Er hat gesagt, er wollte sonst niemanden fragen, weil niemand davon wissen sollte. Nach langem Überlegen und nachdem er mir den Weg erklärt hatte, bin ich mit dem Fahrrad zu dem Grundstück gefahren. Ich habe nämlich so ein elektrisches Fahrrad, da geht das ganz gut. Und das Schmarttelefon, das hatte Pavel mir vor Kurzem geschenkt. Damit kann man auch WHATSAPP und so, kann man damit.«

»Aha. Und weiter?«, fragte Semmelweiß.

Sie erzählte weiter. »Dann habe ich ihm geholfen, den toten Mann in sein Auto zu heben. Der schafft sowas ja nicht allein. Wo soll er auch die Kraft hernehmen? Der ist doch rappeldürr.« Grinsend meinte sie: »War nicht so schlimm, obwohl der ganz schön schwer war, der Kerl. Blöd war, dass es geregnet hatte. Ausgerechnet jetzt! habe ich gedacht. Das war blöd, ja!« Sie holte kurz Luft, fuhr dann fort: »Der Pavel hat mir auch immer geholfen, wenn ich ein Problem hatte. Deshalb habe ich gedacht, jetzt braucht er mich und da muss ich ihm helfen. Ich habe ihm versprechen müssen, nicht über diese Angelegenheit zu sprechen. So habe ich das dann auch gemacht. Ich habe nicht darüber gesprochen. Mit niemandem habe ich darüber gesprochen.« Sie betonte ausdrücklich: »Mit niemandem! Und darüber geredet habe ich auch nicht. Mit niemandem! Ich …«

»Entschuldigen Sie einen Moment, Frau Horáková«, unterbrach Kersten, der wie Benedikt geduldig zugehört hatte. Er gab Semmelweiß einen Wink, sie gingen auf den Flur. »Die schwätzt einem das Ohr ab«, meinte Kersten. »Und sie nimmt das Ganze ziemlich gelassen, oder?«

»Ja, ich glaube, die ist geistig nicht so auf der Höhe«, entgegnete Benedikt. »Offenbar hat sie gar nicht begriffen, worum es geht.«

Hummel, der hinzugekommen war, sagte zu Kersten: »Bring sie nochmal zu mir. Ich will mal mit ihr sprechen.«

»Jaja, Hummel.« Kersten rollte die Augen, gab Benedikt mit dem Kopf einen Wink.

»Okay.« Benedikt nickte. »Wenn wir mit ihr fertig sind.«

Kersten und Semmelweiß gingen wieder hinein, setzten sich Milena Horáková gegenüber, Hummel ging zurück.

Milena stand auf, rückte ihr Hütchen zurecht, das schräg auf ihrem Kopf saß. »Kann ich gehen, oder haben Sie noch Fragen?«

Benedikt sah sie nachdenklich an. Das blaue Hütchen brachte ihn auf einen Gedanken.

»Okay, Frau Horáková, das war's. Sollten wir noch Fragen haben, werden wir uns bei Ihnen melden.«

Sie nickte, schaute auf ihre Armbanduhr, schwang den Rucksack auf den Rücken, was ein Klirren von Glas verursachte, sah die Beamten entschuldigend an: »Ich müsste jetzt los. Der nächste Bus geht in fünfzehn Minuten. Ich muss noch einkaufen. Mein Kühlschrank ist fast leer und heute Nachmittag habe ich noch einiges vor. Ich will …«

»Moment noch. Mein Kollege möchte auch mal mit Ihnen sprechen. Kommen Sie bitte mit.«

»Aber der Bus, der …«

»Dann nehmen Sie eben den nächsten«, meinte Semmelweiß freundlich, begleitete sie in Drögers Büro, wo Hummel mit Sina auf sie wartete. Kersten folgte, sie setzten sich hinzu.

»So, Frau Horáková, bitte nehmen Sie Platz.« Hummel wies auf den Stuhl vor seinem Schreibtisch. Sie setzte sich, stellte den Rucksack wieder neben sich, rückte das Hütchen gerade, das sich wieder verschoben hatte und schaute Hummel erwartungsvoll an.

»Wie ich hörte, haben Sie Ihrem Cousin bei der Beseitigung eines toten Mannes geholfen«, begann Hummel sachlich.

»Nein, ich habe ihm nur geholfen, den Toten in sein Auto zu heben. Der ist einfach zu schwach, um so einen schweren Mann zu …«

»Das sagten Sie schon. Haben Sie ihm schon einmal bei irgendwas geholfen, bei was auch immer?«

»Ja, manchmal schon. Zum Beispiel beim Möbelschleppen oder so.«

»Oder so? Oder was noch?«

»Ei ja, ich tu ihm halt immer helfen, wenn er mich braucht, der Pavel.«

»Mhm. Hat er Sie bezahlt, wenn Sie ihm geholfen hatten?«

»Ich habe kein Geld von ihm gewollt. Wir sind schließlich miteinander verwandt.«

»Sie haben noch nie Geld von ihm bekommen, wenn Sie ihm geholfen haben?« Hummel schaute sie scharf an.

Sie verzog verlegen den Mund. »Naja, einmal wollte er mir Geld geben. Weil, sonst hätte ich das auch nicht gemacht.«

»Was hätten Sie nicht gemacht?« Hummel wurde hellhörig.

»Ja ... ich ...«, sie druckste rum. »Eigentlich wollte ich nicht, aber ... der war ja so gemein, der Alte! So gemein! Das muss man sich mal vorstellen, wie gemein der war.«

Sina dauerte das schon wieder zu lang. »Was wollten Sie nicht? Und was war mit dem Alten?«

»Ei ja, der Alte, der ...« Sie hob die Achseln. »Das mit der Spritze, das wollte ich zuerst nicht.« Beklommen senkte sie den Kopf, schaute auf den Fußboden. »Der war ja dann nur betäubt, der Mann«, murmelte sie, jetzt ziemlich verstört.

»Was ist passiert?«, wollte Hummel wissen.

Sie schnaufte schwer, seufzte: »Der Pavel, der hatte mir hundert Euro versprochen, wenn ich einen Mann mit einer Spritze betäuben würde. Er wollte einen Mann erschrecken. So hat er gesagt. Er hat mich in seinem Auto mitgenommen in die Goethestraße in Umstadt. Dann sind wir einem grünen Auto nachgefahren bis in den Wald, wo der Mann ausgestiegen und mit seinem Hund spazieren gegangen ist. Dort hat der Pavel mich dann losgeschickt und ich bin dem Mann nachgelaufen.«

»Mit der Spritze!«, warf Hummel ein.

»Ja. Mit dem Betäubungsmittel. So hatte der Pavel gesagt. Die hatte mir der Pavel gegeben. Ungefähr nach fünf Minuten ist der Mann stehen geblieben und hat sein Handy aus der Hosentasche genommen und hat telefoniert. Da habe ich Angst bekommen, weil ich gedacht habe, dass er mich entdeckt hat und die Polizei anruft, weil ich ihn verfolge. Ich bin auf ihn zugerannt und habe ihm von hinten die Spritze in den Hals gestochen. Dann habe ich gehört, wie ein Traktor nähergekommen ist. Ich bin durch das Dickicht zurückgerannt. Dem Pavel habe ich noch laut zugerufen: *NIX WIE FORT*! Ja ... und dann sind wir schnell weggefahren.«

»Haben Sie das Geld von ihm bekommen?«

»Von wem?«

»Von Ihrem Cousin Pavel.«

»Nein, bis jetzt noch nicht. Er wird es mir schon noch geben.« Sie blickte Hummel fragend an: »Oder?«

»Sicher. Eine Frage noch, Frau Horáková.«

»Ja?«

»Sie haben mit der Spritze genau die Halsschlagader des Mannes getroffen. Haben Sie das bewusst getan, oder war es Zufall?«, wollte Hummel wissen.

»Weiß nicht, wo die ist, die Halsader.«

»Okay.« Hummel fragte vorsichtig: »Ist Ihnen klar, dass Sie den Mann mit Gift getötet haben?«

»Mit Gift?« Milena lachte laut auf: »Mit Gift! Seit wann ist ein Betäubungsmittel Gift?«

»Sie bleiben mal hier, Frau Horáková«, entschied Hummel.

»Warum? Ich habe doch nichts Schlimmes getan. Außerdem muss ich nach Hause. Ich muss noch einkaufen und ...«

»Später, Frau Horáková, später«, sagte nun Benedikt mit ruhiger Stimme. Sie schaute ihn verständnislos an.

»Tragen Sie eigentlich immer einen Hut?«, fragte er beiläufig.

Sie schüttelte den Kopf. »Nein. Nur manchmal. Zum Beispiel, weil ich heute hier bei der Polizei bin. Normalerweise habe ich ab und zu eine Kappe auf oder garnichts.« Sie überlegte kurz: »Ja, eher garnichts, weil meine Kappe, die

... die habe ich wahrscheinlich verloren oder verlegt, oder so. Aber meinen Rucksack! Den habe ich immer dabei.«

»Hatten Sie die Kappe auf, als Sie ihrem Cousin geholfen haben?«

»Das kann schon sein. Genau weiß ich es nicht mehr. Hat ja alles schnell gehen müssen, das mit dem Toten, gell! Schade, es war eine schöne blaue Jeanskappe. Zum Glück habe ich meinen Rucksack nicht ...«

»Alles gut, Frau Horáková«, unterbrach Benedikt ihren Redefluss, blickte Kersten an. Der hatte verstanden, er bot ihr ein Glas Wasser an, während Semmelweiß Lehmann anrief. Wenig später brachte ein Beamte eine blaue, verschmutzte Mütze.

»Ist das Ihre Kappe?« Er hielt ihr die Mütze hin.

Sie schaute sie sich prüfend an. »Jaja, das ist sie. Nur ... nur so schmutzig war sie nicht. Die können Sie behalten. Die will ich nicht mehr.« Verschämt blickte sie Semmelweiß an, trank das Wasserglas leer.

Hummel winkte dem Kollegen an der Tür. »Bringen Sie sie weg.«

Zu Milena sagte er: »Vergessen Sie ihren Rucksack nicht.«

»Niemals!« Milena schüttelte den Kopf.

»Mit Gift!« Sie musste erneut lachen. Gut gelaunt sagte sie zu dem Beamten: »Nett, dass Sie mich hinausbegleiten.«

Sie war der Meinung, er würde sie zum Ausgang bringen. Umso mehr wunderte sie sich, als sie sich in einer Gewahrsamszelle wiederfand. Naja, dachte sie unbedarft, die wollen bestimmt noch etwas von mir wissen.

Sina schaute Hummel an: »Ich denke, das wird heute ein langer Tag. Oder wollen wir den Svoboda noch nachdenken lassen?«

»Der soll sofort erscheinen.«

Kersten meinte: »Okay, Hummel. Semmelweiß und ich bleiben, wenn du nichts dagegen hast.«

»Ich habe nichts dagegen. Die Ermittlungen solltet ihr

uns überlassen.«

»Kein Problem.«

Zehn Minuten später wurde Svoboda gebracht. Er wusste natürlich nicht, dass seine Cousine bereits vernommen worden war. Hummel sagte es ihm. Er sagte ihm auch, was sie erzählt hatte.

Jetzt verlor der an sich so selbstsichere und scheinbar allen überlegene Tscheche allmählich die Fassung. Er wollte noch etwas sagen, brachte jedoch keinen Ton mehr über die Lippen. Sein Gesicht lief feuerrot an, er krümmte sich, schloss die Augen.

Das war's wohl! Svoboda wusste, dass er aus dieser vertrackten Situation nicht mehr herauskommen würde. Er richtete sich auf. »Okay, ich sage Ihnen, was passiert ist.«

»Sie sagen nichts!«, bestimmte die lange Frederike Beate Anhäuser-Sturm.

»Vergessen Sie's!«, blaffte Svoboda böse.

Die Anwältin sah ihn an. »Was wird das jetzt? Wozu haben Sie mich gerufen?«

Pavel winkte ab, Anhäuser-Sturm zog sich zurück. So ein Idiot! Sie war sehr verärgert und wäre am liebsten gegangen.

Svoboda schaute auf: »Ich werde alles sagen.«

Hummel nickte ruhig: »Bitte.«

Niedergeschlagen gab Pavel Svoboda zu: »Ich habe den Mann mit seinem Hund unter einem Baum stehen sehen, als ich an ihm vorbeigefahren bin. Wahrscheinlich hatte er sich wegen des Regens untergestellt. Mir war sofort klar, dass er mich auf dem Grundstück Buchingers gesehen hatte. Ich hatte auch die Befürchtung, dass ich ihm verdächtig vorgekommen bin.«

Er legte eine kurze Pause ein, bat um ein Glas Wasser, das Sina ihm hinstellte. Nachdem er einen Schluck getrunken hatte, sprach er weiter: »Unterwegs ist mir das eingefallen, ich habe umgedreht und ihn mit einem grünen Golf wegfahren sehen. Ich bin ihm hinterher gefahren bis nach Groß-Umstadt in die Goethestraße, wo er gewohnt hat. Dann bin ich weitergefahren nach Koblenz.«

»Wo Sie den Toten in den Rhein geworfen haben«, ergänzte Hummel.

»Ja.«

Hummel blickte ihn kalt an. Svoboda atmete durch. »Am nächsten Tag bin ich wieder nach Groß-Umstadt gefahren, diesmal zu meiner Cousine Milena in die Hackersiedlung. Ich habe ihr hundert Euro versprochen, wenn sie Paul Schöne mit einer Spritze betäuben würde.

»NEIN, NEIN, SOWAS MACH ICH NICHT. VOR SOWAS HABE ICH ANGST. WARUM SOLLTE ICH DAS TUN?«, jammerte sie. Ich sagte, Schöne solle einen Denkzettel verpasst bekommen. Er habe mich übel beschimpft und mir dazu noch mit der Polizei gedroht, weil ich ihn angeblich beinahe überfahren hätte. Ich wolle ihn mit der Betäubung erschrecken. Sie war empört über sein Verhalten mir gegenüber.

»IST DER VERRÜCKT, DER ALTE? DER BRAUCHT WIRKLICH EINEN DENKZETTEL. WIEVIEL HAST DU GESAGT, KRIEG ICH DAFÜR?«

»HUNDERT«, sagte ich.

»GUT, ICH MACH DAS. FÜR HUNDERT MACH ICH DAS«, hat sie geantwortet.

»So hat sie es uns auch erzählt«, warf Sina ein.

Svoboda nickte, sprach weiter. »Ich bin mit ihr zusammen in die Nähe von Schönes Haus gefahren. Der Golf hat in der Einfahrt gestanden. Ich wollte wissen, ob er das Haus verlässt und wollte ihm dann folgen.

Er ging mit dem Hund in den Garten und hat sich auf eine Bank gesetzt. Ungefähr eine Stunde später ist er wieder hineingegangen. Wir haben bis zum Nachmittag gewartet. Schöne hat bis dahin das Haus nicht mehr verlassen, also sind wir heimgefahren, um es am nächsten Tag wieder zu versuchen.

Gleiches Spiel, Milena und ich haben gewartet. Um kurz nach zwölf hatte er den Bernhardiner auf den Rücksitz springen lassen, hat sich ans Steuer seines Wagens gesetzt und ist weggefahren. Wir sind ihm mit großem Abstand nachgefahren. An einer Weggabelung in den Aspen zwischen Hering und Ober-Klingen hatte er den Golf abgestellt, hat den Hund rausgelassen und ist mit ihm den Weg entlanggegangen. Ich habe es aus der Ferne beobachtet, wir haben ein paar Minuten gewartet, dann habe ich Milena losgeschickt.«

»Und Sie haben ihre Cousine in dem Glauben gelassen, in der Spritze sei ein Betäubungsmittel.«

»Ja, sonst hätte sie das wohl nicht getan.«

»Das ist ja alles nicht so einfach. Man muss sich mit Spritzen und diesem Gift Strychnin auskennen«, warf Sina sein.

»Ich bin bei der Tschechischen Armee in Prag als Sanitäter ausgebildet worden. Ich kenne mich damit aus.«

Sina nickte: »Okay.«

»Haben Sie so einfach mal nicht auf der Arbeit erscheinen können? So etwas fällt doch auf«, meinte Hummel.

»Meinem Arbeitgeber hatte ich erzählt, meine Mutter sei plötzlich erkrankt und ich müsse deswegen nachhause in die Tschechei. Daraufhin konnte ich auf die Schnelle drei Tage Urlaub nehmen«, erwiderte der Tscheche.

»Ihre Mutter ist nicht wirklich krank, vermute ich.«

»Nein.« Svoboda senkte den Kopf.

»Okay. Das war's erst mal. Den Rest wissen wir.« Hummel schaltete das Mikrofon aus, gab dem an der Tür stehenden Kollegen einen Wink: »Bringen Sie ihn weg.«

Geknickt, mit hängendem Kopf, verließ der sonst so selbstbewusste, von sich hundertprozentig überzeugte Pavel Svoboda in Begleitung eines Uniformierten den Vernehmungsraum. Seine Anwältin, die während der Vernehmung schweigend dabeisaß, folgte ihm. In der Gewahrsamszelle sagte sie mit saurer Miene: »Die Geschichte mit dem Mord an Paul Schöne hast du mir komplett verschwiegen. Das kann ich nicht nachvollziehen.«

»Ja, Fred, du hast recht«, gab Svoboda kleinmütig zu. »Ich habe im Traum nicht daran gedacht, dass die Bullen das rauskriegen würden!«

Pavel Svoboda und seine Cousine Milena Horáková wurden dem Untersuchungsrichter vorgeführt. Svoboda wurde in die JVA Weiterstadt überstellt, Horáková wurde ins Frauengefängnis nach Frankfurt-Preungesheim gebracht.

Donnerstag, 23. Juni

Am frühen Morgen brannte in Groß-Umstadt im Raibacher Tal ein Bungalow lichterloh. Die ausgerückte Feuerwehr konnte den Brand nur teilweise unter Kontrolle bringen. Übrig blieb eine rauchende, verkohlte Ruine.

Der Eigentümer und seine Freundin, die im Schlaf überrascht worden waren, konnten von der Feuerwehr geborgen und in ein Krankenhaus gebracht werden.

Heinz Kemmler, ein Nachbar, hatte das Feuer gesehen, als er auf seinem Balkon nach dem Frühstück eine Zigarette rauchte. Er hatte sofort die Feuerwehr alarmiert.

Die Dieburger Polizei startete die Suche nach einer Frau, die von Kemmler gesehen worden war als sie das Grundstück hastig verließ. »Sie hat eine Jeans und einen dunkelblauen Pulli getragen«, so Heinz Kemmler, »und sie hat geschwankt. Mein lieber Mann ... und wie!«

Eine Stunde später wurde eine sturzbetrunkene Frau festgenommen, die im Wartehäuschen an der Bushaltestelle am Mörsweg in Groß-Umstadt auf der Bank saß. Neben ihr stand ein Koffer. Sie redete wirres Zeug, machte den Eindruck, als sei sie geistesgestört. Schon bei der Festnahme gab sie zu, dass sie das Haus an mehreren Stellen mit Benzin in Brand gesetzt hatte. »*C'EST CE QU'IL EN A RETIRÉ MAINTENANT! CE SALAUD!* – Das hat er jetzt davon! Dieser Dreckskerl!«, lallte Fabienne Bonnet schwachsinnig grinsend. Ihr rußgeschwärztes Gesicht verzog sich zu einer dämlichen Grimasse.

Als sie später in der Gewahrsamszelle der Darmstädter Kripo erfuhr, dass Domenico Rosetti und Melinda Keller Rauchvergiftungen erlitten hatten und ins Krankenhaus eingeliefert werden mussten, jedoch auf dem Weg der Besserung seien, hob sie nur die Schultern, nuschelte: »*C'EST DOMMAGE QU'ILS SOIENT MEILLEURS MAINTENANT!* – Schade, dass es denen jetzt wieder besser geht!«

Kersten und Semmelweiß waren mit größter Vehemenz dabei, herauszufinden, ob die Leiche des Kroaten Stanko Miladinović im Rhein bei Koblenz noch auffindbar war.

Flussabwärts der Pfaffendorfer Brücke wurden Rettungsboote der Wasserschutzpolizei und Polizeitaucher der Technischen Einsatz-Einheit Koblenz eingesetzt, ebenso wurde der Bereich um die Brücke mit Schalltechnik durchleuchtet. Nichts!

Am darauffolgenden Tag wurde ein Versuch mit Tauchrobotern gestartet. Auch diese Hightechgeräte konnten den Toten nicht aufspüren, zumal sie nur so weit sehen konnten wie das menschliche Auge. Bei dem derzeit trüben Wasser des Rheins ungefähr vier Meter.

Nach der Suche über eine gewisse Distanz wurde die Aktion erfolglos abgebrochen.

Die Experten gingen davon aus, dass die Leiche bei der starken Strömung des Rheins nicht mehr auffindbar war und möglicherweise sogar bis in die Nordsee abgetrieben worden war. Auch der Ast und der Gürtel blieben für immer verschwunden.

Einige Tage später

Die Ermittler waren nicht zufrieden, da mit großer Wahrscheinlichkeit die Leiche des Kroaten Stanko Miladinović nicht mehr auftauchen würde. Im Konferenzraum setzten sie sich zusammen. Sina besorgte Espresso und Kekse.

»Es ist echt zum Kotzen!« Josef Kersten strich sich ärgerlich über sein Menjoubärtchen.

»Ja«, pflichtete ihm Semmelweiß bei, »wir werden sicherlich nie erfahren, ob Miladinović von Menschenhand, sprich von Danica Buchinger, oder von den Bienen getötet worden ist.

»Ich weiß nicht, was ihr wollt«, warf Sina Cohrs ein, »die Buchinger hat ihn vielleicht erwürgt oder erschlagen und die Bienen haben ihn vielleicht totgestochen. Ende!« Sie hob die Schultern. «Die Buchinger kann wahrscheinlich nicht verurteilt werden, weil es keine ausreichenden Beweise gegen sie gibt und es womöglich Notwehr war.

Wir müssen den Prozess abwarten. Den Bienen kann nichts mehr angetan werden. Die sind alle tot. Also ...!« Sie grinste schelmisch, biss in einen Schokokeks.

»Ich finde das gar nicht spaßig, Cohrs«, regte Kersten sich auf. Benedikt drehte den Kopf zur Seite, ein höhnisches Lächeln glitt über sein Gesicht.

Hummel, der sich rausgehalten hatte, lehnte sich schmunzelnd zurück, trank genüsslich Espresso. Die Gina! Mal wieder typisch, dachte er amüsiert. Oder Sina? Er setzte die Tasse mit seinem Markenzeichen (eine Hummel) ab, schob grübelnd die Unterlippe vor. Sina! Klar doch!

Kelly O'Donegan war nach Rovinj zurückgegangen, wo sie bei alten Verbündeten wieder ins Drogengeschäft eingestiegen war. Aber es hatte sich etwas geändert.

Einige der Küchen, die Cristal Meth hergestellt hatten, waren aufgeflogen, fast alle Beteiligten wurden festgenommen. Fast!

Zwei Männer konnten sich vor den Razzien, die in Kroatien zeitgleich an verschiedenen Orten von der Polizei durchgeführt worden waren, durch den Tipp eines Barkeepers in Sicherheit bringen.

Mit diesen beiden Mittelsmännern traf sie sich später in Split.

Jetzt ging es um reines Kokain mit hohen Gewinnspannen. Entsprechend hoch war das Risiko, bei diesen Geschäften erwischt zu werden.

Auf dem außerordentlich hochpreisigen Markt gab es immer wieder Neider, die anstrebten, an solch teure Drogen ranzukommen. Und das war immer gefährlich für die, die bereits so weit waren. Kelly war sich dessen bewusst, sie ging das Risiko ein.

»Es ist erstklassige Ware. Du musst es nur verkaufen, besorgen tun wir es«, sagte der dunkelhäutige, mit schwarzem, zotteligem Haar und Vollbart, am ganzen Körper tätowierte Dealer. Sie kannte seinen Namen nicht. Sie wusste nur, dass er MAJMUN –der Affe, genannt wurde.

Hohe Staatsbeamte und mehr bekannte Persönlichkeiten waren Kellys Kunden. Sie wusste, dass sie bereit sein musste, bei einigen dieser Kunden mehr zu tun, als nur Kokain zu besorgen. Auch war sie clever genug, zu erkennen, mit wem sie es zu tun hatte. Mehreren Geschäftsführern verschiedener Großfirmen, sowie einigen Ministern, auch Ministerinnen, erfüllte sie deren meist abstrusen Wünsche.

Diese Personen bezahlten Unsummen für Kokain ... und für Kellys außergewöhnliche Dienste.

In kurzer Zeit hatte Kelly ein beachtliches Vermögen angehäuft, was sie veranlasste, mit diesen Geschäften aufzuhören und sich zurückzuziehen.

Die beiden Männer, für die sie gearbeitet hatte, hatten ihre Entscheidung akzeptiert und sie auch nicht weiter behelligt. Auch sie waren durch die geschäftstüchtige Kelly O'Donegan reich geworden.

Epilog

Es war nur noch eine Frage der Zeit, wann der Erste Kriminalhauptkommissar Heiner Dröger aus der Kur zurückkommen würde. Die geplanten vier Wochen waren um und er wurde von seinen Kolleginnen und Kollegen bereits erwartet.

Dann kam die Nachricht, er müsse noch eine weitere Woche bleiben. Nachkur!

Im Präsidium ging blitzartig das Gerücht um, Dröger würde in Pension gehen und Felix Hummel würde sein Nachfolger werden.

Aber ... es war eben nur ein Gerücht. Es boten sich auch noch andere Kolleginnen und Kollegen an, gesetzt der Fall, Dröger würde wirklich in Pension gehen.

Bleibt die Frage, wer der leitende Ermittler beziehungsweise die leitende Ermittlerin des Kommissariats für Gewaltverbrechen K10 im Polizeipräsidium Südhessen künftig sein würde. Wäre es der alte Chef, oder käme tatsächlich ein neuer Mann oder eine Frau? Das stand noch in den Sternen.

Stand jetzt!

Übrigens ... Seit Hauptkommissar Felix Hummel die Espressomaschine im K10 des Polizeipräsidiums Südhessen eingeführt hatte, gab es im Kommissariat nur noch Espresso. Der bisherige Filterkaffee war ab sofort verpönt.

Stand jetzt!

Die heftigen Streitigkeiten der beiden Ehepaare, ausgelöst durch die Eskapaden der Frauen, wurden zwar nicht vergessen, jedoch blieben zumindest Claudia und Karl Vogt zusammen.

Claudia versprach ihrem Mann, ihn nicht mehr zu hintergehen.

Karl Vogt musste wohl oder übel von und mit Claudias Magerkost leben. Zumindest vorübergehend. Er aß alles, was sie für ihn auf den Tisch brachte. Mit den Gerichten kam er im Allgemeinen gut zurecht. Sie schmeckten nicht schlecht und er hatte sich daran gewöhnt. Doch er hatte seine geheimen Plätze, wo er das, was er vermisste, gut versteckt hielt. Weil, er naschte ja auch gerne ...

Einer dieser geheimen Plätze war der Stromverteilerkasten im Keller. Er wusste, dass Claudia den niemals öffnen würde. Vor Strom hatte sie einen Riesenrespekt.

Und das mit den Getränken? Das war auch so eine Sache. Von wegen nur Wasser und Co. Auch da hatte er sich etwas einfallen lassen müssen, der Karl ...

Mit dem Nebeneffekt, dass er durch das fettarme Essen und ohne Alkohol abnehmen würde, wie es seine Claudia erhoffte, wurde es somit nichts.

Und die verdammte Gicht ... die war ein bisschen besser geworden, jedoch nur ein bisschen ... leider!

Stand jetzt!

Ach so! Dann noch Toni Buchinger, der Bienenkönig! Der hatte seine Meinung geändert, von wegen, ihm wäre am liebsten, wenn Danica gar nicht mehr freigelassen würde. Er hatte ihr verziehen und ihr versprochen, dass sie nach der Haft zurückkommen könne. Auch hatte er ihr versprochen, ab sofort seinen Psychologen Dr. Arnheimer nicht mehr aufzusuchen. Er sei jetzt in der Lage, eventuelle auftauchende Probleme selbst zu bewältigen. Ohne den Seelenklempner, wie er sagte.

Toni hoffte, Danica würde sich nun nicht mehr mit anderen Männern einlassen.

Danica war gar nicht überzeugt. Nicht so und nicht so! Zweifelnd dachte sie: Stand jetzt!

Der Kroate Stanko Miladinović wurde als langzeitvermisst erklärt, da er nach sechswöchiger Suche nicht ausfindig gemacht werden konnte.

Kelly O'Donegan kaufte eine alte Villa an den sanften Hügeln von Opatija mit Aussicht auf die fast immer blaue Adria und ließ sie komplett renovieren.

Mit ihrer neuen Freundin Nadalina Kozina führte sie ein Leben in Wohlstand in der Kvarner Bucht an der wunderschönen kroatischen Küste.

Kelly hatte noch die Kurve gekriegt. Nicht jedem war das gelungen.

DIE GERICHTSURTEILE

Pavel Svoboda, der den toten Stanko Miladinović im Rhein bei Koblenz versenkt und seine Cousine überredet hatte, Paul Schöne mit einer Injektion angeblich zu betäuben, wurde wegen heimtückischer vorsätzlicher Anstiftung zum Mord zu lebenslanger Haftstrafe verurteilt.

Milena Horáková, die ihrem Cousin Pavel Svoboda geholfen hatte, den Leichnam von Stanko Miladinović in seinen Wagen zu heben, und den Rentner Paul Schöne mit einer Spritze nicht wissentlich getötet hatte, wurde zu einem Jahr und neun Monaten Freiheitsstrafe verurteilt. Die Strafe wurde auf Bewährung ausgesetzt. Der Richter begründete das Urteil damit, dass sie keinerlei Vorstrafen hatte und ansonsten einen einwandfreien Lebenswandel führt.

Danica Buchinger wurde freigesprochen, da nicht nachgewiesen werden konnte, ob der Tod des Kroaten Stanko Miladinović durch ihre Schläge mit einem Ast auf dessen Kopf oder durch Strangulierung mit einem Gürtel eingetreten war, oder ob die Bienenstiche zu seinem Tode geführt hatten. Auch wurde die Tat nach Ihrer Aussage vor Gericht als Notwehr bewertet.
    IN DUBIO PRO REO – Im Zweifel für den Angeklagten.

Fabienne Bonnet wurde wegen schwerer Brandstiftung zu drei Jahren Haft verurteilt, wobei ihr sofortiges Geständnis das Urteil positiv beeinflusste.

Äußerst rätselhafte Geschichte:

Ein Mann wird auf dem Grundstück eines Hobbyimkers zwischen Wiebelsbach und dem Weiler Frau Nauses vor dessen Bienenstöcken tot aufgefunden. Behauptet der Imker zumindest.

Niemand will ihm so recht glauben, denn der angebliche Tote ist plötzlich verschwunden.

In den Aspen, dem Wald zwischen den Otzberger Ortsteilen Hering und Ober-Klingen, wird von einem Landwirt ein toter Mann aufgefunden.

Eine weiteres kriminelles Ereignis erschüttert die Region.

Die Ehefrauen zweier Männer schaffen immer wieder Unruhe und werden sogar des Mordes verdächtigt. Zu Recht oder zu Unrecht???

Auch sorgt eine attraktive Rothaarige für Furore …

Die Ermittler des K10 vom Polizeipräsidium Südhessen in Darmstadt zerbrechen sich die Köpfe, allerdings ohne ihren Ersten Kriminalhauptkommissar Heiner Dröger, der sich wegen eines chronischen Rückenleidens zur Kur begeben musste.

Die Vertretung übernimmt Hauptkommissar Felix Hummel von der Regionalen Kriminalinspektion Erbach im Odenwald, für den das nichts Neues ist. Auch sein Kollege aus dem Odenwald, Hauptkommissar Josef Kersten ist im Polizeipräsidium Südhessen in Darmstadt wieder mit dabei.

Und natürlich darf einer nicht fehlen … Werner von Rheinfels, genannt Spürli, der gewiefte Journalist vom Darmstädter Echo.